KB059019

흡혈공주의 고뇌
외돌이

5

[Hikikomari
the Vampire Countess
no
Monmon]

Illustrations copyright © riichu

"당신은
신을 믿나요?"

교황 율리우스 6세

스피카 라 제미니

Illustrations copyright © riichu

백극 연방 육동량
프로헤리야
즈타즈타스키

알카 공화국 대통령
네리아 커닝엄

천조낙토 오검제
아마츠 카루라

코마리의 메이드
빌헤이즈

율나이트 제국 칠홍천
테라코마리
건데스블러드

율나이트 제국 칠홍천
사쿠나 메모아

Illustrations copyright ⓒriichu

"미래는 확정됐습니다."

"반성해라."

Illustrations copyright ⓒ riichu

외

Hikikomari
the Vampire Count
no
Monmon

Illustrations copyright © riich

커버, 삽화, 본문 일러스트
리이츄

뮬나이트 제국에 차가운 북풍이 휘몰아치게 됐다.

12월도 중순. 칠홍천 투쟁이니 육국 대전이니 천무제니 하는 것 때문에 죽도록(말 그대로 죽도록) 바쁘던 올해도 얼마 남지 않았다.

이 시기가 되면 엔터테인먼트 전쟁의 수도 줄어든다.

메이드 빌이 말하길 "새해에 첫 전쟁으로 초(超)살육 대감사제가 개최되니까 한동안은 휴식기예요"라고 한다. 휴일은 대환영이지만, 그 초살육 어쩌고 하는 건 뭐지? 분명 목숨이 여럿 있어도 모자란 그런 이벤트지?

그러나 자세히 물어도 빌은 미스터리어스하게 웃을 뿐 아무것도 알려주지 않았다. 뭐, 늘 있는 일이다. 나중에 사쿠나에게 물어보자.

뭐 어쨌든.

불안 요소는 있지만 현재는 나름대로 휴가를 즐기고 있다. 오늘도 일요일인데 맘 편히 쉬고 있다. 게다가 메이드가 황제에게 불려가서 없다는 흔치 않은 기적이 일어났다.

이 기적은 신이 주신 상이 분명하다. 1초도 허비하지 말고 유용하게 써야지──, 그렇게 생각하면서 나는 난로 옆 흔들의자에 앉아 꾸벅꾸벅 졸며 책을 읽고 있었다.

정말 행복하다. 정말 기쁘다. 이 시간이 영원히 이어지면 좋을 텐데.

그래. 지금부터 동면에 들어가는 거야.

모두에게 '실은 동면하는 타입의 흡혈귀랍니다'라고 선언해두면 내년 봄까지 자도 아무도 뭐라고 하지 않겠지. 뭐 이런 천재적인 아이디어가 다 있지——, 그렇게 생각한 찰나.

"코마 언니! 안녕!"

사악한 목소리가 들린 듯했다.

환청인가? 여기는 내 방일 텐데……?

"저기, 코마 언니. 뭐 읽어? 안 가르쳐 주면 피 빤다?"

"우와아아아아아아아악?! 그만해!! 귀 깨물지 마아아앗!!"

나는 책을 내던지고 점프했다.

어느새 뒤에 누가 서 있었다.

순진하고 사악한 흡혈귀——, 로로코 건데스블러드다.

녀석은 악마처럼 입가를 들어 올리며 "냐하하하" 하고 웃고 있다. 왜 그렇게 웃는 건데.

"코마 언니의 피는 맛있거든. 마시고 싶어."

"웃기지 마! 그딴 액체가 어딜 봐서 맛있다고!"

"좋아하는 사람의 피는 달게 느껴진다던데? 알고 있었어?"

확실히 소설 같은 데는 자주 나온다. 실제로 나도 그런 설정으로 이야기를 쓸 때가 있고.

하지만 그건 도시 전설 같은 거 아닌가? 피가 달콤할 리 없잖아.

"……너 나를 좋아해?"

"정말 좋아해! 시궁창에 빠트려 버리고 싶을 정도로 좋아해!"

"'좋아한다'와 '시궁창'이 무슨 상관인데?"

"그건 그렇고 코마 언니, 어차피 한가하지?"

"뭐야, 뜬금없이……. 참 화제를 휙휙 바꾸네……."

"겨울방학 숙제 좀 대신 해주지 않을래?"

지나친 방자함에 온화한 나라도 역시 분노하고 말았다.

"내가 왜 그래야 하는데! 그보다 대체 어떻게 들어왔어?! 문은 잠가뒀을 텐데!"

"빌헤이즈에게 여벌의 열쇠를 받았어. 코마 언니의 어릴 적 사진과 맞바꿔서."

"대체 뭔데!"

사상 최악의 암거래 얘기를 들은 것 같다. 둘이 한패였어?

애초에 어릴 적 사진을 어디에 쓰려고? 무슨 재미가 있는 것도 아닐 텐데. 뭐, 확실히 빌의 어릴 적 사진은 보고 싶은 마음도 들지만──. 아니, 아니. 그런 건 나중에 하고.

이 로로코라는 이름의 동생은 내 천적이라고 해도 과언이 아니었다.

이 녀석 때문에 흘린 눈물이 100만 리터는 훌쩍 넘는다.

간식을 가로채질 않나, 용돈을 갈취하질 않나, 갑자기 피를 빨지 않나, 뺨에 고양이 수염을 그려 넣질 않나, 이 녀석이 했던 '수박씨를 먹으면 배를 뚫고 자라난대'라는 근거 없는 허황된 거짓말 때문에 잠을 설치질 않나──. 어쨌든 동생의 횡포는 수를 다 헤아릴 수가 없다.

"있지, 코마 언니. 난 이제 나가봐야 해. 대신 숙제해 주지 않으면 코마 언니가 야시시한 소설을 쓰고 있다고 사람들에게 다 말할 거야."

"그, 그그그그그런 소설 쓴 적 없어!"

"우와와, 동요한다! 조금은 자각하고 있었구나!"

이 녀석은 악마임이 분명하다. 그러나 이번만은 굴복할 수 없었다.

왜냐하면 나는 칠흉천 대장군. 나보다 어린 소녀에게 농락당해서야 체면이 서지 않는다.

나는 심호흡을 통해 마음을 가라앉힌 뒤, 어른의 위엄을 띠며 입을 열었다.

"──로로 너. 인생을 조금 얕보고 있는 거 아냐?"

"얕보고 있는 건 코마 언니잖아? 허구한 날 '틀어박혀 있고 싶어, 틀어박혀 있고 싶어'라고 울면서 아우성치는 언니를 보면 한심하던데."

"수, 숙제라는 건 직접 해야 의미가 있고──."

"아, 알겠다! 코마 언니, 공부 못 하지? 현자를 자칭하는데 멍청하단 걸 들키기 싫은 거잖아? 뭐 하는 수 없지─. 코마 언니에게 수학은 아직 이르니까─."

빠직! 내 안에서 분노를 관장하는 마물이 울부짖었다.

……멍청하다고? 공부를 못 한다고?

애가 희대의 현자에게 무슨 말을 하는 거지?

"후후후……. 나를 얕보는구나. 내 명석한 두뇌면 동생 숙제

정도야 새끼손가락 하나로 끝낼 수 있는데."

"뭐?! 설마 코마 언니의 비상한 두뇌를 나한테 보여주려고?!"

"좋아! 곱셈이든 나눗셈이든 덤비라고 해!"

"역시 무적의 언니야! 그럼 이거 부탁해."

동생은 만면의 미소를 띠며 문제집을 들이밀었다.

의외로 양이 많았지만 괜찮겠지. 희대의 현자의 본분은 결코 살육 따위가 아니다. 이런 두뇌 노동이야말로 내 특기 분야다. 자, 나의 실력을 보여줘 볼까. 울상을 지은 동생의 모습이 눈에 선하다──, 그렇게 완벽한 승리를 확신하면서 문제집 첫 페이지를 봤다.

이런 문자가 적혀 있었다.

'복소수 평면: 응용'.

…………? …………………………………………………??

"내일까지 끝내둬! 답례로 고급 케첩 사 올 테니까."

"저기……."

"뭐?"

"곱셈 같은 게 아니고?"

동생이 이상하다는 듯 고개를 갸웃거렸다.

"곱셈도 사용하겠지. 아무리 코마 언니라도 이 정도는 할 수 있잖아? 뭐 약간은 틀려도 돼. 완벽하면 선생님이 의심할 테니까."

동생의 장난일 수도 있다. 이건 수준급 수학자가 와야 풀 수 있는 나이트메어 모드의 문제일 텐데. 얘는 나를 놀리는 게 분명하다.

"……동생아. 너는 여기 쓰여 있는 내용을 이해하는 거니?"

"당연하지, 학교에서 배우고 있으니까! 그보다 교회에 가야 해. 오늘은 일요일이니까!"

그렇게 말한 동생은 공간 마법으로 두꺼운 책을 꺼냈다.

신성교 성전이다. 잘도 '학교에서 배우고 있으니까!'처럼 뻔한 거짓말을 한다고 질려 했지만——. 그보다 내 주의를 끈 것은 동생이 신성교에 빠져 있다는 점이었다.

"언제부터 교회 같은 데 다녔어?"

"오늘부터." 오늘부터냐고.

"하지만 너 '종교 따윈 쓰레기야!'라고 하지 않았던가?"

"마음이 바뀌었어."

동생은 어째서인지 뺨을 붉히며 말했다.

"어제 학원으로 신부님이 이야기하러 오셨어. 무척 근사하더라……. 낙담해 있던 나를 다정하게 위로해주셨어. 내 이야기를 조용히 들어주시고, 마지막에는 '분명 신께서 미소 지어주실 겁니다, 왜냐하면 당신의 본질은 태양처럼 밝으니까'라고 격려하시더라. 뜨거운 커피까지 대접해 줬다니까?"

얘는 뇌를 비료 삼아 꽃을 키우고 있는 걸지도 모른다.

바로 얼마 전에 남자친구와 헤어졌니 어쩌니 한 주제에, 벌써 새 남자를 찾았어?

동생은 비극의 히로인 같은 얼굴로 "하지만" 하고 말을 이었다.

"……하지만, 그분은 나 같은 건 길 잃은 하나의 새끼 양으로만 보고 있어. 같이 차를 마시자니까 넌지시 거절하셨거든. 그래서 나는 신성교의 공부를 하기로 했어. 훌륭한 성직자가 되어 그분에게──, 헤븐 님의 인정을 받으려고 해."

"누군데, 헤븐 님이."

"칠홍천 대장군 헬데우스 헤븐 님 말이야!"

뿜을 뻔했다.

"코마 언니는 같은 칠홍천이니까 알지? 헤븐 님은 어떤 분이야?"

"아니……, 별로 얽혀본 적이 없는데……."

"하지만 나보다는 자세히 알겠지. 안 가르쳐 주면 저녁밥에 엄청나게 매운 타바스코를 섞어서 억지로 먹여 줄 거야."

"그렇게 협박해도 몰라! 신을 무지 좋아한다는 것 정도밖에……. 또 고아원을 운영하는 것 같던데."

"아, 안 되겠네. 안 되겠어. 그런 건 나도 알아. 코마 언니에게 기대한 내가 바보였지. 코마 언니가 사이좋게 지내는 칠홍천은 흰 머리 스토커뿐이지?"

이 건방진 동생……, 멋대로 떠들고 있어.

오히려 내가 네 저녁밥에 타바스코를 뿌려줄까? ──그렇게 생각했지만 이 녀석은 호불호 없이 뭐든 잘 먹는 착한 아이였지. 피망이나 매운 걸 잘 못 먹는 나와는 천지 차이다.

뭐 어쨌든 사정은 왠지 모르게 이해했다.

이 녀석이 내 방에 침입해 온 목적은 숙제를 떠밀기 위한 것만이 아니었다. 헬데우스에 관한 정보를 캐낼 속셈이었겠지.

……그나저나 헬데우스라. 분명 칠홍천 내에서는 착실한 부류일 수 있지만, 그래도 상식적인 관점에서 생각하면 충분히 기인

이다. 기인은 기인에게 끌리는 법인가? 하지만 뭐, 얘는 쉽게 달아올랐다가 쉽게 식는 타입이니까. 그냥 두면 질릴 가능성도 있다.

동생은 진심으로 실망했다는 표정을 띠더니 "하아아아—" 하고 한숨을 내쉬었다.

"코마 언니는 놀라울 정도로 기대를 배신하네."

"미안하게 됐네. 나로서는 신성교에 발을 들인 네가 더 놀라운데."

"무슨 소리야! 앞으로는 신의 시대야! 뮬나이트 제국은 곧 성스러운 빛에 휩싸일 거라고!"

"헬데우스 같은 소리를 다 한다, 너……."

"하지만 신성교의 신자가 요즘 늘고 있다던데. 제도에서 열심히 포교하고 있대. 코마 언니도 한번 이야기나 들어보지?"

"사양할게. 별로 관심도 없고."

"아, 그래. 그럼 나는 기도와 성가 레슨을 받고 올게."

그때 로로코는 문득 떠올랐다는 듯이 "그렇지!" 하고 미소를 짓는다.

"숙제는 잊지 말고 해줘! 천재 코마 언니라면 별거 아니겠지만!"

냐하하하—. 그렇게 웃으며 동생은 떠나갔다.

나갈 때 내가 먹고 있던 마시멜로도 야무지게 집어 먹었다.

그 뒷모습을 배웅하면서 나는 문득 의문을 느꼈다.

신성교는 어떤 종교지?

프레테 왈 '건데스블러드가는 옛날부터 신에게 침을 뱉는 집안'이라는 모양이다. 아빠 엄마도 종교에 관심이 없었으니 딸인 나와도 데면데면했다.

아니, 뭐. 지금은 그런 것보다 절박한 문제가 있다.

동생이 넘기고 간 두꺼운 문제집을 내려다본다.

이걸 못 풀면 로로 녀석이 '코마 언니는 역시 바보였네, 불쌍해라' 하고 비웃음을 살 게 뻔하다. 여기서 더 얕보이고 싶진 않다. 언니의 위엄을 잃고 말 것이다.

그렇기에 어떤 수단을 써서라도 완벽하게 풀어야 하는데——.

"⋯⋯⋯⋯⋯⋯⋯⋯어쩌지."

나는 절망감에 사로잡혀 머리를 싸매고 말았다.

팔랑팔랑 넘겨본다. 처음은 동생의 장난 같은 게 아닐까 의심했는데, 장난치고는 정교하다. 무엇보다 처음 몇 문제는 동생이 직접 푼 듯했다. 그렇다는 건——, 이건 진짜 동생에게 주어진 숙제라는 것이다.

누구라도 좋으니까 도와줘.

그 변태 메이드는 왜 중요한 때 없는 거야.

※

뮬나이트 궁전의 방.

코마리의 메이드 빌헤이즈는 장식이 달린 고급 테이블에서 황제와 마주 보고 있었다.

주인과 방 데이트를 즐기려던 차 호출을 당했다. 응하지 않을 수 없었지만, 조금 언짢은 기분이 드는 것도 별수 없는 일이었다.

눈앞에서는 뮬나이트 제국 황제 카렌 엘베시아스가 우아하게 홍차를 마시고 있다.

용건이 있다면 빨리 끝내줬으면 한다.

"그렇게 불만스러운 표정 짓지 마라. 금방 끝내마."

"딱히 불만은 없습니다만……."

"얼굴에 불만이 가득. ——아니, 뭐 미안하게 생각한다. 모처럼의 일요일에 호출하면 누구든 싫을 테니까."

황제는 찻잔을 코스터 위에 두고 말했다.

"그럼 바로 본론으로 들어가려 하는데."

"코마리 님에게는 말씀드리지 않아도 될까요."

"그건 네 판단에 맡기마." 황제는 대담하게 웃는다. "자, 그럼……, 갑작스럽지만 최근 뮬나이트 제국 중심부에서 신성교 집단이 활발하게 활동하고 있다는 건 아냐?"

"네, 뭐."

신성교. 절대적인 '신'을 숭상하는 유일신교이자 여섯 나라 및 핵 영역 곳곳에 교회를 두고 있다. 빌헤이즈 직속인 부하 보고로는 올해 여름 무렵부터 활동이 급속히 활발해졌다는데——, 그게 뭐가 어쨌단 말인가.

"아무래도 신성교 쪽에서 수상한 냄새가 나. 열심히 전도하는 건 상관없지만, 정부 몰래 수상한 집회를 열고 있는 모양이야. 핵 영역에서 무슨 무기를 밀수하고 있다는 정보도 있고. 뭐, 이건 확정된 정보는 아니지만."

"제7부대를 출동시켜서 진압하라는 말씀이세요?"

"처음부터 제7부대를 출동시키면 다 파괴해 버리겠지. 보낸다면 헬데우스의 제2부대 정도가 적당하려나. ──아니, 너에게 하고 싶은 건 그런 말이 아니라."

황제는 문득 창밖으로 시선을 돌린다.

슬슬 눈이 내릴지도 모른다.

"……갑작스럽지만, 너는 신이라는 것을 믿느냐?"

"정말 갑작스럽네요. 저는 무교라서 딱히 믿지 않는데요."

"나──, 짐도 마찬가지다."

아주 잠깐 황제의 패기가 흔들린 듯했다. 그러나 그녀는 아무 일 없었다는 듯 말을 잇는다.

"신성교 성전에는 '신을 신봉하라'라는 구절이 있다는데, 그런 걸 진심으로 믿는 사람이 몇이나 될까."

"신성교도라면 믿지 않을까요?"

"모두가 헬데우스처럼 경건한 신도는 아니야. 일부 사람들은 자기 야망을 이루기 위한 도구로 종교를 이용하는 면이 있어──. 짐은 그렇게 생각한다."

"네에……."

"3일 후에 교황이 뮬나이트 제국을 방문하기로 했다."

무심코 눈을 깜빡이고 말았다. 갑자기 무슨 말이지.

"교황이라는 건 신성교의 최상부지. 핵 영역 한복판에 거대한 성당을 두고 평소에는 거기 왕처럼 군림하며 박혀 있지만, 이번에는 무슨 영문인지 뮬나이트를 순찰하고 싶다고 하시더군. 우리는 교황을 극진히 모셔야 해."

"요리라도 하면 될까요?"

황제는 웃으며 "그건 다른 사람에게 시키마"라고 말했다.

"너에게 부탁하고 싶은 건 좀 더 중요한 일이야. ──교황 예하가 뮬나이트를 방문하는 목적은, 그쪽에서 말하기로는 '종교적인 교류를 촉진하기 위해서'라더군. 하지만 뭔가 꿍꿍이속이 있는 게 분명해. 그걸 알아내 사전에 재난을 막는 것이 바로 뮬나이트 제국 정부의 역할이고."

"지금까지 신성교 본부와 교류가 있었나요?"

"없어. 뮬나이트 궁정은 백 년쯤 전에 파문장을 받았거든. 그이후로 계속 절연 상태였고. ──그렇다고는 해도 3년 전에 교황이 바뀌어서 성도(聖都)에서 뭔가 방침이 변한 걸지도 몰라."

"…………."

확실히 지금까지 아무 교류도 없던 사람들이 접촉해 오는 게 수상하긴 하다.

그러나 그렇게까지 경계할 일인가? 육국 대전과 천무제가 끝난 이후, 각국의 분위기는 진지하게 싸움을 피하고 평화 우호를 추진하는 쪽으로 흐르고 있다. 적어도 '사람들을 구제한다'라는 표어를 내세우는 종교 세력이, 굳이 그 흐름을 역행하는 암투를 벌이려 할 것 같지는 않았다. 아니면 자신이 지나치게 평화에 찌든 것일까.

"폐하. 저는 뭘 하면 될까요."

"너를 부른 건 칙령을 내리기 위함이야. 잘 새겨듣거라──."

황제는 의미심장하게 웃으며 작전의 개요를 설명하기 시작했다.

빌헤이즈는 묵묵히 듣고 있었다. 딱히 의문은 들지 않았다. 이 사람이 말하는 것이라면 뮬나이트 제국에게 필요한 일일 것이고, 무엇보다 '코마리를 위한 거다'라고 강조해 버리면 거절할 수도 없었다.

곧 설명을 마친 황제는 "어때?" 하고 눈치 보듯 바라보았다.

"이건 흡혈귀에게 있어 중요한 일이야. 맡아주면 기쁘겠는데."

"네. 폐하의 분부라면야."

"좋아!" 황제는 만면에 미소를 지으며 말했다. "역시 코마리의 충실한 메이드야. 너라면 기대 이상의 전과를 가져다주겠지──. 그럼 볼일은 끝났다. 돌아가도 된다. 갑자기 불러서 미안하다."

"아니요. 그럼 실례하겠습니다."

빌헤이즈는 고개를 꾸벅이고 그 자리를 떠났다.

작전 결행은 3일 후. 즉 교황이 뮬나이트 제국을 방문한 이후다.

실행에 앞서 불안할 건 없었다. 지금까지도 똑같이 암부의 공작을 소화해 왔으니까. 평소처럼 대담무쌍하게 대처하면 아무 문제 없을 것이다.

──그래. 기왕이면 이번에도 주인에게는 비밀로 일을 진행하자. 그래야 더 재미있는 반응을 볼 수 있을 테니까.

빌헤이즈는 속으로 웃으면서 복도로 나왔다.

──뽀옹!

등 뒤. 황제가 있었던 자리에서 뭔가가 바뀌었다.

"어쩌지……. 어쩌지……. 정말 어쩌지……."

나는 온몸에 식은땀을 흘리며 문제집을 마주 보고 있었다.

무슨 내용인지 하나도 모르겠다. 요즘 학생들은 멀쩡한 얼굴로 이렇게 어려운 문제를 풀고 있단 말인가. 그렇다면 뮬나이트 제국의 미래는 안녕하겠군——. 그렇게 현실 도피를 하면서 나는 깃털 펜을 꼭 움켜쥐었다.

분한 나머지 눈물이 뚝뚝 흘러내렸다.

뭐야, 로로 녀석. 언니인 나보다 고도의 학술을 배우다니. 나도 제대로 공부했더라면 이 정도 문제는 별거 아닐 텐데. 학원에 다녔더라면 간단했을 텐데.

생각해보면 동생은 나에게 없는 것만 가지고 있다.

키. 학력. 친구. 커뮤니케이션 능력. 마법 재능. 리더십. 나쁜 짓을 해도 어째서인지 용서하게 되는 애교. 그리고 무엇보다—— 일이나 의무에 얽매이지 않는 자유로운 인생. 나처럼 도중에 내던지는 일 없이 순조로운 학교생활을 보내고 있다.

생각하면 할수록 화가 난다.

정답 칸에 내가 좋아하는 음식을 1위부터 차례대로 써버리자. 오므라이스, 햄버그, 카레라이스——. 역시 그건 좀 그런가? 애초에 내가 '해주겠다!'라고 큰소리를 치며 맡은 작업이다. 아무리 동생이 마음에 안 들더라도 적당히 끝내는 건 신의에 어긋난다.

"——아! 코마리 님이 울고 계시네요! 제가 핥아드려야겠어요.

그러니까 코마리 님, 이쪽을 봐주세요."

"와아아아아아아아아아아악?!"

나는 거의 의자에서 굴러떨어지듯 그 자리를 벗어났다.

어느새 빌이 거기 있었다. 변함없이 신출귀몰한 변태 메이드지만 익숙한 일이라서 불평도 나오지 않았다. 나는 눈물을 쓱쓱 닦으며 일어섰다.

"······뭐야, 빌. 황제랑 한 약속은?"

"무사히 마치고 왔어요. 그보다 코마리 님, 왜 그러세요? 설마 제가 코마리 님 푸딩을 몰래 먹은 걸 들켰나요?"

"몰래 먹었어?!"

"죄송합니다. 용서해주세요."

장난하나······!! 저녁 먹고 먹으려고 아껴둔 건데······!!

······아니, 진정하자. 심호흡해. 간식 좀 먹었다고 화내면 수명이 줄어든다고. 이럴 때는 어른스럽고 냉정하게 행동하자고. 이 녀석도 사과하고 있잖아.

"······실수는 누구나 하는 법이지. 앞으로는 조심해."

"역시 코마리 님이세요. 하지만 그래서는 제 마음이 불편해서요. 속죄라고 하기는 뭣하지만, 제가 뭐 도울 일은 없을까요."

"············?!"

그리고 나는 알아차렸다.

이 메이드는 주인이 어려운 문제에 애를 먹고 있는 걸 알고 도움의 손길을 내민 것이다.

나도 모르게 감동하고 말았다. 섬세함이라는 단어와는 연이 없는 변태 메이드인 줄 알았는데, 뜻밖의 배려가 엿보인다. 역시 주종 관계는 이래야지.

"아, 알았어! 그렇게까지 말한다면 벌을 줄게. 마침 동생이 나에게 떠넘긴 숙제가 있거든. 네가 이걸 풀어줘."

"싫습니다."

"어째서?!"

정말 뭐야?!

"푸딩 하나의 대가치고는 너무 크네요. 목욕 후에 귀를 파게 해주세요."

"뭐어어?! 그게 사과하는 사람의 태도냐?!"

"그럼 동생분의 숙제는 못 해드려요. 언니로서의 위엄은 엉망이 되겠네요."

"끄으응……."

메이드에게 배려를 기대한 내가 바보였다.

이 녀석은 항상 나를 궁지에 빠뜨리기 위한 책략을 짜고 있다.

이제 됐어, 네가 그렇게 나온다면 상대해 줄게. 악마에게 영혼이라도 팔아 주겠어!

"알았어! 귀 파기든 뭐든 해 줄 테니까 숙제해 줘!"

"어머. 의외로 밀어붙이면 통하는군요. 그럼 귀 파기에 마사지도 하게 해주세요."

"메이드답지 않은 요구로군! 좋아, 해주겠어!"

빌은 "계약 성립이네요"라고 담백하게 말하더니 숙제를 풀기 시작했다.

Illustrations copyright © riichu

왜 내가 이런 고뇌를 짊어져야 하는 거지. 전부 로로 탓이다. 아니, 절반은 메이드 탓이다. 내 주변에는 적밖에 없네, 망할──. 그렇게 속으로 푸념하면서 나는 침대에 걸터앉는다.

그리고 묵묵히 문제를 풀어나가는 메이드의 뒷모습을 바라본다.

역시 만능 메이드야. 녀석은 집안일이나 모략, 전투뿐만 아니라 공부에도 능한 모양이다.

그러나 5분 정도 지났을까, 나는 더는 견딜 수가 없었다. 뭐라고 해야 하나……. 냉정하게 생각하면 동생 숙제를 남에게 시키는 것도 비상식적이지 않나 하는 생각이 든 것이다.

"……저기, 빌. 싫으면 안 해도 돼."

"무슨 말씀이세요. 귀 파기와 마사지를 위한 건데요."

빌은 신경 쓰는 기색도 없이 펜을 놀리고 있었다.

생각해보니 빌에게는 성가신 잡일을 너무 많이 떠넘기는 것 같다. 내가 죽지 않도록 돕는 것만으로도 힘들 텐데──. 간식 만들어 주지, 방 청소해 주지, 책 사다 주지. 이 녀석 때문에 내가 구제 불능이 되어 가는 거 아닐까.

"……네가 사라지면, 내 사생활이 힘들어질 것 같아."

"네? 그게 무슨 뜻이죠?"

빌은 어리둥절한 모습으로 돌아보았다.

나는 황급히 고개를 저었다.

"아무것도 아니야! ──만약 메이드 일이랑 관련해서 원하는 게 있다면 편하게 말해줘. 내가 가능한 한 어떻게든 해 줄게. 노동환경 개선은 상사의 의무이기도 하니까."

"감사합니다. 그럼 급료 대신 코마리 님과 결혼할 권리를 얻고 싶어요."

"기어오르지 마!"

나는 태클을 걸며 바닥에 떨어진 책을 주웠다.

……뭐, 빌이 내 곁을 떠날 일은 없겠지.

직접 말하기도 뭣하지만, 이 녀석은 내 껌딱지다. 뮬나이트 제국군 말고는 일할 곳도 없겠지. 앞으로도 나는 더욱더 빠르게 구제 불능이 될 게 분명하다──. 나는 그렇게 황당한 기분을 느끼면서 책을 마저 읽기 시작했다.

하지만 이때는 상상도 하지 못했다.

평온한 일상은 이미 파멸로 접어든 후였다.

※

참고로 동생은 '필적이 다르다'라는 이유로 줄줄이 여러 부정을 발각당했고, 최종적으로는 선생님에게 혼쭐이 난 후에 복도에서 5시간 동안 서 있게 됐다나 보다. 인과응보란 바로 이런 거겠지. 이번 일로 반성하면 좋을 텐데. 뭐, 그 자유분방한 동생이라면 다음 날엔 혼났다는 사실을 깔끔하게 잊고 태평하게 웃고 있겠지. 정말 부러운 성격이다.

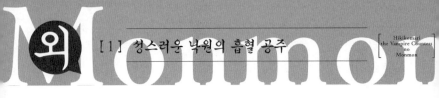
동생에게 숙제를 강요당한 지 3일이 지났다.

오늘 역시 출근이다.

그러나 엔터테인먼트 전쟁이 열리는 건 아니다. 평소 싸움을 걸어오는 라페리코 왕국도 '동면기'라는 알다가도 모를 시기에 돌입했는지 선전포고해 올 기색이 없었다. 조금 서운하다──라는 생각은 조금도 들지 않는다. 차라리 영원히 동면하면 좋겠다.

그런 이유로 나는 추위에 몸을 떨면서 뮬나이트 궁전까지 왔다.

오늘 일은 집무실에 틀어박혀 정체 모를 서류에 사인만 하면 된다. 그리고 부하의 훈련을 감독하거나 부하의 상담을 들어주면 그만이다. 전쟁에 비하면 100억 배는 편한 일이다.

그러나 궁전의 연결복도를 걷다가 묘한 분위기를 느끼고 말았다.

아무래도 소란스러운 느낌이 들었다. 문관들이 허둥지둥 궁전 내를 달려 다니고 있다. 여기저기서 고함이 들려온다. 갑자기 "꺄악!" 하는 비명이 들리나 싶더니, 눈앞에서 사람들이 정면충돌해 서류가 팔랑거리며 복도에 떨어졌다.

"……다들 왜 저러지? 연말이라서 바쁜가?"

서류 줍는 걸 도우면서 빌에게 묻는다.

그녀는 전혀 도울 기색조차 보이지 않고 "그러게요" 하고 턱을 짚었다.

"아마도 그것 때문이겠죠. 교황이 오기 때문일 거예요."

"교황? ——아, 이거 받으세요."

종이 다발을 건네주자, 문관은 "화화화, 황……황송합니다. 건데스블러드 각하!" 하고 떨면서 경례하고 가 버렸다. 전부터 생각한 거지만 나를 너무 무서워한다. 내 본성은 바다를 떠도는 고래처럼 온화한데.

"신성교 교황이요. 핵 영역의 성도 레하이시아에서 먼 길을 온다고 하네요. 아무래도 뮬나이트 제국과 교류를 다지고 싶다나 봐요."

"그래. 그러고 보니 동생도 교회에 다니고 있다던데……."

"요즘 신성교의 세력이 커지고 있는 것 같네요. 육국 대전이 끝난 후로 사람들이 마음의 안녕을 찾아 신에게 기도하게 되었다나 봐요——. 뭐 우리 제7부대는 신에게 가운뎃손가락을 세우는 녀석들뿐이니 무관하지만요."

"미리 말해두겠는데 성도 사람들을 만나도 가운뎃손가락은 세우지 마."

"알고 있습니다. 특히 교황이라는 존재는 신성교 내에서도 진성 신자니까요. 눈앞에서 '신 같은 건 없어요~!'라고 지껄이면 성도 성기사단이 뮬나이트 제국을 불바다로 만들겠죠. 역사상, 그렇게 멸망한 도시는 얼마든지 있어요."

"…………."

무서워. 만약 교황을 만나도 나는 목각인형처럼 묵묵히 있자.

그러나 빌은 "뭐, 괜찮겠죠"라고 웃으며 말했다.

"상대는 현재 뮬나이트 제국에 호의적이에요. 그 증거로 그들은 '거대 신상'을 보냈고요."

"그게 뭔데."

"전체 길이가 30m 정도 되는 거대한 동상이에요. 신을 본뜬 신성한 것이라던데요. 어제 뮬나이트 궁전 한구석에 설치됐나 봐요."

빌이 창밖을 가리켰다.

먼 곳에 천을 뒤집어쓴 거대한 물체가 자리하고 있다.

어쩌면 오늘 식전에서 저 천을 벗기고 소개할지도 모른다. 뮬나이트 정부로서도 저런 무식하게 큰 물체를 떠넘겨서 곤란하겠지만——. 그나저나 이 시점에서 불길한 예감이 드는 건 기분 탓일까?

여름에는 몽상낙원의 호텔을 폭파했다. 가을에는 아마츠 저택의 백억 엔짜리 항아리에 금이 가게 했다.

겨울에 같은 일이 벌어지지 않으리라는 보증이 어디 있을까. 교황이 와 있는 동안에는 제7부대를 자숙시키는 게 나을 수도 있겠군——. 그보다 교황은 벌써 와 있는 건가?

"저기, 빌. 나는 그냥 가만있으면 되는 거지?"

"제7부대에 따로 내려온 얘기는 없어요. 언뜻 듣기로는 뮬나이트 궁전에서 지금부터 회담이 있을 거라던데요. 황제 폐하와 교황 예하께서 회식을 하신다네요."

즉 나하고는 아무 상관 없는 이야기라는 건가.

애초에 '교황'이라는 장엄한 어감에선 성가신 예감밖에 들지 않는다. 나는 칠흑부에 틀어박혀 폭풍이 지나가기를 기다릴까──그렇게 생각한 차였다.

"각하! 안녕하십니까."

악마의 목소리가 들렸다. 어느새 뒤에 마른 고목 같은 흡혈귀──카오스텔 콘트가 히죽히죽 웃으며 서 있었다. 이른 아침부터 신변의 위험을 느꼈다.

"마침 잘 만났군요. 요즘 날이 추워졌습니다."

"그래. 너도 감기 걸리지 않게 조심하도록."

"오오! 어찌 이리도 자비로우실 수가……! 신성교의 신보다 각하께서 훨씬 신에 걸맞습니다!"

이봐, 그만해. 그런 얘기는 큰 소리로 떠들지 말라고.

어디서 성도의 성직자가 귀를 곤두세우고 있을지도 모르니까.

"카오스텔. 너무 신을 모욕하지 마."

"당연하죠! 각하를 모욕하는 놈이 있다면 제7부대가 한마음이 되어 갈기갈기 찢어놓을 겁니다."

"자연스레 나를 신처럼 대하는 것 같은데? 내가 무슨 말을 하려는 건지는 아는 거지?"

"당연하고말고요. 신에 필적하는 각하께서는 좀 더 칭송받으셔야 합니다. 저희 홍보반은 각하의 훌륭함을 전 세계에 알리기 위해서 밤낮으로 고민하고 있습니다."

전혀 모르고 있는 것 같다.

참고로 제7부대는 나를 정점으로 여섯 개 반으로 나뉘어 있다나 보다.

제1반——빌헤이즈 특별 중위가 이끄는 공작반. 총원 약 50명.

제2반——카오스텔 콘트 중위가 이끄는 홍보반. 총원 약 100명.

제3반——벨리우스 이누 케르베로 중위가 이끄는 파괴반. 총원 약 100명.

제4반——요한 헬더스 중위가 이끄는 특공반. 총원 약 100명.

제5반——멜라콘시 대위가 이끄는 유격반. 총원 약 100명.

제6반——반장이 없는 특수반. 총원 약 50명. 멤버들은 누가 톱이 될지를 둘러싸고 피 튀기는 싸움을 벌이고 있단다. 뭐 하는 건지 모르겠다.

솔직히 말해서 내가 보기에는 그냥 전부 '폭주반' 같았다. 그러나 남자라는 생물은 이러한 영문 모를 조직 구성을 좋아하는지, 부대 녀석들도 의외로 신이 나서 '제7부대 건데스블러드 대 제ㅇ반 소속 ㅇㅇㅇ입니다' 같은 식으로 자기소개하기도 한다.

각설하고.

"……뭐, 열심히 일하는 거야 자유지만, 쓸데없는 짓만은 하지 말아줘."

"네. 이번에 저희가 제안하는 것은 매우 의의 있는 홍보 활동이에요. 구체적으로는—— 이제부터 '테라코마리 건데스블러드 상'을 세우려 하고 있습니다."

"무슨 소리를 하는 거야?"

"즉 각하의 동상을 세우려는 거죠. 아아, 시공비는 걱정하지 마세요. 제7부대의 사람들은 이번 계획에 대찬성하고 있으니까 그들의 사비를 조달할 수 있거든요."

"그런 문제가 아니야. 동상 따위는 필요 없잖아."

"아니요, 필요합니다. 각하의 위광을 알리기 위해서는 동상이 최선이에요."

"일리가 있군요. 실제로 알카를 손에 넣었던 매드할트 전 대통령은 자기 동상을 대통령 관저 정원에 세웠다니까요."

"그렇죠! 역시 힘을 과시하기 위해서는 동상이 최고예요!"

"그렇죠! 가 아니야! 왜 매드할트와 똑같은 짓을 해야 하는데?!"

"겔라 알카의 동상과는 비교가 안 될 만큼 훌륭합니다. 이미 대부분은 완성됐어요."

카오스텔은 한 장의 사진을 건넸다.

거기에는 내 동상(인 듯한 것)이 찍혀 있었다. 만면에 미소를 띠며 두 손으로 브이 사인을 하고 있다. 창피함에 얼굴이 다 후끈거린다.

"제1탄은 멋있는 면보다 귀여움을 강조해서 제작했습니다. 길이는 32m."

신이랑 맞먹잖아.

"뭔가 추가로 원하시는 게 있다면 검토할 텐데요."

"원하는 거야 산더미처럼 많지! 너무 많아서 말로 다 못 하겠어!"

"그럼 저부터 하나. 버튼을 누르면 눈에서 빔이 나오는 장치를 넣죠."

"이봐, 쓸데없는 소리 하지 마!!"

"좋군요! 라페리코의 왕도를 조준하게 설정해두죠."

"전쟁이 일어나잖아아아아아!!"

그런 웃기는 동상이 생기면 여러 의미에서 나는 죽고 말 것이다. 게다가 방금 '제1탄'이라고 했지. 앞으로도 동상을 세울 마음으로 가득하잖아. 여기서 막지 않으면 각하 티셔츠의 전철을 밟고야 말 것이다. 그건 어째서인지 아직 판매되는 중이고 매달 신작까지 나온다.

"이봐, 카오스텔…… 이 동상은 역시……"

"안심하시죠. 설치할 장소라면 이미 선정해 뒀으니까요."

"아니, 그런 문제가 아니라……"

"──콘트 중위! 큰일입니다!"

갑자기 복도의 안쪽에서 제7부대 대원들이 달려왔다.

카오스텔 직속 흡혈귀들이다.

"무슨 일입니까? 복도에서 뛰면 안 되죠."

"저길 보십시오! 저희가 동상을 설치하려고 했던 곳에……, 왠지 이미 동상 같은 게 세워져 있습니다!"

"뭐라고요……?!"

카오스텔이 창밖을 살폈다.

그의 얼굴이 경찰을 맞닥뜨린 절도범처럼 험악해졌다.

"……이건 중대 사태로군요. 저곳은 제가 일주일 전에 찾아둔 명당인데요. 꼭 동상을 세우기 위해 준비된 듯한 공터다 싶어서 기뻐했었는데……"

그야 동상을 세우기 위해 준비된 공터니까 그렇겠지.

물론 내 동상이 아니라 신의 동상을 세울 예정이었겠지만.

"그냥 넘길 수 없겠군요. 코마리 상을 제쳐두고 대형 쓰레기를 불법 투기하다니……!"

"이봐, 잠시만. 카오스텔. 그건 말이지……."

"이럴 때가 아니지! 바로 조사에 착수하세요!"

"내 이야기를……."

"""""알겠습니다!!""""

팟!! 카오스텔과 부하들은 내 목소리를 무시하고 복도에서 폭주했다.

절망이 해일처럼 밀려들었다. 조금씩 파멸로 가는 조각이 맞춰져 간다. 어차피 또 녀석들이 날뛰면 내가 고생할 게 뻔하다——.

"——어쩌지, 빌?! 저 녀석들을 막지 않으면 분명 성가신 일이 벌어질 거야!!"

"어떻게 막으시게요?"

"……………………………………………………………………."

방법이 떠오르지 않는다.

뭐, 카오스텔 녀석도 역시 상대가 신이란 걸 알면 함부로 파괴하지는 않겠지——. 그렇게 생각하고 싶지만 불안감만 든다. 내가 생각한 '제7부대의 위험인물 랭킹(간부 한정)'에서 그 녀석은 2등이니까. 참고로 1등은 멜라콘시고 2등이 카오스텔, 3등이 요한, 4등이 빌, 5등이 벨리우스 순이다.

뭐, 순위는 크게 상관없고 전부 거기서 거기 수준으로 위험하지만.

왜 내 주변에는 제대로 된 인간이 없는 걸까.

그냥 이 일을 때려치우고 싶다. 그러고 보니 천무제에 참가한 보수로 '황혼의 트라이앵글'이 발간될 것 같다. 지금은 카루라가 출판사와 연락을 취하고 있는 단계다. 슬슬 퇴직을 염두에 두고 활동하는 게 좋을지도 모른다.

"빌. 나는 현실 도피하기로 할게."

"그럼 제 품 안에서 쉬실래요?"

"싫어."

어쨌든 지금은 녀석들의 이성에 기대를 거는 수밖에 없다. 안 좋은 일은 잊고 어서 집무실로 가고 싶다. 난로 앞에 앉아 일하는 척하면서 낮잠이나 자고 싶다──. 그렇게 선언한 대로 현실 도피 중이던 그때.

"──혹시 '피바다실'이 어디일까요?"

누군가 말을 걸어왔다.

이계에서 울려 퍼지는 듯한 신비한 음성.

놀라서 뒤를 돌아본다. 그곳에는 한 소녀가 서 있었다.

차가운 달 같은 금발을 양쪽으로 묶은 흡혈귀다. 나이는 나와 비슷한 정도일까──. 차분한 분위기에서 앤티크 돌 같은 정밀함이 느껴진다. 머리에 쓴 것은 챙이 없는 기묘한 모자. 비스듬한 십자가에 화살이 꽂힌 듯한 문장이 그려져 있다.

그러나 내게 가장 신경 쓰이는 점은 그녀가 막대사탕을 핥고 있다는 점이다.

Illustrations copyright © riichu

그런 걸 먹으면서 돌아다니면 넘어졌을 때 위험할 거 같은데.

"아. 저기…… 누구시죠?"

"죄송해요. 저는 스피카 라 제미니. 율리우스 6세라고도 불리고 있습니다."

그녀는 입에서 사탕을 꺼내면서 말했다. 사과 같은 색의 사탕이다.

별 같은 눈동자가 물끄러미 시선을 보냈지만, 이름을 듣고도 전혀 알아차리지 못했다.

궁정에서 일하는 귀족의 따님일까? 아버지가 두고 간 도시락을 전하러 왔다거나? 뭐 추측해봐야 무슨 소용이겠어——. 그렇게 생각하면서 나는 그녀의 눈동자를 바라봤다.

"피바다실이라면 저쪽이야. 안내해줄까?"

"감사합니다. 그렇지만 번거롭게 할 수는 없지요."

"하지만…… 으음. 궁정 사람에게 볼일이라도 있어?"

"네. 볼일이 있어서 왔습니다. 그나저나 뮬나이트 궁정은 제 생각보다 훨씬 떠들썩한 곳 같네요. 뭔가 트러블이라도 있는 걸까요? 테라코마리 건데스블러드 칠홍천 대장군께선 무슨 일이 벌어지고 있는지 아시나요?"

갑자기 이름을 불려서 놀라고야 말았다. 그러나 딱히 이상할 건 없다. 내 얼굴은 카오스텔이 만든 광고나 메르카의 날조 신문 등 덕에 세계적으로 알려져 있으니까.

"……확실히 다들 바빠 보여. 교황이 온다니까 아마도 여러모로 준비 중인 거 아닐까?"

"힘들겠네요. 교황은 어떤 분일까요?"

"듣기로는 엄청나게 성급한 광전사 같다던데. 너도 마주치게 되면 조심하는 게 좋을걸. 신을 모독하면 한 방에 살해당할 것 같으니까."

소녀──스피카의 눈매가 살짝 달라진 듯했다.

그러나 그녀는 아무 일 없었다는 듯 "흐음" 하고 맞장구를 쳤다.

"무서운 분이군요. 건데스블러드 장군이라면 어떻게 벗어나시겠어요?"

"으음……. 뭐 아첨하는 수밖에 없지. 대충 '신은 굉장하네요!'라는 말을 연발하면 어떻게든 되지 않을까."

"그게 자기 목을 조르게 되진 않을까요?"

"뭐 듣고 보니……. 하지만 괜한 갈등을 피하기 위해서는 방편도 중요할 테고……."

키득, 하는 소리가 흘러나왔다.

스피카가 손에 든 사탕을 빙글빙글 돌리면서 말한다.

"──역시 거물이네. 내 동포가 주목하는 이유를 알겠어."

"응? 뭐라고 했어?"

"아니요. 아무것도요. 위치를 알려주셔서 감사합니다."

스피카는 그렇게 말하더니 발길을 돌리려고 했다. 그러나 도중에 뭔가를 떠올린 모양이다. 갑자기 내 쪽으로 돌아서며 아무렇지도 않은 듯 입을 열었다.

"──신을,"

"응?"

"당신은 신을 믿나요?"

갑자기 무슨 소리를 하는 거지, 이 아이는.

"그, 글쎄…… 신이 있는지 없는지는 사람에 따라 다르지 않을까?"

"당신 자신은 어떻게 생각하세요?"

"뭐, 신이든 부처든 있으면 좋겠지. 하지만 만난 적이 없어서 전면적으로 믿을 순 없어. 미확인 생물이나 다름없다고."

"눈에 보이는 것만 믿는다는 건가요. 그건 좀 시야가 좁은 것 같은데요."

"그렇게 말해도……"

만약 신성교에서 말하는 전지전능한 신이 존재한다면, 세상은 좀 더 살기 쉽게 되어 있겠지. 구체적으로는 모두가 일하지 않고 방에 틀어박힐 수 있는 이상향이 아닌 게 이상하다. 하지만 현실은 토요일이든 일요일이든 전쟁해야만 하는 노동 지옥. 그야말로 월월화수목금금. 즉 나에게 신은 존재하지 않는 것이나 다름없다. 만일 존재한다고 하더라도 그 녀석은 태만한 신임이 분명하다.

그런 취지를 단적으로 말하자, 스피카는 "그렇군요"라고 작게 중얼거렸다.

"당신 같은 생각을 가진 사람도 아직도 많군요."

"무슨 말이야?"

"정화 작업을 생각 중이었어요. 그럼 전 이만 가보겠습니다."

소녀는 사탕을 덥석 입에 물고 '피바다실' 쪽으로 떠나간다.

방금 정화 작업이라고 했지? 어디 청소라도 하는 건가……?

그나저나 신비로운 분위기를 가진 애였지. 아마 단순한 흡혈귀는 아닐 거야.

분위기를 보아 다른 종족의 피가 섞인 게 아닐까? 우선 무사히 목적지에 도착하면 좋겠는데——, 그런 식으로 조금 걱정하는데, 옆에 있던 빌이 "역시 코마리 님이세요"라고 뜻 모를 찬사를 늘어두었다.

"그야말로 살육의 패자라고 해도 과언이 아닌 행동이네요. 신성교 교황을 앞에 두고 신을 부정하는 과격한 발언을 쏟아내며 놀리시다니. 게다가 본인을 앞에 두고 '성급한 광전사' 취급까지—— 저는 도저히 흉내 낼 수도 없겠어요."

"응? 방금 뭐라고?"

"네? 코마리 님 허벅지를 쓰다듬고 싶다고 했는데요."

"그런 말은 한마디도 안 했거든!! 교황이 어쩌고 하지 않았나?!"

"했죠. 율리우스 6세 즉, 스피카 라 제미니는 성도 레하이시아에 계신 교황 예하예요. 설마 코마리 님이 눈치채지 못하셨을 줄은 생각도 못 했네요."

"……뭐??"

"그녀가 쓴 모자에 '비스듬한 십자가와 빛의 화살' 모양이 있었죠. 그건 신성교를 나타내는 엠블럼이에요. 참고로 황제 폐하와의 회담을 치르는 곳이 '피바다실'이라나 봐요."

눈이 동그래졌다. ——뭐? 그 애가 교황이었어? 헬데우스 같은 장년의 아저씨를 상상하고 있었는데——, 나와 또래 정도 되는 흡혈귀가 신성교의 탑? 아니, 그보다 왜 아무렇지 않게 궁전 복도를 걷고 있었던 거야? 길을 잃었나? 아니면 환상이었나?

나는 조심스레 "진짜야?"라고 빌에게 물었다.

빌은 담담하게 "진짜예요"라고 답했다.

그렇게 나는 지뢰를 밟았다는 사실을 깨달았다.

"——말 좀 해주지이이이이이이이이?! 어떻게 할 거야?! 무례 하기 짝이 없는 말을 했거든?! 나도 모르는 사이에 분쟁의 불씨 를 뿌린 거라고, 분명!!"

"율리우스 6세는 생긴 건 귀엽지만 진짜 강경파로 유명해요. 그녀의 저서 '신의 나라의 편지'를 읽으면 알 수 있어요. 신을 믿 지 않는 야만인은 '정화'한다고 명언하고 있거든요."

"……농담이지?"

"농담이 아니에요. 코마리 님은 종교라는 걸 얕보고 계시네요."

"좋아, 알았어! 오늘부터 나는 신성교도가 될 거야! 회개하는 모습을 보이면 교황도 '뭐, 저렇게까지 반성한다면' 하고 용서해 주겠지! 어떻게 하면 입교할 수 있는 거야?!"

"신성교의 근본적인 이념은 '사랑'이에요. 우선은 가슴에 손을 대고 눈을 감으세요. 그리고 마음 깊은 곳에 잠든 진정한 사랑 을 자각하는 거예요."

"그래……. 사랑……, 사랑……, 사랑……. 뭔가 알 것 같아!"

"사랑이 싹트셨나요? 그 사랑이 가장 가까운 인간에게 향하면 좋겠죠. 그러니까 평소의 감사를 담아 메이드의 머리를 쓰다듬 어 주세요."

"알겠어! 쓰담쓰담……."

"감사합니다. 사랑은 점점 성장해 가는 것입니다. 다음은 허그예요. 자, 제 품으로 뛰어드세요——."

"알았어!! ——아니, 이거 분명 거짓말이지!!"

나는 빌을 밀치고 거리를 두었다.

조금도 방심해선 안 될 녀석이다. 자기 바람을 실현하기 위한 도구로 종교를 이용하다니! 이런 녀석이야말로 교황에게 혼나야 하는데!

"최악이야……. 또 전쟁이 시작될 거야……."

"괜찮아요. 그 정도는 황제 폐하가 도와주실 테니까."

"뭐, 그래?"

"교활한 폐하라면 코마리 님이 무례를 저지를 걸 예상하셨을 거예요. 물론 제7부대의 폭주도 사소한 문제겠죠. 그걸 모두 통틀어서 잘 정리해 주실 겁니다."

"그래……. 뭐 그렇겠지……."

그 금발 거유 미소녀는 변태지만 놀라운 수완가이기도 하다. 육국 대전이나 천무제에서도 일이 잘 풀리도록 사전 교섭을 하고 있었던 것 같고 말이다. 게다가 아빠도 평소에 '그 사람에게 맡겨두면 대부분 어떻게든 되니까 재상은 필요 없단 말이지'라고 자조적으로 말했었다.

그렇게 생각하니 여유가 생기네. 스피카도 황제에게 설득당해 '어쩔 수 없네' 하고 분노를 거두겠지. 뭐, 나도 나중에 정식으로 사과할 생각이지만.

"좋아. 불리한 건 잊자고."

"바로 그거죠. 그럼 바로 집무실로 가시죠."

"응."

그런 식으로 기분을 전환하면서 걷기 시작했을 때였다.

복도 안쪽에서 누군가가 빠른 걸음으로 다가오는 게 보였다.

오늘은 정말 소란스러운 날이네——. 그렇게 한탄하면서 걷던 나였지만, 녀석과 시선이 마주치자마자 '뒤로돌아'. 드물게도 위기관리 능력을 발휘해 기둥 뒤에 숨으려고 했다.

그러나 허사였다.

별안간 팔을 꽉 잡혀버렸다.

"——잠깐, 건데스블러드 씨! 왜 숨는 거예요?!"

"아니야! 기둥 그늘에 햄스터가 있었던 것 같아서 확인했을 뿐이야!"

"있을 리가 없잖아요! 당신, 요즘 저를 피하고 있죠?!"

최근뿐이랴, 처음부터 피하고 있다.

길게 찢어진 눈동자와 목이버섯 같은 머리카락이 특징인 THE 귀족——, 칠홍천 프레테 마스카렐이 평소처럼 강압적인 태도로 나를 노려봤다. 뮬나이트 궁전에서 가장 만나고 싶지 않은 인물 중 하나다. 산 넘어 산 정도가 아니다.

"이—거—나—! 나랑 결투하고 싶다면 우선 빌과 사쿠나와 네리아와 카루라를 쓰러트린 뒤, 주사위를 던져서 6이 연속으로 여섯 번 나오면 생각해 줄 수도 있어!"

"뭐 그렇게 철벽을 치는 거예요! 딱히 결투할 생각은 없어요!"

"하지만 너는 툭하면 덤벼드는 광전사의 필두잖아! 칠홍천이 야만인 집단이라고 불리는 이유 대부분은 분명 너에게 있을걸!"

"뭐라고요오오오오오오오오오?!"

"코마리 님. 불에 기름을 붓는 스킬이 향상됐군요. 멋지세요."

프레테는 그대로 검을 뽑아 들고 덤벼들──지 않았다.

의외로 "하아" 하고 한숨을 내쉬더니 내 팔을 놓아 준 것이다.

어쩐지 평소와 모습이 다른 것 같다. 여유 넘치는 우아한 분위기가 무너지고 피로함이 새어 나왔다. 밤이라도 새웠나? 빌이 의아하다는 듯 물었다.

"마스카렐 님, 도대체 무슨 일이 있었나요. 주름이 늘었는데요."

"죽고 싶어요?"

"이봐, 그만둬 빌. 부추기지 마."

"실례했습니다. 세어보니 주름 수는 변화가 없었네요."

분노의 파동을 느낀 나는 그 자리에서 움츠러들었다.

아아──. 또 칠홍천 투쟁이 시작되겠구나. 최종적으로는 살해당할 거야.

프레테 녀석이 얼굴을 새빨갛게 붉힌 채 부들부들 떨고 있잖아──. 폭풍우를 예감했지만, 그녀는 습, 하고 심호흡을 통해 분노를 가라앉히려 하고 있었다. 상대가 어른스럽게 나오면 있는 대로 부추기는 우리가 사악한 존재 같아서 부끄럽다.

이윽고 그녀가 내 쪽을 응시하며 차분한 어조로 말한다.

"──카렌 님 못 보셨어요?"

"응? 아니……, 못 봤는데."

프레테는 씁쓸한 표정을 짓더니, 이어서 나에게는 사활이 걸린 문제가 될 사실을 밝혔다.

"실은 카렌 님이 보이지 않아요. 이래서는 교황 예하를 환대할 수도 없다고요."

문관들이 크게 당황했던 이유는 황제가 홀연히 자취를 감추었기 때문이었다.

프레테에게 들은 이야기에 따르면 황제는 일주일 정도 방에 틀어박혀 있었다나 보다.

공개적으로는 감기에 걸린 것으로 되어 있지만——, 그게 사실 같진 않았다. 바보는 감기에 걸리지 않으니까, 변태도 감기에 걸리지 않을 게 뻔하다.

"카렌 님?! 카렌 님?! 어디 계시는 거예요—?!"

고요하게 눈이 내리는 뮬나이트 궁전.

나와 프레테는 함께 황제를 찾고 있었다. 아니, 궁전 사람들이 총출동했다. 여기저기서 "폐하~ 폐하~" 하는 외침이 들려온다. 그러나 찾는 사람은 전혀 모습을 보일 기미가 없었다.

"……안 되겠네요. 그림자도 보이질 않아요."

빌이 소각로의 문을 열면서 말했다.

그런 곳에 그림자가 있으면 오히려 무섭잖아.

"이 상태라면 뮬나이트 궁전에는 없겠네요. 공간 마법으로 찾는 분도 계시겠지만, 현시점에서 못 찾은 걸 보아 제도에도 없겠죠."

참고로 제7부대 녀석들도 함께 수색에 나섰다.

그들은 "어디 간 거냐, 황제 폐하!" "각하를 번거롭게 하고 있어!" "지금 당장 나오지 않으면 죽인다!" "안 나와도 죽인다!" 하고 불량배처럼 마구 고함치며 배회하고 있었다. 아니, 불량배 그 자체였다.

"──역시 안 보여. 테러리스트에게 암살이라도 당한 거 아냐?"

불현듯 금발의 남자── 요한 헬더스가 뒤숭숭한 말을 꺼냈다.

아니, 암살이라니. 확실히 테러리스트 활동이 활발해진 건 사실이지만……. 하지만 저 천하무쌍 변태 황제가 그렇게 쉽게 죽을 리도 없을 것 같은데.

"저기, 빌. 황제는 아빠에게도 아무 말 없이 나간 거야?"

"무슨 말을 남겼더라면 지금쯤 찾았겠지요──. 그런데 마스카렐 님. 폐하가 멋대로 자취를 감추는 경우가 자주 있나요?"

"그럴 리가요." 프레테는 내뱉듯이 말했다. "카렐 님은 성격은 괴상하지만, 황제의 본분을 저버리는 분이 아니에요. 분명 뭔가 깊은 사정이 있을 게 뻔해요."

"하지만 교황 예하를 기다리게 하고 있잖아요. 이건 슬슬 외교 문제일 것 같은데요."

"그러게요……. 성도에서 최상부를 보내왔으니까 저희도 황제가 맞아야 하는데! 아아, 카렐 님! 당신은 지금 어디에 계신 건가요……?!"

"늦잠 자나? 나도 자주 그러는데."

"카렐 님을 당신처럼 게으른 흡혈귀와 비교하지 마세요!"

그것도 그렇다. 황제의 사생활이야 모르지만, 그 사람이 '5분만 더~!' 하고 침대에서 나오지 않는 모습은 상상조차 안 된다.

그나저나 춥네.

나는 두 손을 문지르며 "하—" 하고 숨을 내쉬었다. 하늘에서 부드럽게 쏟아지는 솜 같은 눈을 응시하면서 나는 생각한다——. 얼른 실내로 돌아가 난로를 쬐고 싶다고.

뮬나이트 제국의 군복은 방한 성능이 너무 낮은 탓인지 몸속까지 싸늘하게 식었다. 나는 더위나 추위 모두 약한 글러먹은 흡혈귀다. 이대로 밖에서 계속 황제를 찾는다면 분명 얼어 죽겠지.

도대체 그 사람은 어디로 간 거지? 여기 어디로 뭐라도 사러 간 거 아니야? ——그런 식으로 내심 불평하고 있는데, 문득 요한이 내 쪽을 물끄러미 바라보고 있단 걸 깨닫는다.

"……왜 그래? 배라도 고파?"

"아, 아니. 그냥! 괜찮으면 내 화염 마법으로 데워줄까 해섯?!"

어째선지 요한의 몸이 날아갔다. 날려버린 건 그의 부하들이었다.

"뒈져, 이 건방진 자식!" "새치기는 안 된다고 했지, 인마!" "땅바닥을 기면서 세 번 정도는 죽어!" "제 몸도 따뜻하게 해 주실래요? 네 따뜻한 피로 말이지!"

——데굴데굴 굴러가는 자기 상사를 향해 왠지 린치가 시작되었다.

너무 무서우니까 못 본 셈 치자.

갑자기 빌이 "어머" 하고 중얼거리며 손을 잡았다.

"손이 시리면 안 되죠. 본격적인 겨울에 대비해서 장갑을 만들어 드릴게요."

"어? 옷장 안에 있었던 것 같은데."

"있었지만 제가 만들고 싶어서요. 또 머플러도 필요하겠네요. 하지만 지금은 유감스럽게도 준비된 게 없으니까 전속 메이드의 인육 머플러로 참아 주세요."

"인육 머플러가 뭔데──. 이봐, 들러붙지 마! 떨어져! 끌어안지 마! 따뜻한 건 알겠지만 이건 역시 창피해……. 아니, 하지만 따뜻해……. 하지만 부끄러워……."

"이런 대낮부터 뭘 하는 거예요!!"

프레테의 고함에 정신을 차리고 황급히 메이드의 포박에서 탈출한다. 정말 뭐 하는 거지, 나는.

"잘 들어요. 지금 우리는 뮬나이트의 간판에 흠이 날지도 모르는 갈림길에 서 있어요. 무슨 일이 있어도 폐하와 연락을 취해야──."

"프레테 님! 큰일 났습니다!"

멀리서 본 적이 있는 듯도 하고 없는 듯도 한 흡혈귀가 달려왔다.

분명 프레테의 부관이었던 것 같다. 그는 새파랗게 질린 얼굴로 그녀 앞으로 오더니 그대로 한쪽 무릎을 꿇었다.

"교황이. 교황 예하께서……."

"진정해요, 바슈랄. 도대체 무슨 일이에요?"

"죄송합니다……. 건데스블러드 재상이 시간을 벌고 계셨는데, 아무래도 교황 예하의 인내심이 다 했는지……, 황제가 힘들다면 지금 당장 그에 준하는 지위의 사람을 데려오라고 하십니다. 거부하면 단교하겠다는 말까지 나오고 있습니다."

"뭐라고요……?"

나는 불길한 예감을 느꼈다.

뮬나이트 제국에선 문관보다 무관이 권력을 가지고 있다.

칠홍천 출신의 황제가 넘버 1. 내각을 이끄는 재상은 (문관의 최상부이긴 하지만) 제국에서 넘버 3에 불과했다.

황제에 버금가는 존재── 그건 칠홍천, 즉 나나 프레테 같은 사람뿐이다. 누가 봐도 권력 구조가 이상하단 생각이 들지만 오랜 전통이라는 것 같으니 불평해도 소용없다.

뭐 됐나. 칠홍천은 나 말고도 여럿 있으니까──.

"즉 교황 예하는 칠홍천을 데려오라고 하시는 건가요?"

"네……, 그런가 봅니다. 누구든 좋으니까 지위가 높은 사람을 불러오라는 것 같습니다."

"이런, 볼일이 생각났네. 프레테, 나 대신 어떻게든 해 줘."

나는 자연스럽게 그 자리를 벗어나려 했다.

그러나 빌이 팔을 덥석 붙잡으며 막았다.

"무슨 말씀이세요, 코마리 님! 바로 교황님을 찾아뵙죠! 황제 폐하의 뒤치다꺼리를 할 수 있는 건 최유력 차기 황제 후보인 코마리 님뿐이에요! 프레테 마스카렐 따위가 감당할 일이 아니라고요!"

"이거 놔아아아아아! 숨 쉬듯이 프레테를 부추기지 마아아아아아!"

"카렌 님의 뒤치다꺼리?! 최유력 차기 황제 후보?! ——어리석은 것도 정도가 있어야죠! 그런 헛소리를 공공연하게 떠드는 사람한테는 못 맡겨요!"

"공공연하게 떠든 건 내가 아니라 메이드잖아!!"

"이런. 코마리 님의 행동에 트집을 잡을 생각입니까? 좋습니다, 그렇다면 어느 쪽이 교황 예하의 기분을 맞출지 승부하죠. 설마 무섭다고 도망치지는 않겠죠?"

"이봐, 그만둬. 도발하지 마."

"알겠어요! 건데스블러드 씨에게 맡기면 뮬나이트 제국이 위험해질 게 분명해요! 이럴 때는 저도 함께 교황 예하를 상대하죠!"

"이봐, 그만해. 도발에 넘어오지 말라고."

"그렇다는군요, 코마리 님. 바로 착각쟁이 교황에게 한 방 먹여 주죠."

"잠깐, 빌——. 이봐, 잡아당기지 마아아아아아아!!"

"그럼 포옹할게요."

"포옹하지 마아아아아아아!!"

그대로 나는 짐처럼 운반되었다.

왜 인생은 뜻대로 되지 않는 것일까? 뻔하다. 메이드가 나를 억지로 끌고 다니기 때문이다. 최소한 하루라도 좋으니까 이 녀석이 존재하지 않는 일상을 체험하고 싶다——. 근데 너 정신 없는 틈에 옷에 손 넣지 마?! 울면서 난동 부린다!!

☆

애초에 교황의 목적은 대체 뭘까.

빌이 예상하기로는 친목을 다지는 것이란다. 하지만 듣기로는 율리우스 6세——스피카 라 제미니는 이단의 존재를 허용하지 않는 엄청난 과격파라는 모양이다. 조금 전 내가 과격한 말을 했을 때도 '정화하겠다' 같은 소릴 했었고, 그건 단순한 청소를 뜻하는 게 아니었다.

"……저기, 빌. 하면 안 될 말 같은 건 있을까?"

"우선 신을 부정하는 건 그만두는 게 좋겠어요."

"어라? 이미 부정했는데……."

"처음부터 인상이 최악일 이유죠. 이거 무릎을 꿇는 정도로는 안 끝나겠네요."

"어쩌지?! 냉장고에서 푸딩을 꺼내올 걸 그랬나……?!"

"조용히 하세요! 교황 예하 앞이에요!"

프레테가 작은 소리로 혼내자 나는 입을 다물었다.

여기는 뮬나이트 궁전 '피바다실'.

거대한 장방형 테이블을 둘러싸고 두 세력이 마주 앉아 있었다.

한쪽은 뮬나이트 제국 정부. 나와 프레테와 아빠, 그리고 어째서인지 뒤에는 제7부대 녀석들이 백 명 정도 서 있다. 내가 교황을 만나러 가게 되자마자 개미 떼처럼 따라온 것이다. 이 시점에서 파멸적인 미래만 보인다.

그리고 또 하나는 성도 레하이시아에서 온 신성교 사람들이었다.

두 추기경에게 좌우로 호위받듯 금발의 소녀 스피카가 앉아 있다. 밤하늘에 떠오른 푸른 별 같은 눈동자가 이쪽을 응시한다. 나는 눈사람처럼 굳어 있었다. 무슨 얘기부터 해야 할지 전혀 알 수가 없었다. 우선 날씨 얘기로 떠보는 게 좋을까——. 그렇게 생각하는데 옆에 앉아 있던 아빠가 귀띔했다.

"그럼 코마리. 뒷일은 부탁하마."

"엥?"

터무니없는 말을 들은 듯했다.

그리고 아빠는 그대로 기가 막힌 소리를 했다.

"교황 예하께서 꽤 화가 나셨는지……. 아빠가 무슨 말을 하든 안 들어주시거든. 아까부터 다과도 전혀 손을 안 대시고. 아마 교황 예하가 진짜 얘기하고 싶은 상대는 차세대를 짊어질 젊은이겠지. 그러니까 아빠는 이만 나가보마."

"잠깐! 갑자기 떠넘겨도 곤란한데!"

"괜찮아, 괜찮아. 마스카렐 각도 있고. 아아, 그렇지. 나이도 또래니 이번 기회에 친구가 되어보렴. 코마리라면 할 수 있고말고."

"잠깐……."

그럼 뒷일을 부탁하마——. 아빠는 웃으면서 어디로 사라져 버렸다.

엄청난 사태에 아연실색하고야 말았다. 교황을 상대하기가 귀찮아진 게 분명하다.

그나저나 '친구가 되어보렴'? 말이야 쉽지. 친구가 되려고 해서 될 수 있다면 지금쯤 나는 동생 못지않게 빛나는 청춘을 누리고 있을걸! 매주 친구와 함께 방에 틀어박혀 독서회를 열었을 거라고!

아니, 그런 건 아무래도 좋다.

지금은 어떻게 이 자리를 벗어날지 생각해야지——.

"——역시 황제 폐하는 안 계신가 보군요."

이계에서 울리는 듯한 신비로운 음색.

교황 율리우스 6세——스피카는 냉랭한 시선을 나에게 보냈다.

그녀가 새빨간 막대사탕을 살랑살랑 흔들면서 말한다.

"편지를 보냈을 텐데. 오늘 오후부터 회담을 갖자고 했을 텐데. 황제 폐하께 알겠다는 답을 받았을 텐데——. 대체 뭔가요, 이게. 이 대접만 봐도 뮬나이트 내에서 신성교의 지위가 얼마나 낮은지 잘 알겠네요."

"그, 그런 건 아니랍니다!"

옆에 있는 프레테가 어울리지 않게 살갑게 웃으며 말했다.

"제도에도 교회는 많고요. 무엇보다 국가를 대표하는 무관의 정점, 칠홍천 중에는 신성교 신부가 있습니다!"

"헬데우스 헤븐 말인가요? 그자는 작년에 제가 파문한 이단인데요?"

""파문?!""

나와 프레테의 목소리가 겹쳤다.

충격적인 사실이다. 그 인간, 대체 무슨 짓을 저지른 거야?

"헤븐 경은 성도의 방침을 따르지 않는 무법자였어요. 여러 번 소집령에도 응하지 않고 장군으로서의 직무를 우선한 모양이던데요. 신을 위해 일하지 않고 살육에 힘쓰다니 말도 안 되는 일이죠. 뮬나이트 제국을 대표하는 성직자가 그래서야, 국가의 종교의식 수준도 알 만하네요."

아니, 아마 헬데우스는 정말 바빴을 것이다. 사쿠나나 뒤집힌 달 같은 문제로 여러 일이 있었으니까. 하지만 스피카는 뺨을 부풀리며 노발대발한 눈치였다.

뒤에 있던 부하들이 "저 녀석 좀 건방지지 않아?" "조금 주제를 알게 해 줄까?" 같은 말을 주고받기 시작했다. 이대로 두면 폭동이 벌어지겠다――. 위험을 감지한 나는 황급히 입을 열었다.

"그, 그보다! 뮬나이트 제국에 잘 왔어! 황제가 없는 건 정말 미안하지만, 나와 프레테가 상대해 드릴 테니 용서해 주면 고맙겠는데!"

"칠홍천의 필두라면 페트로즈 카라마리아 각하 아닌가요? 왜 경험도 적은 두 분이 온 거죠? 이건 신성교를 얕보고 있다는 증거 같아 보이는데요."

"이봐, 빌. 뭐라고 하는데. 나는 부적격이래. 다른 칠홍천을 불러오자."

"안 됩니다. 제1부대 대장은 행방불명. 제2부대 대장은 고아원 사람들과 홈 파티. 제4부대 대장은 핵 영역에서 훈련 중. 제5부대 대장은 결번. 제6부대 대장은 유급 휴가니까요."

"사쿠나는 왜 그렇게 자주 쉬어? 나한테 유급 휴가라는 개념은 없어?"

"없습니다."

"있어야지!! 내가 과로사하면 전부 네 탓으로 돌릴 거야! 유언으로 '메이드 때문이에요'라고 써둘 거야!"

"뭘 속닥거리는 거죠? 그게 손님을 대하는 태도인가요?"

"죄송합니다, 교황 예하! 자, 건데스블러드 씨 사과하세요!"

"죄송합니다."

나는 순순히 고개를 숙였다.

이런. 처음 만났을 때의 카루라보다 더 까다롭다.

뒤에 있는 녀석들이 "각하께 고개를 숙이라고?" "장난하나?" "용서 못 해……. 저 뻔뻔스러운 태도 좀 봐." "저기, 저 녀석 죽여버려도 돼?" "안 돼, 네가 죽이면 순식간에 살점만 남잖아?" "에이─. 하는 수 없지." 그렇게 시끄럽게 떠들기 시작했다. 마지막것들은 뭐야.

스피카가 사탕을 핥으면서 "뭐, 됐어요"라고 말했다.

"──당신들을 괴롭힌다고 해서 시간이 돌아가는 건 아니니까요. 그러니까 우리가 오늘 여기 온 이유를 단적으로 말할게요."

별 같은 눈이 반짝였다.

그리고 그녀는 터무니없는 폭탄 발언을 내뱉었다.

"뮬나이트 제국의 국교를 신성교로 바꾸세요."

그 자리에 충격이 퍼졌다. 프레테가 눈썹을 찌푸린다. 빌이 아래턱에 손가락을 댄다. 제7부대 사이에 술렁임이 퍼진다──.

그리고 나는 영문을 모른 채 고개를 갸웃하고 있었다.

"지금 여섯 나라에서는 엔터테인먼트 전쟁이 아닌 전쟁이 발발하고 있어요. 이 원인은 명백합니다——. 사람의 마음이 어둠에 뒤덮여 있기 때문이죠. 그렇기에 신성교의 빛으로 세상을 비추어야 한다고 저희는 판단했습니다."

"잠시만요, 예하! 아무리 그래도 그건——."

"조용히 하세요, 프레테 마스카렐." 스피카는 가시 돋친 목소리로 프레테를 저지했다. "뮬나이트 제국이 육국 대전이나 천무제에서 활약했다는 건 인정하죠——. 하지만 그 활약은 무력이라는 야만적인 에너지에 근거한 것에 불과합니다. 이래서는 근본적인 해결이 되지 않아요. 지상에 진정한 평화를 가져다주기 위해서는 사람들의 마음이 변해야 해요. 그리고 그건 세속을 초월한 세력인 우리만이 이룰 수 있죠."

"그 뜻은 훌륭합니다. 하지만 사상을 강요하는 건 좀 그렇지 않나요. 갑자기 '국교로 삼아라'라고 해서 순순히 받아들일 순 없습니다."

"순순히 따르는 것이 평화로 가는 첫걸음이에요. 지상은 사랑으로 가득해야 하니까요. 비록 정부가 거절하더라도 언젠가 뮬나이트 제국은 신의 빛으로 감싸이겠죠——. 왜냐하면 우리가 이미 성직자를 제도에 풀어 사상을 교정하고 있으니까요. 민중이 강하게 압박하면 황제가 아무리 신을 거부하더라도 헛수고겠죠."

확실히 요즘 제도에서는 성직자들이 자주 눈에 띄게 됐다.

실제로 동생도 입교했고——그건 헬데우스가 원인이지만——,

어쨌든 스피카의 뮬나이트 제국 침략은 이미 시작된 것이다.

아니, 이건 침략인가?

잘 모르겠다. 하지만 갑자기 찾아와선 '내 종교를 믿어라'라고 강요하는 건 뭔가 잘못됐다는 느낌이 들었다. 그건 남에게 배려가 부족한 행위 아닐까.

"사실 이 권고를 하는 건 뮬나이트 제국이 처음이 아니에요. 이미 요선향의 천자도 알현했습니다."

"그렇군요. 천자께서는 뭐라고 하셨죠?"

"긍정적으로 검토하겠다는 답을 들었습니다. 이건 결코 가벼운 언약이 아니에요. 실제로 앞으로 요선향의 경사(京師)에는 새로운 교회가 10개 정도 세워지게 되었거든요."

"요선향은 외교적으로 약한 나라라고 들었어요. 무슨 비겁한 수를 쓴 건 아닌가요?"

"후. 뭘 모르는군요──. 우리는 신의 이치에 따라 행동할 뿐인데요."

스피카는 어이가 없다는 듯 탄식했다.

"우리의 제안을 거절하는 건 신에게 반역하는 것이나 다름없어요. 즉 이단이죠. 이단에게는 천벌이 내려질 겁니다. 구체적으로 말하자면 신의 군대가 출동해 사람들의 거처를 불바다로 만들겠죠. 요선 사람들도 그건 피하고 싶었을 거고요."

"………………"

"자, 신을 믿으세요. 뮬나이트 제국의 야만적인 흡혈귀들이여."

스피카는 사탕 끝부분을 이쪽으로 들이대면서 자신만만한 듯이 말했다.

즉—— 이 인간은 요선향에 '요구를 받아들이지 않으면 죽이겠다'라고 엄포를 놓은 것이다.

뭔가 엄청난 인간을 만났다는 생각이 든다. 그녀는 자기 행동이 잘못되었다는 생각은 조금도 하지 않는 것이다. 옆에서 빌이 진지한 목소리로 속삭였다.

"요선향의 판단은 아마도 옳을 겁니다. 성도는 '제7의 나라'라고 불릴 정도로 큰 세력이니까요. 그리고 전성기의 알카 공화국을 능가하는 군사력도 가지고 있어요. 한편 종교적인 정념이 뒷받침된 행동력에는 용서라는 개념이 없습니다. 적으로 간주한 상대는 이 세상에서 사라질 때까지 철저하게 끝장내 버려요. 성도란 그런 녀석들이에요."

그게 뭐야. 제7부대와 비교도 안 될 만큼 위험한 녀석들이잖아.

나는 프레테의 얼굴을 힐끗 살폈다.

그녀는 '알고 있죠?' 같은 시선을 보냈다. 지금만은 그녀와 마음이 서로 통한 느낌이 들었다. 즉 그거군. 교황의 요구를 받아들일 수 없다——. 하지만 이건 나나 프레테가 단독으로 정해도 될 수준의 문제가 아니다. 일단 '네. 네. 알겠습니다 생각해보죠' 같은 느낌으로 적당히 대처하고, 후에 황제가 돌아왔을 때 의견을 물어보면 되겠지. 이 자리에서 섣불리 반항하는 건 어리석은 짓이다.

나는 "어험" 하고 헛기침을 하고 나서 엄숙하게 입을 열었다.

"음. 뭐 신도 중요하니까. 우리도 긍정적으로 검토해 보지. 그렇다고 해도 황제가 부재중이라 이 자리에서 멋대로 정할 수는 없으니 일단 함께 차라도——."

"——뮬나이트에 가한 수많은 행패. 이건 그냥 넘어갈 수 없겠군요."

그렇게 나는 순간적으로 재앙이 도래했음을 감지했다.

어느새 내 대각선 뒤에 카오스텔이 서 있었다.

카오스텔뿐만이 아니었다. 제7부대의 광전사들이 분노의 오라를 뿜어내면서 내 뒤에 좌라락 늘어서 있었다. 이봐, 그만해. 정말 그만해. 하나도 안 웃기니까.

"뭐죠? 신의 결정에 불만을 제기하는 건가요?"

"아니, 아니 불만은 없어! 이 녀석들은 신경 쓰지 말고 차라도 마시자고!"

"불만이 없다고요?! 각하, 대체 뭐 하시는 겁니까! 뮬나이트가 우롱당하는데 잠자코 계시다니, 살육의 패자답지 않습니다!"

"불만이라면 당연히 있지! 이봐, 스피카! 갑자기 종교 권유라니 예의에 어긋나잖아. 할 거면 좀 더 가까워지고 나서 해!"

"잠깐, 건데스블러드 씨?! 머리라도 맞은 거예요?!"

오히려 머리를 맞고 기절하고 싶었다.

부하들이 "그래, 그래!" "각하 말이 옳다!" "꺼져라, 사기꾼들!" 하고 야유를 보냈다. 어쩌지. 완전히 평소의 패턴대로 되어 버렸다.

프레테가 거품을 물고 다가온다.

"자중하세요, 건데스블러드 씨! 성도와 싸우게 된다고 해서 뮬나이트 제국이 질 리는 없죠. 그러나 전쟁이 일어나면 우리나라는 막대한 손해를 입게 돼요! 무엇보다 카렌 님에게 아무 언질도 없이 이야기를 진행할 수는 없어요!"

"나도 알아! 하지만 입이 멋대로 움직인다고!"

"그럼 그 입을 잘라버릴게요!"

"입이 잘리면 밥을 못 먹잖아아아!!"

"——듣고 보니."

스피카가 분노를 억누른 듯한 목소리를 냈다. 나와 프레테는 동시에 교황 쪽을 돌아보았다. 그녀는 마음을 진정시키듯 심호흡하고 나서 말했다.

"——듣고 보니 그러네요. 신성교를 전혀 모르는 상대에게 개종을 요구하는 건 성급했을지도 몰라요. 우선은 성전을 100만 권 정도 보낼까요? 그리고 법으로 정해서 똑똑히 국민에게 전하세요. 특히 아이들에게는 성전 문구를 암송시키시길."

"감사합니다. 냄비 받침으로 사용할게요."

"이봐, 빌! 너는 누구 편이야?!"

"아무짝에도 쓸모없는 책을 산더미처럼 보내줘 봤자예요! 부쩍 추워지는 계절이니 난로에 넣을 장작 대신 쓸까요?"

지뢰 밟지 말라고오오오오오오오오!!

이제 틀렸다. 스피카의 눈에 살의가 깃들기 시작했다.

뮬나이트 제국을 멸망시키기 위해 계산 중인 게 분명하다. 어떻게든 변명해야 한다——, 그렇게 생각하는데 근처에 있던 프레테가 경직된 얼굴로 일어섰다.

"오……오호호호호! 죄송합니다, 교황 예하! 제7부대는 뮬나이트 제국 내에서도 도덕성이 낮기로 정평이 나 있거든요. 야만인의 헛소리에 귀를 기울이시면 안 됩니다——. 그렇지, 홍차라도 한 잔 더 드릴까요?"

"그렇다네요, 멜라콘시. 교황의 컵에 홍차를 따라 주세요."

"예—!"

테이블 아래에서 선글라스 쓴 괴인이 불쑥 나타났다. 제7부대의 폭탄마 멜라콘시다. 그는 경쾌한 동작으로 테이블 위로 올라가더니 탭댄스를 추면서 교황에게 다가갔다. 악몽 같은 광경이었다. 나는 당황해서 소리쳤다.

"——이봐, 카오스텔! 그만두게 해!"

"그만두게 하라고요? 그럼 제7부대의 분노가 가라앉지 않을 텐데요……."

"그만……두지 않아도 되니까……, 적당히 해 줘……. 화나게 하지 않을 정도로……."

"각하의 허가가 떨어졌습니다! 자, 멜라콘시! 손님에게 차를."

"라저!"

그의 손에는 어느새 티포트가 들려 있었다.

스피카가 거기서 처음으로 당황한 모습을 보였다.

"뭐……뭐죠, 이 난폭한 남자는?! 건데스블러드 각하! 지금 당장 멈추세요!"

"이봐, 멜라콘시! 폭발만은 안 돼! 알지?!"

"예—! 기분 나빠하는 율리우스 6세. 그걸 낫게 하는 방향성.

웃는 게 더 바람직. 그것이 내 최고의 폴리시. 다 같이 하는 다과회는 단란해?"

그렇게 말한 그는 티포트를 기울였다.

엄청나게 높은 곳에서. 교황 눈앞에 놓여 있는 컵을 향해.

루비처럼 아름다운 색의 액체가 중력에 따라서 낙하했고——.

파바바바바바바바바바바바바바바바바바바바바바바바바바바바바바바바바바밧!!

액체가 사방으로 튀었다.

튄 액체가 교황의 비싼 옷을 흠뻑 적시며 스며들었다.

컵에서 넘쳐흐른 홍차가 테이블에 쏟아진다. 옆에 있던 추기경들이 "무슨 짓을……!" 하고 비명을 지른다. 그리고 멜라콘시는 경직되어 꼼짝 못 하는 교황에게 조용히 속삭였다.

"레이디. 드시죠."

누군가 저 녀석 좀 말려.

그러나 이미 늦은 후였다. 세상이 끝나는 소리가 났다.

탕!! ——테이블을 치며 스피카가 일어났다.

차갑기 그지없는 시선이 나에게 향했다. 너무 무서워서 그대로 동사하는 줄 알았다. 그녀는 손에 들고 있던 사탕을 우직우직 찌그러뜨리며 말했다.

"——알겠습니다. 잘 알겠어요. 신의 위광을 이해하려 하지 않는 야만족에게는 무슨 말을 해도 소용없다는 걸 아주 잘 알겠네요. 대화로 풀 단계는 끝난 것 같군요."

"기다려 주시죠, 교황 예하!" 프레테가 당황하며 일어섰다. "저

난폭한 자는 저희 측에서 화형에 처하겠습니다! 일단 침착해 주시지 않겠습니까……?"

"아니요. 이렇게까지 우롱당하면 가만있을 수 없죠."

"예—! 리필해 줄까?"

"됐습니다! 정말 문나이트 제국은 미개한 국가군요. 역시 신의 힘으로 정화해야만——."

그 순간.

갑자기 거대한 폭발음이 들렸다.

아무래도 밖에서 무슨 일이 생긴 듯하다. 게다가 한 번으로 끝이 아니다——. 여러 번 간헐적으로 울렸다. 궁전을 뒤흔들 정도의 충격이다.

추기경들이 "뭐야?!" 하고 술렁인다.

나는 불길한 예감을 느꼈다. 폭발음을 듣고 사태가 호전된 적이 없기 때문이다.

"뭐, 뭐죠? 이 소리는……."

"겨우 철거 작업이 시작된 것 같군요."

카오스텔이 의기양양한 얼굴로 그렇게 말했다.

"이봐, 무슨 일이야? 설마——."

"부하를 시켜 대형 폐기물을 파괴하라고 지시해 두었습니다. 테라코마리 건데스블러드 상을 설치하는 데 방해되니까요. 참고로 잔해는 팔아서 부대 운영비에 보탤 예정입니다. 각하도 해체 현장을 보시겠습니까?"

"…………."

끝났다. 모든 것이.

제7부대 녀석들이 신상에 대고 마법을 마구 쏘고 있었다.

마법의 분류(奔流)가 신상에 부딪힐 때마다 요란한 폭발음이 울려 퍼진다. 동상이 파괴되어 점점 잔해더미로 변해 간다. 팔이 뚝 부러진 것을 본 순간, 나는 '이젠 틀렸다'라고 생각했다.

신을 두려워하지 않는다는 건 이런 것이다.

프레테는 절망한 나머지 얼굴이 가면처럼 고정되어 있었다.

그리고 당사자인 스피카는——꼭 경마에서 전 재산을 잃은 도박꾼 같은 얼굴로 서 있었다.

"저건…… 제가…… 신성교를 전파하기 위해……, 뮬나이트 제국에 선물한 신상인데……. 그걸…… 저렇게 잡동사니 다루듯이……."

"아니. 그…… 미안, 스피카. 악의는 없었어."

"미안하다는 말로——, 끝날 것 같으냐아아아아아아아아아아!!"

그녀가 갑자기 멱살을 잡더니 마구 흔든다.

그녀는 눈물을 흘리며 격노하고 있었다. 이거 살해당할 전개인데——, 그렇게 생각했지만 지나치게 험악한 얼굴에 압도당해 도망갈 수조차 없었다.

"교황이 된 후로 이렇게 지독한 꼴을 당한 건 처음이야! 대체 뭘 하고 살아야 이렇게 무례한 일을 벌일 수 있지?! 상식이라는 게 없어?! 야야야! 넌 대체 뭘 교육받고 자란 거야?! 라페리코

왕국의 야만인도 이렇게 야만적인 짓은 안 해! 지금 당장 신의 빛에 그대로 증발해서 지상에는 얼룩만 남는 게 낫겠어!"

"미안, 미안, 미안! 정말 미안해! 근데 왠지 말투가 변한 것 같다?!"

"이딴 식이면 누구든 말투가 변하거든!!"

힘껏 밀쳐졌다. 잽싸게 빌이 받아줬다.

스피카는 요란하게 혀를 차더니 주머니에서 막대가 달린 사탕을 꺼내고, 그것을 입에 물면서 "……실례. 흐트러진 모습을 보였군요"라고 사죄한다.

신상 파괴 작업은 절찬 진행 중이다. 이제 와서 멈춘다 해도 돌이킬 수 없는 것은 누가 봐도 분명했다. 쾅쾅, 하고 울려 퍼지는 폭발음을 배경으로 스피카는 한숨을 내쉰다.

"……단맛은 뇌에 냉정함을 주죠. 당신도 하나 어떠세요?"

그렇게 말하며 다른 사탕을 내밀었다.

피처럼 새빨간 색을 하고 있었다. 나는 당황해서 한 걸음 물러났다.

"괘, 괜찮아. 네 거잖아."

"현명하군요."

말뜻을 잘 모르겠다.

그녀는 다시 큰 한숨을 내쉬더니 잔해더미를 응시했다.

"그나저나 먼 길을 온 보람이 없군요. 재상은 실실거리며 섬찟하게 웃기만 하고. 칠홍천은 무례의 정점을 찍은 야만인. 역시 황제 폐하가 오시기를 기다려야 했나요."

"아아……, 응. 곧 있으면 올 테니까……."

그러나 빌이 귀에 대고 속삭였다.

"코마리 님. 아무래도 폐하는 뮬나이트 제국에는 안 계신 것 같습니다."

"뭐? 정말?"

"네. 오늘은 아마 안 돌아오시지 않을지……."

"다 들려요. 뭐 이 정도는 예상한 일이니까요. 뮬나이트의 뇌제라고 하면 괴짜 흡혈귀로 유명하거든요. 심도 있는 이야기는 나중에 하기로 하고——."

스피카는 거기서 내 쪽을 가만히 응시하며 말했다.

"하지만 이대로 빈손으로 돌아갈 수도 없죠. 외교적 성과의 문제가 아니에요——. 당신들 덕분에 제 마음이 상처를 입었거든요. 그 책임을 지지 않으면 저도 그에 맞게 대응하겠습니다."

"끄으으……. 내가 뭘 하면 되는데……?"

부하가 저지른 일은 상사의 책임이다.

그러나 스피카가 무슨 생각을 하는지 잘 모르겠다. 이게 네리아라면 '메이드가 되어 봉사해 줄래?' 정도로 끝나겠지만——. 상대는 이단을 결코 용납하지 않는 광전사다. 팔 하나를 넘기라고 해도 놀랍지 않다.

스피카는 "그렇지" 하고 무표정하게 중얼거렸다.

"당신은 사랑이 무엇인지 모르겠죠. 그렇기에 남에게 소중한 것을——, 이번 경우는 저에게 소중한 '신성교 자체'에—— 거리낌 없이 흠을 남겼을 테니까요. 그런 사람을 천벌을 통해 올바른 길로 이끄는 것도 성직자로서의 의무죠. 당신에게 사랑을 알려드리겠어요."

"……즉, 무슨 뜻이야?"

"즉. 당신에게 가장 소중한 걸 저에게 넘기세요."

그렇게 나오나.

부당한 요구——라고 생각은 했지만, 여기서 거절하면 전쟁에 돌입할 게 뻔했다. 반항적인 태도를 보이는 건 삼가자.

하지만 그나저나, 내게 소중한 건 뭘까?

나에게는 그다지 물욕이라는 게 없다. 물론 돈에도 크게 흥미가 없다.

휴일이나 낮잠을 자는 시간은 소중하지만, 그건 스피카에게 넘길 수 있는 게 아니다.

나머지는…… 예를 들어 '안드로노스 전기'를 비롯한 책은 소중하다. 그러나 그걸 잃는다 해도 곤란할 일은 없다. 사랑과는 전혀 무관한 것이다.

그렇다면—— 남은 것은 단 하나.

"알았어. 냉장고의 푸딩은 스피카에게 줄게."

"아니요. 푸딩은 됐습니다. 당신이 가장 소중하게 생각하는 건—— 거기 있는 메이드. 빌헤이즈예요."

""엥?""

나와 빌의 목소리가 겹쳤다.

너무나 뜻밖의 지적이라 뭐라고 답해야 할지 알 수가 없었다.

"사랑이란 잃었을 때 그 존재를 깨닫는 것. 빌헤이즈를 잃었을 때, 당신은 자기 죄를 깨닫지 않을까요? 그런 이유로 메이드는 제가 데려가겠습니다."

"…………."

내가 무슨 말을 들은 거지.

빌을 데려간다고? 그게 용납될 것 같나?

왜냐하면 이 녀석은 제7부대의 실질적인 부대장이자 내 전속 메이드라고.

뭐 분명 나에게는 귀찮기 짝이 없는 변태 메이드지만, 오히려 없는 게 더 평화로울 수도 있지만, 본인이 승낙할 리도 없을 텐데.

나는 빌의 옆모습을 슬쩍 봤다. 그녀는 눈을 감고 무언가는 생각하는 듯했다. 그러나 답은 듣지 않아도 뻔하다. 이 녀석이라면 억지를 부려서라도 거부할 게 뻔하——.

"——알겠습니다. 교황 예하를 따라가겠습니다."

나는 내 귀를 의심했다.

빌 녀석은 아무렇지 않게 스피카 쪽으로 다가갔다.

"잠시만! 대체 왜 그래?!"

"교황의 요구이기 때문입니다. 거부하면 전쟁이 벌어질걸요."

입을 다물어 버렸다. 객관적으로 생각하면 정론이다.

하지만. 하지만 그렇게 말해도 납득할 수 없는 점이 있었다.

"그게 좋겠네요!" 프레테가 만족스럽게 고개를 끄덕이며 말했다. "메이드 하나로 분쟁을 피할 수 있다면 잘된 거죠. 자, 가세요. 물나이트 제국을 위한 일이에요."

"이, 이봐. 빌! 너는…… 그래도 괜찮겠어?"

"네. 코마리 님을 생각해서 하는 일이에요."

"아——."

나는 무심코 팔을 뻗었다——. 그러나 그녀에게 닿지 못했다.

메이드의 뒷모습은 모든 부름을 막듯 단단한 오라를 띠고 있었다.

이 녀석이 나를 떠나갈 줄이야, 생각도 못 해본 일이다. 그래서 해야 할 말이 머릿속에서 웅크린 채 입 밖으로 나오지 않는다. 스피카가 웃으며 말했다.

"그럼, 빌헤이즈는 오늘부터 제 메이드입니다."

계단에서 굴러떨어진 듯한 기분이었다.

빌의 얼굴을 바라본다. 너무나 갑작스러운 일에 머리가 따라주지 않는다.

곧 그녀는 평소처럼 영민하고 냉철한 무표정을 지은 채 이렇게 말했다.

"——지금까지 감사했습니다. 저는 내일부터 성도에서 일하겠습니다."

뮬나이트 제국 제도에 눈이 쏟아지고 있다.

백극연방과 달리 이곳에 해가 바뀌기 전에 눈이 쌓여 굳는 일은 일단 없다. 그러나 건물과 건물 사이를 지나는 찬바람은 남방 출신 사람들을 떨게 하기에 충분했다.

"왜 내가 이런 데 와야 하는데……."

뒤집힌 달의 간부 '삭월' 중 하나인 로네 코르네리우스는 무심코 욕을 내뱉었다.

제도 하급 구역의 술집 '새벽의 문'. 손님이 거의 없는 점내에서 코르네리우스는 와인을 홀짝홀짝 마시고 있었다. 오늘은 표고버섯의 품종 개량 연구를 진행하려고 했는데 예정이 엉망이 됐다. 이게 다 모두 양옆에 있는 테러리스트들 때문이다.

"──이런? 표정이 영 뚱해 보이네요, 코르네리우스 님! 모처럼 멀리 나왔는데 즐기지 않으면 손해죠! 자, 제 유부를 나눠드릴게요."

"아니, 아니. 됐어. 네가 먹으면 되잖아."

"아니요, 사양하지 마세요. 독은 안 들었으니까요. 자, 아―."

"으읍?!"

갑자기 입에 유부가 쑥 들어왔다.

밀어 넣은 소녀는 사람을 깔보듯이 낄낄거리며 웃고 있었다.

우물거리면서 코르네리우스는 생각한다──. 정말 독이 들었을 것 같아서 싫은데, 라고.

상대는 여우 귀와 여우 꼬리를 가진 수인 소녀다. 이름은 후야오 메테오라이트. 아가씨 눈에 들어 최근 삭월로 승진했다는 엄청나게 위험한 살인귀다. 지난번 천무제에서는 테라코마리나 아마츠 카루라에게 호되게 당했다는 것 같지만, 전혀 반성의 기색이 없다.

"──그나저나 천조낙토와는 분위기가 상당히 다르군요. 뭐라고 할까, 뮬나이트 제국은 살벌해요. 지나가는 일반인조차 마음 깊은 곳에 살의를 품고 있거든요. 이게 화혼과 흡혈귀의 차이인가요? 공략하기 여간 힘들지 않겠네요, 트리폰 님."

"그래도 상관없습니다. 뮬나이트의 마핵을 획득할 수 있다면 과정은 어떤 것이든 상관없으니까."

이번에는 왼쪽 옆의 남자── 트리폰이 담담히 말했다.

키가 큰 창옥종. 후야오와는 달리 술도 요리도 주문하지 않았다. 극도의 구두쇠인 트리폰은 자기가 인정한 가게 말고는 돈을 쓰지 않는다고 한다.

이 남자도 삭월 중 하나지만, 코르네리우스는 그가 영 불편했다.

목적 달성을 위해서라면 수단을 가리지 않는 합리주의자. 이번에도 이 녀석에게 끌려 나온 탓에 뮬나이트 변두리까지 오게 된 것이니까.

후야오가 유부초밥을 먹으면서 "바로 그겁니다!"라고 맞장구를 쳤다.

"하지만 저는 이번에는 대기하기만 하느라 지루하네요. 이대로 가면 이번에는 테라코마리 건데스블러드에게 재전을 신청할 기회도 없겠어요."

"지금의 후야오는 【고홍의 애도】를 이길 수 없습니다. 이번에는 서포트에만 전념해야 해요——. 실제로 당신 덕에 계획은 순조롭게 풀리고 있고요."

뽀옹! 뭔가가 바뀌는 느낌이 났다.

"——흠. 교황 예하는 무사히 뮬나이트 제국과의 사이가 틀어진 것 같군. 이제 뮬나이트와 성도를 대립시키는 구도는 완성된 셈인가."

분위기가 너무 급변해서 와인 잔을 떨어뜨릴 뻔했다.

이 여우의 열핵해방은 【수경 이나리 권화】라는 변신 능력이다. 다양한 인물을 연기하다 인격까지 분열해 버렸다고 한다. 현재는 '기존의 무인다운 인격'과 '경국을 꾀하는 간신의 인격' 두 개로 한정된 것 같지만, 전에는 열 개 이상도 있었다나 뭐라나.

"우리가 노리는 건 어부지리라는 건가."

"네. 그리고 테라코마리 건데스블러드의 심복을 떼어내는 데도 성공했습니다. 열핵해방은 마음의 힘. 의기소침한 그녀는 【고홍의 애도】의 본래 힘을 발휘할 수 없겠죠. 그리고 이 틈을 타 신성교 신자들을 움직이는 거예요."

"뮬나이트 황제의 움직임도 막았어. 주인을 잃은 칠홍천들은 아무것도 할 수 없겠지. 그보다 하나하나 죽여가면 되지 않을까?"

"그런 교만은 죽음을 초래합니다. 아무리 그래도 그들은 제국 최강의 장군이니까요——."

그런 식으로 트리폰과 후야오가 활발하게 의견을 나누고 있다.

요약하자면 뒤집힌 달은 이번에도 여러모로 암약하고 있다는 거다. 코르네리우스로서는 빨리 방에 틀어박혀 도로 연구나 하고 싶은데——. 아니, 애초에 나는 왜 부른 걸까.

"저기 트리폰." 코르네리우스는 조심조심 이름을 불렀다. "난 뭘 하면 되는 거야? 아마츠는 지금 뭘 하고 있는데?"

"아마츠 카쿠메이는 이번엔 제외하기로 했습니다."

따돌림당하고 있었나, 그 녀석.

"그 남자만은 속을 알 수 없기 때문입니다. 지난 천무제 때도 후야오를 방해하러 왔다는 것 같으니 불확정 요소는 가능한 한 배제하는 게 좋겠죠."

"그럼 나는."

"당신은 병기를 시험해 줬으면 합니다."

"뭐?"

"계획 막바지에는 제도가 전장이 되겠죠. 아마 망국을 눈앞에 둔 흡혈귀들은 필사적으로 저항할 테고——, 그걸 마력 병기로 일망타진해 줬으면 합니다."

"……………………………………………."

그건 뭐. 흥미로워 보이는 이야기이긴 하다.

살인에는 관심이 없다. 국가의 존망은 더 관심이 없다. 그러나 자기 연구 성과가 현실에서 어느 정도 효력을 발휘하는지 확인해 보고 싶기는 했다.

"······그래. 기껏 테러리스트 집단에 소속돼 있으니까. 가끔은 표고버섯이나 소설 이외의 활동도 해야지."

뽀옹!

또다시 후야오의 인격이 바뀌었다.

"──코르네리우스 님의 표고버섯도 먹어 보고 싶군요!"

"그, 그래? 그럼 다음에 내 연구실로 올래?"

"정말요?! 이야, 기대되네요! 제가 듣기로 아마츠 님은 '더럽게 맛없다'라고 뒤집힌 달 내부에 퍼뜨린 것 같던데요."

"엥······. 그 녀석이 그런 말을 했어······?"

"제가 실제로 들은 것은 아닙니다. 그래도 그런 소문이 들리더라고요."

"················."

용서 못 해. 이제 안 만들어 줄 거야.

눈에 눈물이 고이는 것을 필사적으로 참는다. 어쩌면 취한 걸지도 모른다.

트리폰이 어이없다는 듯 입을 열었다.

"──후야오. 거짓말은 그만하도록. 장소를 가리지 않고 이간질하는 건 나쁜 버릇입니다."

"이런! 이거 경국 여우의 버릇이 나오고 말았군요──. 이거참, 죄송합니다. 무의식중에 인간관계를 건드리는 버릇이 있거든요. 아마츠 님은 그런 말을 하지 않았으니 안심하세요."

"······흥. 너는 시답잖은 여우인가 보네."

코르네리우스는 한숨을 내쉬었다.

레이게츠 카린도 이런 식으로 속인 게 아닐까. 아니, 딱히 자신은 속지 않았지만. 애초에 아마츠가 표고버섯을 어떻게 생각하든지 아무 상관 없는데.

뭐 어쨌든.

한동안은 트리폰의 의도대로 행동해 봐야겠군. 생각해보면 이번에 뮬나이트 제국은 상당히 곤경에 처했겠지. 그렇기에 사람의 마음은 흔들리며 불타오른다. 그럴 때야말로 열핵해방은 진정한 힘을 발휘하는 법이니까.

"──응?"

문득 트리폰이 뭔가를 감지했다.

"피의 기운이 느껴져. 아가씨가 도착한 것 같군요."

"아가씨? 그 아이도 오는 거야?"

"네. 이번 최종 목표는 뮬나이트의 마핵 탈취와 동시에 아가씨를 뮬나이트 제국 황제로 삼는 것입니다. 이 나라를 빼앗기 위해서 그녀의 존재는 빼놓을 수 없죠."

터무니없는 계획을 들은 듯했다. 물론 딱히 놀랍지는 않았다. 아마츠나 트리폰이 어떤 악랄한 계획을 꾸미고 있더라도 코르네리우스의 연구와는 무관하기 때문이다.

"이쪽입니다! 아가씨!"

후야오가 소리를 지른다.

술집 문이 열리고 바깥의 차가운 바람이 불어 든다. 아가씨, '신을 죽이는 사악'이 이쪽을 쳐다본다. 그녀는 순진한 아이 같은 걸음으로 다가오더니 꼭 친구에게 인사라도 하는 듯이 미소를 띠었고, 피투성이 시체를 바닥에 내던졌다.

"──모두 모여 있네! 바로 런치를 즐기도록 하자!"

코르네리우스는 바닥을 살폈다.

두 사람의 시체. 아니, 시체가 아니었다. 아직 희미하게 숨이 붙어 있다.

저건 분명 테라코마리 건데스블러드를 따라다니는 두 신문 기자다.

얼굴이 알려진 후야오를 미행해서 왔겠지. 그리고 아가씨에게 발각되어 처리당한 거다.

코르네리우스는 한숨을 내쉬면서 두 사람의 곁으로 다가갔다.

창옥과 수인은 뮬나이트 제국에서 죽으면 부활하지 않는다. 그렇기에 완전히 죽이지 않았겠지.

정말 아가씨도 자비가 깊은 흡혈귀로군──, 그렇게 어이없어 하면서 코르네리우스는 상처 치료를 시작했다.

첫날은 아직 괜찮았다.

오히려 '이제 변태 메이드의 변태 공격에 골치 썩을 일은 없겠네' 하고 후련한 기분으로 있었다. 그러나 그날 밤부터 뭔가 이상하단 걸 깨닫는다. 내 방이 무서울 정도로 조용했다. 내 방은 이렇게 허전했나? ——표현할 수 없는 불안감에 사로잡혔다. 하지만 은둔형 외톨이일 적엔 이게 일상이었다. 장군이 되기 전의 평온한 시간을 되찾았을 뿐이다. 그렇다면 이 기회를 이용해 희대의 현자답게 고고한 창작 활동에 매진하자——. 그렇게 생각하며 나는 펜을 들었다. 아마 이 시점에서 허세였을지도 모른다.

둘째 날부터 서서히 뭔가 틀어지기 시작했다.

우선 늦잠을 잤다. 매일 빌이 깨워줬기 때문에 알아서 일어나는 버릇이 들지 않았다. 또 아침밥도 준비되어 있지 않았다. 평소에는 빌이 내가 좋아하는 토스트를 준비해 주는데. 하는 수없이 1층 주방에서 로로와 함께 샐러드를 먹었다. 동생이 재밌다는 표정으로 "왜 그래? 실연이라도 했어? 응?" 하고 기쁜 듯이 엉겨 붙었지만, 신경 쓸 여유가 없었다.

또 출근하고 나서도 문제는 산더미였다. 대체 무슨 일을 해야 할지 전혀 알 수 없었다. 그렇게 나는 깨달았다. 지금까지 일은 전부 빌이 가져다주고 있었다. 빌의 '그렇게 하면 돼요', '이렇게 하면 돼요'라는 정확한 지시에 따라 간신히 해왔을 뿐이다. 그렇기에 내가 자발적으로 뭔가를 하는 것은 불가능했다.

일단 부하의 훈련도 감독했다. 그러나 부하와의 커뮤니케이션이 원활하지 못했다. 뭔가 질문해도 엉뚱한 대처밖에 할 수 없다. 아니, 지금까지도 엉뚱했을 수 있지만, 최소한 부하들이 "??" 하고 진지하게 곤란한 표정을 짓는 일은 없었다. 또한 갑작스레 발발한 싸움을 막지 못해 칠홍부 지붕이 폭발하는 사건이 발생하고 말았다. 만약 빌이 여기에 있었더라면 기지를 발휘해 피해를 최소한으로 줄여주었을 것이다. 의아하게 생각한 벨리우스가 "피곤하신가요?" 하고 걱정까지 할 줄은 몰랐다. 더이상 부하들 앞에 있으면 약점이 드러날까 싶었던 나는 난처해진 나머지 "급한 볼일이 생겼다"라며 조퇴하기로 했다. 조퇴도 할 수 있구나──. 왠지 묘한 기분이었다.

셋째 날은 놀랍게도 유급 휴가를 썼다.

하지만 손 놓고 기뻐할 수만은 없었다. 그렇게 염원하던 대로 혼자 있게 됐는데 찝찝함이 가시질 않았다. 기분전환 삼아 소설을 써보지만 문장에 맥이 없었다. 책을 읽어도 내용이 전혀 머릿속에 들어오지 않는다.

내가 어떻게 된 거지. 그토록 기다려 마지않던 고독한 시간이 잿빛처럼 느껴졌다. 고작 메이드 하나가 사라졌을 뿐인데──, 원래대로 외톨이로 돌아온 건데──. 왜 이렇게 마음이 아플까.

무의미한 시간을 보내는 사이에 저녁 시간이 됐다. 건데스블러드가에는 은둔형 외톨이일 적의 영향으로 나만 식탁이 따로 있다. 냉장고를 보자 달걀이 있었다. 빌이 사놓은 것일까. 그냥 두면 상할 테니까 오므라이스를 만들기로 했다.

빌이 남긴 레시피대로 만들어 나간다. 그러나 완성된 것은 그녀가 자주 만들어 주던 맛있어 보이는 오므라이스와 달리, 망가지고 맛없어 보이는 것이었다. 쥐 죽은 듯 조용한 방 안에서 스푼으로 떠먹어 보니 어째선지 더는 버틸 수가 없었고 눈물이 솟구쳤다.

젠장. 냉정해져, 테라코마리 건데스블러드.

나는 고독을 사랑하는 희대의 현자잖아. 변태 메이드가 하나 둘쯤 사라졌다고 해서 왜 이렇게 우는 건데. 오히려 예술 활동에 쓸 시간이 늘었으니까 두 손을 들고 환희해야 할 텐데——. 그렇게 나 자신을 타이르면서 그날은 그대로 잠들었다. 꿈속에서 빌이 오므라이스를 만들어 주었다.

넷째 날. 토요일. 나는 무아의 경지에 이르렀다.

종교에 입문하는 사람들의 심정을 알 것 같았다. 다들 외롭구나. 외로워서 신에게 기도하는 것이다. 도저히 어찌할 수 없는 현실을 타파하고자 신의 빛을 추구하는 것이다——. 아니, 내가 무슨 생각을 하는 거야? 이래서는 스피카 뜻대로 되는 거잖아.

하지만 마음이 짓눌릴 것 같았다. 아까부터 계속 침대에 누워 천장 모양을 바라보고 있다. 전부터 생각한 건데, 저 모양은 코끼리와 기린 같아. 아아, 동물원 가고 싶다. 빌을 불러볼까. 아, 빌은 없던가. 아하하하하.

그렇게 점점 환상과 현실이 구별되지 않을 쯤──.

갑자기 목소리가 들렸다.

"──코마리 씨? 깨어 있어요?"

"?!"

나는 총이라도 맞은 사람처럼 펄쩍 뛰었다.

방 출입구 근처에 백은의 소녀가 서 있었다.

사쿠나 메모아다. 그녀는 걱정스러운 얼굴로 나를 바라보고 있었다.

"저기……, 괜찮으세요? 왠지 상태가 이상하다고 케르베로 중 위가 그러길래……. 컨디션은 어떠세요? 식사라도 차려드릴까 해서 왔는데요."

"──사."

"네? 아, 과자를 사 왔어요. 괜찮으시면 같이 먹──."

"사쿠나아아아아아아아아아아아아아아아아아아아아아아아 아아아아아앗!!"

"꺄아아아아아아아아아아아아아아아아아아아아아아아아아 아아아아아앗?!"

이러지도 저러지도 못하고 사쿠나 품에 달려들었다.

왠지 끊임없이 눈물이 흘러넘쳤다. 오랜만에 사람과 살을 맞 대는 듯했다.

나는 그녀의 가슴에 고개를 파묻으며, 수치심과 체면을 내던 진 채 절규하고 있었다.

"사쿠나아아아!! 빌이…… 빌이 사라져 버렸다고오오오오!!"

"네에?! 으음……, 그렇군요! 사라져 버렸죠……."

"그래! 그 녀석 정말 말도 안 되게 매정하지?! 스피카가 좀 위협했다고 해서 내 곁을 떠나다니! 급료도 꼬박꼬박 줬는데! 대우도 나쁘지 않았을 텐데! 푸딩도 먹으라고 했는데! ——우와아아아아아아아아아아아아아아아아아!!"

"저기……, 그…… 끌어안아도 될까요……?"

"아아아아아아아아아아아아아아아아아아아아아아아아아!!"

"죄, 죄송해요! 그럼 실례하겠습니다……. 흐헤헤헤……."

그렇게 말한 사쿠나는 내 등에 팔을 둘렀다.

빌 녀석, 조금은 사쿠나를 본받지 그래? 사쿠나는 내 모습이 이상하다는 걸 알아차리고 일부러 와 줬다고. 게다가 날 끌어안으며 위로해준다고. 왠지 호흡이 거친 것 같기도 하지만, 너와 달리 마지막의 마지막 순간까지 나를 버리지 않았다고, 사쿠나는! ——그렇게 내심 메이드에게 불평을 쏟아내면서 나는 한동안 통곡했다. 쌓여왔던 게 단번에 터져버린 것이다.

"……미안. 잠시 이성을 잃었어."

"아니요! 신경 쓰지 마세요……."

약 5분 후. 나와 사쿠나는 방 안에 마주 앉아 있었다.

그녀는 나의 이변을 벨리우스로부터 전해 듣고, 과자나 책 같은 걸 들고 달려온 모양이다. 사쿠나도 그렇지만 벨리우스에게도 감사해야겠네. 그 녀석은 다른 녀석들과 달리 배려심 있는 타입의 개였던 거다.

"하지만…… 설마 교황이 빌헤이즈 씨를 데려갈 줄이야, 깜짝 놀랐어요."

"그래. 스피카 녀석은 뭘 꾸미는 거지. 그런 메이드를 데려가 봐야 좋을 게 하나도 없을 텐데. 존재만으로도 풍기를 어지럽힌 다는 말까지 나오는 판에."

"좋은 점이라……."

사쿠나는 초콜릿을 깨작이면서 중얼거렸다.

"아마 좋고 나쁨의 문제가 아닐 거예요. 교황은 코마리 씨를 괴롭히고 싶었던 게 아닐까요……. 죄, 죄송해요. 이건 그냥 예 상인데요."

그건 충분히 예상할 수 있는 이야기였다.

애초에 교황은 제7부대의 무례를 보상하는 대가로 빌을 원했 으니까.

메이드가 사라진 탓에 내 사생활이 엉망이 된 걸 생각하면, 인 정하기는 분하지만 스피카의 작전은 제대로 효과가 있었다고 볼 수 있다.

그러나 내가 원망하는 대상은 스피카가 아니었다.

매일같이 '쭉 곁에 있겠습니다'라고 했던 주제에. 입만 열면 '장래의 꿈은 코마리 님과 결혼하는 것입니다'라고 지껄였던 주 제에.

그 녀석은 거짓말쟁이였다.

아니, 지금까지 지겹도록 속아 왔으니 알고 있었지만.

"빌 녀석…… 그렇게 태연한 얼굴로 교황을 따라가다니……."

조금의 아쉬움도 없냐? 뭐, 없겠지……. 잘 생각해보면 나는 그 녀석에게 아무것도 해 준 게 없으니까……. ……이럴 줄 알았으면 급료 이외에 보너스를 줄 걸 그랬어……. 그 녀석은 독약을 좋아하니까……. 왠지 위험해 보이는 버섯이나 풀 같은 걸 평소에 선물해 뒀더라면……."

"우, 울지 마세요! 자, 비스킷도 있어요~!"

"ㅇㅇㅇㅇㅇ……."

사쿠나가 든 비스킷을 먹는다.

한심해. 희대의 현자는 무슨. 이런 모습을 동생에게 보면 '코마 언니 아이 같아~! 그래서 키가 안 크는 거야!'라고 한 소리 들을 것이다. 상상만 해도 눈물이 났다.

사쿠나가 갑자기 "괜찮아요"라고 냉정한 음색으로 말했다.

"빌헤이즈 씨가 코마리 씨와 떨어지고 싶어 할 것 같진 않아요. 그분은…… 이렇게 말하기는 뭣하지만, 코마리 씨의 스토커 같은 거잖아요?"

"그래?"

"네. 그러니까 분명 무슨 생각이 있을 거예요. 그분은 머리가 좋으니까 저로서는 상상도 못 하겠지만……."

확실히 그럴 가능성도 부정할 수 없다. 그러나 사람과 사람의 연결고리는 쉽게 끊어져 버리는 법이다. 백 년의 사랑이 식는 순간도 의외로 소박한 원인일 때가 있고 말이야.

계속 훌쩍훌쩍하고 있는 나에게 인내심의 한계를 느낀 듯했다. 갑자기 사쿠나가 내 손을 잡고 미소를 지었다.

왠지 두근두근했다.

"코마리 씨. 빌헤이즈 씨를 믿어 보면 어떨까요?"

"하지만…… 그 녀석 속내는 아무도 몰라."

"제가 죽여보면 알 수도 있는데요."

"살벌한 말 하지 마."

"죄, 죄송해요. 하지만…… 만일 빌헤이즈 씨가 없어졌다 하더라도, 코마리 씨는 혼자가 아니에요."

"무슨 뜻이야……?"

"으음……. 제가 곁에 있으니까요. 언제라도 의지하세요."

사쿠나는 조금 부끄러운 듯 그렇게 말했다.

그리고 나는 깜짝 놀랐다.

듣고 보니—— 듣고 보니 그렇다. 딱히 그 메이드만이 세상의 전부가 아니다. 나는 이 1년 동안 많은 만남을 가졌다. 은둔형 외톨이 시절에는 생각도 할 수 없던 일이다. 나에게는 지탱해주는 사람이 많이 있다. 그 필두가 눈앞에 있는 소녀, 사쿠나 메모아다. 속상해해 봤자 어쩔 수 없지 않은가.

"……그, 그래! 이렇게 사쿠나도 내 곁에 와 줬고."

"네. 힘든 일이 있으면 말해주세요. 뭐든 할 테니까요."

"그럼…… 빌 역할을 대신해 줄래?"

"네?"

사쿠나가 머리 위에 물음표 마크를 띄웠다.

생각해보면 이 시점에서 이미 이성을 잃은 걸지도 모른다.

나는 방의 옷장을 가리키며 말했다.

"저기 빌이 두고 간 메이드복이 있어."

"……네??"

"뭐든 하겠다고 했지?"

"………………………."

딱히 네리아처럼 메이드 취미에 눈을 뜬 건 아니다. 하지만 방에 메이드의 모습이 없으면 불안했다. 아니, 뭐 메이드에게 관심 따위 없지만. 본인이 조금이라도 싫어하는 기색을 보이면 취소할 생각이지만——. 그렇게 생각하면서 사쿠나의 모습을 응시한다.

그녀는 한동안 말없이 무언가 생각을 하고 있었다. 그러나 곧 각오한 듯, 내 쪽을 똑바로 응시하더니 "알겠습니다!"라고 선언했다.

"기, 기꺼이, 할게요……! 에헤헤헤."

만면에 미소를 띠고——, 아니, 만면으로 히죽거리면서——사쿠나는 옷장 쪽으로 걸어갔다.

☆

칠홍천 프레테 마스카렐은 당황하고 있었다.

성도 레하이시아와의 대립. 그리고 제도에서 서서히 세력을 키워가는 신성교 세력——, 지금까지는 파멸적인 전개까지 가지 않았지만, 분명히 탐탁지 못한 쪽으로 흘러가고 있었다. 원래는 황제와 얘기 후에 대처해야 할 사태이지만, 그 황제가 연기처럼 사라져 버렸기에 대처할 수 없었다.

"구름이 심상치 않군. 하늘이 파멸적인 색을 띠고 있어."

뮬나이트 궁전의 레스토랑 '옥야의 과실'. 맞은편에 앉아 있는 가면 쓴 흡혈귀──, 델피네가 파스타를 빙글빙글 돌리면서 불길하게 중얼거렸다.

"또 눈이 온다던데요."

"아니. 뮬나이트의 분위기가 이상해. 테라코마리 건데스블러드도 메이드를 잃고 얼이 나가버렸잖아? 비밀 병기가 그래서야 답이 없지."

"델은 건데스블러드 씨를 과대평가하고 있어요."

"정당한 평가야. 인정한 건 아니지만, 그 힘은 무시무시했었으니까."

그렇게 말한 델피네는 파스타를 입가로 가져갔다가── 가면을 쓰고 있다는 걸 깨닫고 일단 포크를 내렸다.

확실히 테라코마리 건데스블러드라는 존재는 미지수였다.

그 계집은 지금도 마음에 들지 않는다.

하지만 육국 대전이나 천무제에서 보여준 능력은 절대적이었다. 그게 바로 황제가 말했던 '열핵해방'이겠지. 대체 왜 그 계집에게 저런 힘이 있을까. 본인이 자각하지 못한 듯하다는 점이 더더욱 프레테의 짜증에 박차를 가한다.

"이 나라도 황제가 독재하는 면이 있으니까──." 델피네는 가면을 벗으며 말했다. "그 독재자가 사라지면 단번에 취약해지는 것은 당연한 이치지."

"하지만 뮬나이트 제국에는 뛰어난 칠홍천이 있어요."

"나와 프레테는 둘째치고, 다른 칠홍천은 신용해서는 안 되잖아."

"무슨 뜻이죠?"

"잊었어? 베테랑 칠홍천, 오디론 메탈은 뒤집힌 달의 자객이었어. 교활한 녀석들은 칠홍천이라는 철벽까지 비집고 들어온다고."

델피네는 프레테가 상대라면 순식간에 말이 많아진다.

지난번 황제와 단둘이 있었을 때는 한마디도 안 했다고 들었는데.

"사쿠나 메모아는 뒤집힌 달 출신. 헬데우스 헤븐은 신성교 관계자야. 뭐, 그들이 그대로 반기를 들 거라고 보지는 않지만."

델피네가 포크로 토마토를 으깬다. 붉은 즙이 접시 위에 퍼졌다.

"——적은 가까운 곳에 있을지도 몰라. 주의를 게을리하지 않는 게 좋을걸."

"그러게요."

프레테는 수긍하면서 생각했다.

여러 문제는 황제 폐하가 귀환하면 모두 해결될 것이다. 자신들의 사명은 국가를 지키는 것. 비록 테러리스트나 종교 세력이 쳐들어오더라도 전력으로 싸우면 된다. 그렇게 결의를 다지던 때였다.

갑자기 레스토랑 문이 힘차게 열렸다.

"프레테 님! 큰일 났습니다!"

제3부대 부대장 바슈랄이 몹시 당황하며 다가왔다. 제국 귀족의 삼남으로 나름대로 우수한 남자지만, '중대사'가 발생하면 냉정함을 잃는 게 흠이다.

"무슨 일이죠? 점심시간은 우아하게 보내야죠."

"실례했습니다. 하지만 보고드리겠습니다. ——아무래도 제도 교외에서 교회 세력이 폭동을 일으키고 있는 것 같습니다."

프레테는 무심코 일어섰다.

"……뭐라고요?"

"그들은 '제국을 정화한다'라는 성명을 내걸고 있습니다. 제도까지 오는 건 시간문제일 듯한데……, 어떻게 할까요."

☆

백은의 메이드가 벽 옆에 서서 부끄러워하고 있다.

너무 아름다운 소녀의 모습에 현기증을 느끼고야 말았다. 빌의 옷은 사쿠나에게 딱 맞았다. 나에게 메이드는 변태 메이드뿐이었기에, 사쿠나처럼 청초한(아마 청초한 것 같다) 소녀가 메이드로서 곁에 있으니 신선한 기분이었다.

그녀는 머뭇머뭇하면서 "저기" 하고 목소리를 짜냈다.

"빌헤이즈 씨는 늘 이런 옷을 입는데 창피하지 않나요……?"

"몰라. 그 녀석 감성은 일반인으로서는 이해할 수 없으니까."

"그렇겠죠……. 아. 기왕이면 뭔가 메이드용 업무라도 할까요?"

"뭐? 아아, 그러게……. 딱히 무리할 건 없는데……."

"무리하는 게 아니에요! 코마리 씨에게 도움이 되고 싶거든요. 저도 빌헤이즈 씨 역할을 할 수 있다는 걸 증명하겠어요."

"으음……."

사쿠나가 빌 역할을? 뭔가 부도덕한 느낌이 드는데——, 그러나 서서히 따뜻한 것이 퍼지는 것을 느꼈다. 이 소녀의 무한한 다정함이 상처에 스며들었다. 이제 내 마음에 뻥 뚫린 구멍도 메워지려나.

"그, 그래……. 그럼 빌을 대신해서 착실히 일해 주면 기쁠 거야."

"에헤헤……. 알겠습니다, 주인님."

"빌은 그런 말 안 해."

"죄송해요!! 코마리 님!!"

사쿠나는 당황하며 일을 시작했다.

우선 시작한 건 방 정리다. 며칠 사이 내 방은 보기에도 끔찍할 만큼 어질러져 있었다. 사쿠나는 꼭 빌처럼 시원시원한 동작으로 정리 정돈을 진행했다. 그 솜씨에 경악하는 사이 주변이 반짝반짝해졌다.

게다가 이번에는 "점심식사를 만들게요"라고 말했다. 사쿠나가 요리도 할 수 있나? ——그렇게 의아해하는 사이, 그녀가 딸려 있는 부엌으로 발길을 옮긴다. 미리 사 왔다는 재료로 조리를 시작하자, 순식간에 먹음직한 오므라이스가 완성되었다.

"여기요. 드셔 주실래요?"

Illustrations copyright ©niichu

"아, 응. 잘 먹겠습니다."

나는 스푼으로 오므라이스를 떠서 입으로 옮겼다.

기절하는 줄 알았다. 달콤하고 부드럽고 매끄럽게 넘어갔다.

요 며칠 메말라 있던 미각이 순식간에 기운을 되찾았다.

아니, 이게 뭐야. 사쿠나가 이렇게 요리를 잘했나? 아니, 요리뿐만이 아니다. 청소도 나무랄 데가 없었으니까──. 이 녀석은 뭐든 잘하는 완벽형 인간인가?!

"어때요? 맛있나요?"

"마⋯⋯맛있네?! 사쿠나가 이렇게 맛있는 오므라이스를 만들 수 있다니⋯⋯!"

"실은 몰래 연습하고 있었어요. 코마리 씨가 기뻐해 줬으면 해서요."

"대단한걸. 팔아도 이상할 게 없겠어."

"에헤헤. 빌헤이즈 씨 것보다 맛있나요?"

"⋯⋯⋯⋯⋯⋯으음."

사쿠나가 작은 목소리로 "아쉽다"라고 중얼거렸다. 왠지 한기를 느낀 건 기분 탓인가.

그 이후로 나는 정신없이 오므라이스를 먹었다. 사쿠나는 시종일관 싱글벙글 웃는 얼굴로 내 식사를 지켜보고 있었지만, 곧 내가 다 먹어 치우자 "코마리 씨는 쉬고 계세요"라고 말하며 적극적으로 뒷정리를 시작했다.

"──자, 설거지도 끝났어요. 또 뭐 할 일은 있나요?"

"아니⋯⋯. 딱히 없는데⋯⋯."

"그래요? 뭔가 있으면 뭐든 명령해 주세요."

그렇게 말하더니 내 옆에 앉는다.

너무나도 완벽한 메이드의 모습에 고개를 들 수가 없었다.

누가 봐도 빌보다 완벽한 일꾼이다. 사쿠나가 하나 있으면 내 사생활은 평안할 것이다. 무엇보다 이 애는 그 메이드처럼 나를 무리하게 일하라고 떠밀지 않으니까.

"저기, 코마리 씨. 저는 빌헤이즈 씨를 대신할 수 없나요……?"

갑자기 사쿠나가 물어왔다.

나는 팔짱을 끼고 생각에 잠겼다. 객관적으로 보면 충분히 역할을 다하고 있다. 청소도 요리도 완벽하다. 나의 전속 메이드로서 나무랄 데가 없다.

그러나——, 그러나. 그녀에게는 뭔가 부족한 점이 느껴진다.

변태 메이드를 변태 메이드답게 만드는 가장 중요한 항목.

그게 사쿠나에게는 빠져 있었다.

"부족해……."

나는 무심코 그렇게 말하고 있었다.

사쿠나가 세상이 끝난 듯한 표정을 지었다.

"음……. 맛이 좀 밍밍했나요?"

"아니. 변태 성분이…… 부족해……."

사쿠나의 눈이 동그래졌다.

나도 내가 무슨 말을 하는지 모르겠다. 그러나 속에서 솟구치는 불만은 어찌할 수 없었다. 나는 주먹을 꽉 움켜쥐면서 호소했다.

"사쿠나는 빌이 될 수 없어……. 왜냐하면 사쿠나는 변태가 아니라 청초하니까……."

"?!?!?!"

딱히 빌의 성희롱을 바라는 게 아니다. 그러나 빌이 빌인 이유는 바로 전력으로 나에게 거침없는 변태 행위를 하기 때문이었다. 사쿠나는 절대 그런 짓을 하지 않는다. 그러니까 나를 덮쳐드는 커다란 상실감이 나아질 일은 없다.

어느새 눈물이 나왔다.

왜 내가 이런 문제로 고민해야 하지. 평소 귀찮다고 생각하던 것이 갑자기 사라지면 이렇게 그리워지는 법인가. 아니, 딱히 그리운 게 아니다. 단지 허무할 뿐이지. 내 칠홍천 대장군으로서의 인생은 그 녀석의 변태 행위 없이는 이야기할 수 없으니까.

"저……저기……, 코마리 씨."

사쿠나가 떨리는 목소리로 말했다. 왠지 엄청나게 긴장한 눈치였다.

"그……, 저는 코마리 씨가 생각하는 그런 흡혈귀가 아닌데요? 그러니까 빌헤이즈 씨를 대신할 수 있을…… 거예요."

"괜찮아. 무리하지 않아도 돼. 너에게 변태 짓은 어울리지 않아……."

"코마리 씨……!"

사쿠나가 경악하며 눈을 크게 떴다.

누구라도 이런 말을 들으면 '엥? 이 사람 이상한가?'라고 생각하겠지.

하지만 나는 아주 진지하다고. 매우 진지하게 엉뚱한 생각을 하고 있어. 굳이 오므라이스를 만들어 준 사람에게 '너는 변태가 아니니까 가짜'라고 하다니. 이러면 당연히 내가 싫어지겠지――, 그렇게 생각했다.

"알겠습니다. 코마리 씨를 위해 변태가 될게요."

사쿠나가 열의가 담긴 눈빛을 나에게 보냈다.

"엥……, 무슨 말인지 모르겠는데……."

"제가 빌헤이즈 씨를 대신할게요. 그러니까 부디 눈물을 그쳐 주세요. 코마리 씨가 슬퍼하는 얼굴을 보면 가슴이 아프거든요."

"사쿠나……."

그녀는 얼굴을 새빨갛게 붉히며 이쪽을 응시하고 있다.

본래라면 사쿠나가 빌의 환영을 좇게 두는 짓은 경멸할 만한 행위였다. 사쿠나는 사쿠나지 빌이 아니다. 그건 누가 봐도 명백했다. 하지만――, 나는 그녀의 진지한 말에 설렘을 느끼고 말았다. 그 올곧은 각오를 받아들이고 싶어졌다.

"……알았어. 나를 위해 변태가 되어 줘."

"네!"

사쿠나는 꽃이 피는 것처럼 환하게 웃었다.

"하, 하지만. 구체적으로 뭘 하면 될까요?"

"그 녀석은 내 몸을 만져. 거침없이. 그러니까…… 빌 흉내를 내고 싶다면, 그런 식으로 하면 되지 않을까 하는데……."

말이 이상해졌다. 옆에 있는 사쿠나를 직시할 수 없다.

그러나 그녀는 "알겠습니다" 하고 엄숙하게 고개를 끄덕이더니 말을 이었다.

"……그럼, 만져도 될까요."

나는 잠시 몸을 움츠린 뒤 끄덕, 하고 수긍했다.

천천히 하얀 손이 다가온다.

슬쩍 그녀의 표정을 살핀다. 사쿠나는 토마토처럼 얼굴을 새 빨갛게 붉히고 있었다.

우와, 사쿠나는 가까이서 보면 정말 미소녀네——. 그런 식으로 감탄하면서 그녀의 별자리처럼 빛나는 두 눈을 바라보는데, 문득 왠지 내가 엄청나게 이상한 영역에 발을 들인 게 아닐까 하는 의심이 싹텄다.

아니, 잠시만.

빌이 이런 느낌이었던가?

그 변태 메이드 이상으로 변태적인 느낌이 드는데……?

"자, 코마리 씨. 가만히 계세요……."

"저기……, 어디를 만지려고?"

"가장 변태적인 부분을 만지려고 해요."

"스——스톱, 스톱! 내가 말하기도 뭣하지만 일단 진정해!"

직전에 냉정함을 되찾은 나는 살짝 후퇴했다.

그러나 사쿠나는 듣지 않았다. 꼭 변태처럼 뺨을 붉히며 나에게 다가왔다. 이러면 정말 변태가 되는 거 아닐까. 역시 사쿠나에게는 꽃조차도 수줍어하는 느낌의 청초한 행동거지가 어울린다. 그러니까 캐릭터가 무너지는 짓은 하지 마. 더는 다가오지 마. 이봐, 듣고 있는 거지? ——그렇게 본능적인 위험을 느끼고 도망치려는 순간.

"?"

사쿠나가 무언가를 감지한 것처럼 움직임을 멈추었다.

그녀의 시선이 창밖으로 향한다.

그때였다. 갑자기 무언가가 폭발하는 듯한 소리가 연속해서 들려왔다. 마법과 마법이 서로 충돌하는 듯한 충격이 여기까지 울린다. 사쿠나는 찬물이라도 뒤집어쓴 사람처럼 일어났다.

"뭔가요? 이게."

"글쎄……."

밖이 소란스러워졌다. 건데스블러드 저택의 하인들이 "뭐야, 뭐야" 하고 뛰어다니기 시작했다. 이상 사태가 발생한 게 분명했다.

갑자기 사쿠나의 통신용 광석이 빛을 뿜어냈다.

그녀는 나에게서 멀어지더니 마력을 담아 통화를 받았다. 한동안 말없이 상대의 말에 귀를 기울이다가, 점점 그 표정이 험악해져 가는 게 불길했다.

"코마리 씨."

통화를 마친 사쿠나는 떨리는 목소리로 말했다.

"칠홍천 회의가 소집되었습니다. 함께 가죠."

"엥? 어, 어째서……?"

"제도가 공격당하고 있어요. 지금부터 정보를 공유하고 작전 회의를 한다고 해요."

내 귀를 의심하고 말았다. 그런 바보 같은 이야기가 어디 있냐고 생각했다. 그러나 사쿠나는 더욱더 기가 막힌 정보를 투척했다.

"적은…… 아마 신성교."

☆

사쿠나에게 끌려가는 형태로 뮬나이트 궁전에 왔다.

빌이 없어도 내가 칠홍천인 것은 변함이 없다. 긴급 소집되면 아무리 정신이 불안정하더라도 달려갈 의무가 있었다. 솔직히 갖은 의미로 가기 싫지만, 안 가면 프레테가 격노할 테니 마지못해 무거운 엉덩이를 떼기로 했다.

얼마 전 교황과 소동이 있었던 '피바다실'.

내가 도착했을 때는 이미 칠홍천들이 집결해 있었다.

방에 들어가자마자 프레테가 "늦어요!"라고 날카로운 목소리로 꾸짖었다.

"칠홍천으로서 소집이 있으면 바로 참석해주세요! 시간은 유한해요. 지금 이 순간에도 뮬나이트 제국은 불한당의 마수에 위협받고 있는 것이니까요――."

"미안……."

"…………. ……순순히 사과하니 오히려 그러네요. 아직도 미련이 안 가신 거예요?"

"그냥……."

장군님 모드로 프레테에게 반론할 기력도 없었다.

여기에는 하극상을 꾸미는 부하도 없으니까 멋대로 하라지.

나는 우선 비어 있는 의자에 앉기로 했다. 그러자 옆에 앉은 델피네가 당황한 듯한 분위기로 이쪽을 바라봤다.

"이봐. 거긴 제5부대 대장의 자리인데……."

"아아, 그래. 저쪽이구나."

나는 느릿느릿 일어나서 다른 자리로 이동했다. 왠지 주목받는 듯한 느낌이 들지만 그게 문제가 아니다. 지금 나의 최대 목표는 회의를 넘기고 방에 틀어박혀 있는 것이다.

프레테가 "어험" 하고 헛기침을 하더니 소리를 높였다.

"건데스블러드 씨는 넋이 나간 것 같지만 회의를 시작하죠──. 자. 아까 위병에게 전달받은 보고에 따르면, 뮬나이트 제국 제도에서 폭동이 발생하고 있답니다."

옆에 있는 사쿠나가 "물 마실래요……?" 하고 컵을 내밀었다.

고맙다고 하며 받는다. 지금은 물을 마시는 게 다인 관엽식물 같은 존재가 되자. 어차피 빌이 없는데 내가 나선다 해도 의미는 없을 것이다. 번드르르한 껍데기를 떼어낸 테라코마리 건데스블러드는 장군으로서의 힘이라곤 전혀 없는 글러 먹은 흡혈귀니까.

"폭도들은 마법을 사용해 건축물을 파괴하고 있습니다. 인원은 100명 정도. 그 대부분이 제도 하급 구역에 존재하는 교회의 신자들이라나요. 그리고 그들의 요구는 단순 명쾌합니다──, '신을 믿어라'. 즉 종교적인 동기로 날뛰는 것 같습니다. 혜븐님, 이 부분을 어떻게 생각하시나요."

"어떻게 생각하시냐고요? 당연히 지금 당장 진압하는 편이 좋을 것 같습니다만!"

"제5부대가 지금 대응에 나선 참이에요. ──그게 아니라, 헤븐 님에게 신성교 신부로서의 의견을 듣고 싶은데요."

헬데우스는 "흠" 하고 고개를 끄덕이더니, 시선을 갈팡질팡했다.

"원래부터 뮬나이트 제국은 종교에 부정적인 나라입니다. 예를 들어 제국에 있는 교회 수는 알카의 10분의 1 정도. 성도의 흡혈종 성직자도 전체의 5%에 불과합니다. 그래서 이번에 일어난 종교적인 봉기에 솔직히 놀랐습니다. 신께서도 깜짝 놀랄 일이겠죠."

"폭도들은 대체 누구인가요? 헤븐 님과 연관이 있는 인간인가요."

"연관은 없습니다. 제도의 교회는 연관이 있는 것 같지만, 파문 이후 저는 다른 성직자에게 박해당하고 있었거든요."

"파문 얘기가 사실이었군요."

"네, 파문했고말고요! 제가 교황을!"

헬데우스는 새된 목소리로 불평하기 시작했다.

"지금의 교황── 율리우스 6세, 스피카 라 제미니는 신이 어떤 것인지 이해하지 못한 야만인입니다. 가르침을 전파하기 위해서라면 어떤 더러운 수단을 사용하는 것도 마다하지 않죠. 신성교의 근본정신인 '사랑'을 잊어버린 안타까운 사람이에요."

"성도의 사정은 잘 모르겠지만……, 왜 그런 분이 교황이 된 거죠?"

"모르겠군요. 권력투쟁에는 관심이 없어서."

프레테가 "여전하네요" 하고 한숨을 내쉬었다.

"헤븐 님. 이번 일에 성도가 관련되어 있을 가능성은 있을까요."

"아주 크죠——. 애초에 뮬나이트 제국에서 강제적인 포교 활동이 이루어지던 것도 교황의 명령이라더군요. 그리고 세뇌에 가까운 수단으로 융통성 없는 신자들을 양산하고 있어요!"

"제4부대에서도 보고가 들어왔어. 주모자는 '교황의 뜻'이라고 명언하고 있다는군."

델피네가 팔짱을 끼면서 말한다. 헬데우스가 "정말 어리석 군!" 하고 지긋지긋하다는 듯 소리쳤다.

"그 사악한 교황은 뮬나이트 제국을 내부부터 '신의 나라'로 변모시키려는 겁니다!"

"신의 나라가 뭔지는 모르겠지만요. 즉 이것은 보복일까요? 얼마 전 뮬나이트 제국이—— 특히 제7부대가 저지른 무례에 대한 복수?"

"모르겠군요! 야만적인 인간의 생각 따윈 이해할 수 없으니까 요. 그나저나 용서할 수가 없군요——. 네, 용서할 수가 없어요! 건데스블러드 님도 그렇게 생각하지 않나요?!"

갑자기 나에게 화제를 돌리자 움찔하고 말았다.

헬데우스는 뜨거운 눈으로 나를 응시했다.

"당신은 율리우스 6세에게 소중한 걸 빼앗겼다고 들었습니다. 웬일로 패기가 없는 건 신을 사칭하는 발칙한 자에게 사랑을 잃었기 때문이죠?"

"윽……."

감이 좋은 사람에게는 다 티가 났던 모양이다.

내가 무슨 말을 하기도 전에 프레테가 일어나더니 소리를 질 렀다.

"건데스블러드 씨 문제는 아무래도 상관없잖아요. 그보다 이 야기를 정리하도록 하죠. 아무래도 교황 율리우스 6세는 고식적 인 수로 뮬나이트 제국을 내부부터 파괴하려는 모양이에요. 그 리고 이번 폭동도 그 일면이고요──. 게다가 앞으로도 폭동이 이어질 가능성이 있어요. 그렇게 된다면 우리가 해야 할 행동은 단 하나."

프레테는 칠홍천 멤버들을 둘러보고 나서 이렇게 선언했다.

"제도에 존재하는 교회 세력의 단속. 이걸 철저히 하면 만사 해결이에요."

"──카렌이라면, 그런 번거로운 수는 안 쓸 것 같은데."

내 옆에 앉아 있던 인물이 말했다.

전원의 시선이 한곳으로 쏠린다.

의자 위에서 무릎을 끌어안고 양갱을 깨작이는 자그마한 체구 의 소녀. 마구 뻗친 금발 머리와 나른한 눈동자가 인상적인 흡 혈귀이다.

이렇게 얼굴을 맞대는 것은 처음이라 '누군데, 얘는?' 같은 느 낌이 없지 않았지만, 앉은 위치로 보아 그녀가 바로 제국 최강이 라고 칭송받는 칠홍천──, 통칭 '무궤도 폭탄마'임이 분명했다.

"카라마리아 님. 그게 무슨 뜻인가요?"

"무슨 뜻이긴. 적이 누군지 아니까 폭파하면 된다는 거지."

그렇게 말하면서 제1부대 대장 페트로즈 카라마리아는 "영차" 하고 의자에서 내려왔다.

그대로 터벅터벅 걸어서(왠지 맨발이다) 창문 쪽으로 다가가더니, 바깥 풍경을 바라보면서 크게 하품한다.

"교회를 단속하려면 한세월일걸. 칠홍천이 뭐 때문에 있는데? 죽이기 위해서잖아. 그럼 교황을 암살해 버리면 돼."

"네……네에?!" 프레테가 눈을 동그랗게 뜨고 일어섰다. "그, 그랬다간 성도와의 관계에 결정적인 벽이 생기고 말 거예요! 정말 살육전이 벌어진다고요!"

"살육전이라면 이미 시작되었잖아. 카렌이 사라진 것도 그런 뜻이야."

나는 놀라서 페트로즈 쪽을 본다.

그 말인즉——, 황제가 살해당했다는 건가?

"말도 안 돼요!! 카렌 님쯤 되는 분이……."

"착각하지 마. 죽었는지 살았는지는 몰라. 하지만 그 녀석이 나한테 아무 말도 없이 나갔어. 뭔가 이상한 일이 벌어지고 있는 게 분명해."

"이상한 일이 벌어지고 있다는 건 누구나 아는 일이에요! 정말이지. 우리 방침은 교황 암살이 아니라 교회의 단속입니다. 지금 당장 군을 제도 곳곳에 파견해서……."

"너는 무르구나."

페트로즈가 나른한 목소리로 말했다. 도저히 이 너무나도 무기력해 보이는 흡혈귀가 알카의 대통령 관저를 폭파한 장본인이라고는 볼 수 없었다.

"뮬나이트 제국은 침략당하고 있어. 빠르게 움직이지 않으면 내일 저녁도 못 먹게 되리라는 건 어린아이도 알 것 같은데."

"그럼 어떻게 하면 좋을까요. 의견을 들어보고 싶네요."

"싸움을 걸어오면 전력으로 상대해 줘야지. 코마리 짱도 그렇게 생각하지?"

또 갑자기 화제를 내 쪽으로 돌리자 심장이 철렁했다.

게다가 '코마리 짱'이라니. 그렇게 부르는 사람은 내 주변에 없었다.

페트로즈가 터벅터벅 내 쪽으로 다가온다.

"너는 제7부대를 이끄는 살육의 패자로서 노력해 왔지. 평소처럼 시비조로 크게 떠들고 날뛰면 되지 않을까?"

"……그건."

이 사람은 내 사정을 아는 걸까.

그러나 허세를 부릴 기운도 없었다. 애초에 내가 허세를 부리고도 무사할 수 있었던 건 빌이 있었기 때문이다. 지금 섣불리 장군님 모드를 발휘해 봤자 쉽게 논파당해 가면이 벗겨질 게 뻔하다. 옆에 있는 사쿠나가 "저기!" 하고 당황해서 끼어들었다.

"코마리 씨는…… 빌헤이즈 씨가 없어서……."

"잘은 모르겠지만. 나는 코마리 짱이 굉장하다고 생각하고 있었어."

Illustrations copyright © riichu

멀리서 폭발 소리가 간헐적으로 들린다.

폭동은 아직도 계속되고 있는 모양이다. 진압에 나선 부대는 괜찮을까.

페트로즈는 새 양갱을 꺼내면서 말한다. 자세히 보니 포장지에 '풍전정'이라는 글자가 적혀 있었다.

"너는 굉장한 열핵해방을 가지고 있으니까. 즉 네 마음은 누구보다도 강하니까. 뮬나이트 무관은 하나같이 곤약처럼 물렁물렁한 녀석들이지만, 나는 너만은 유일하게 인정하고 있었어. 예를 들어 취임 초에 테러리스트에게 습격당했을 때, 코마리 짱은 혼자 제도 하급 구역의 교회로 쳐들어갔지? 그때는 카렌과 함께 '유린 같다'라면서 웃었는데."

무심코 페트로즈의 얼굴을 올려다보고 말았다.

의욕 없어 보이는 눈이 나를 직시한다.

"하지만 지금의 너는 시든 꽃 같아. 현실이 마음에 들지 않는다면 움직이면 돼. 네 어머니라면 그렇게 했을 것 같은데."

"........................."

나는 완전히 입을 다물어 버렸다.

현실이 마음에 들지 않는다면 움직이면 된다──. 그 가식 없는 그럴싸한 말이 상처 입은 마음에 소금을 뿌렸다. 처음부터 알고 있었다. 내 일상을 빼앗아 간 건 스피카를 비롯한 신성교 녀석들이다. 지금 제도에서 교회 세력이 날뛰는 것도 녀석들 짓이다. 빌이 사라진 것도 녀석들 짓이다. 황제가 사라진 것도 십중팔구 녀석들 짓이겠지.

그렇다고 해서 나로서는 아무것도 할 수 없다.

내가 지금까지 그럭저럭 장군직을 감당해 온 건 다 메이드 덕이다.

행동에 나서라고? 글러 먹은 흡혈귀인 나 혼자 뭘 할 수 있단 말인가. 그야말로 신에게 기도하는 것 말고는 해결 방법을 모르겠다. 아니, 기도해도 해결되지는 않는다.

나에게 남은 길은 단 하나. 장군 같은 건 때려치우고 방에 틀어박히는 것뿐이다.

그때—— 다시 거대한 폭발음이 들렸다.

이어서 방문이 벌컥!! 하고 힘차게 열렸다. 프레테의 부하가 뛰어 들어온 것이다.

"프레테 님! 폭동이 커지고 있습니다! 다른 교회도 봉기했다고……."

"칫——. 제5부대만으로는 부족했던 것 같네요."

"내가 가지."

델피네가 바람처럼 쌩하고 달려간다.

주변이 소란스러워졌다. 본격적인 전쟁이 시작되려 하고 있다.

갑자기 페트로즈가 한숨을 내쉬더니 말했다.

"아무래도 상관없지만, 네 그런 모습을 보면 그 아이는 격노하겠지. 쓰러뜨려야 할 상대가 매미 허물 같아서야 의욕도 안 나고."

"뭐——?"

"오. 마침 왔군."

황제나 오오미카미 정도는 아니지만 페트로즈의 말도 조금 구체성이 부족했다.

하지만 무슨 말을 들어도 상관없다. 이번 소동에서 나의 존재 의의는 수박씨만도 못할 만큼 하찮을 테니까——. 그렇게 체념을 품었을 때의 일이다.

"뭐……뭐야, 너는."

내 뒤쪽에서 델피네가 소리를 높였다. 그녀는 어째선지 입구 근처에 멀뚱히 서 있는 듯했다.

누가 다가오는 기척이 났다.

헬데우스가 "이런" 하고 미간을 찡그린다. 사쿠나가 눈을 동그랗게 뜨며 일어난다. 나는 특별히 신경 쓰는 일 없이 컵에 입을 댔지만, 갑자기 원탁 위로 던져진 그것을 보자마자 놀란 나머지 비명을 지르고 말았다.

시체다. 제복(祭服)을 입은 시체가 힘껏 내쳐진 것이다.

도대체 뭐가——, 그렇게 생각하며 뒤를 돌아보려 한 순간.

"안심해. 주모자는 죽여서 잡아 왔으니까."

이번에야말로 간이 철렁했다.

기억 밑바닥에 달라붙어 잊을 수조차 없는 차가운 음성. 회상할 때마다 따끔한 통증을 가져다주는 험악한 분위기——. 나는 떨리는 몸을 억지로 억누르며 뒤를 확인했다.

거기에 서 있는 건 푸른 소녀였다.

과거 나를 은둔형 외톨이로 만든 흡혈귀.

밀리센트 블루나이트.

"──폭동은 곧 진정될 거야. 제5부대 녀석들이 빈틈없이 죽이고 있거든."

"블루나이트 장군……. 제도의 피해는 어느 정도인가요?"

"피해 같은 건 없어. 죽어도 부활할 수 있는 곳에서 무슨 소리야."

밀리센트는 시니컬하게 웃고 있었다.

나는 놀란 나머지 입을 다물지 못했다.

방금 프레테는 그녀를 블루나이트 '장군'이라고 불렀다. 여기서 추측할 수 있는 건 단 하나. 오디론 메탈이 빠지면서 장군 자리가 빈 제5부대 대장으로 취임한 것은, 다름 아닌 푸른 테러리스트 밀리센트 블루나이트였던 것이다.

떠오르는 것은 올해 봄에 일어난 사건. 이 녀석 덕에 나와 빌은 큰 상처를 입게 되었다──. 그리고 새로운 한 걸음을 내딛게 되었다.

"블루나이트 님!" 헬데우스가 소리쳤다. "그보다 이 시체는 뭔가요? 보아하니 신성교 성직자 같은데요. 들어간 문장을 보면 위계는 저와 같은 사제로군요."

"그러니까 이 녀석이 주모자라고. 신자들을 이끌고 정부 관련 시설을 덮치고 있었어. 하지만 그건 크게 중요하지 않아──. 이 녀석 오른팔을 봐."

시체의 오른팔에 시선이 집중된다.

옷이 찢어져 맨살이 노출되어 있었다. 그곳에는 달을 본뜬 문장이 뚜렷하게 새겨져 있다. 본 적이 있다. 사쿠나의 배에 새겨져 있던 것과 똑같은 것이다.

밀리센트는 증오에 찬 목소리로 이렇게 말했다.

"――뒤집힌 달과 연관이 있는 거야. 이 소동 뒤에서는 그 조직이 암약하고 있어."

자리가 술렁인다. 헬데우스와 프레테가 시끄럽게 대화를 나누기 시작한다――. 그러나 나는 그럴 여유가 없었다. 이 푸른 소녀의 존재만으로도 위장이 참을 수 없이 아팠다.

갑자기 밀리센트가 이쪽으로 돌아선다.

나는 뱀 앞에 선 개구리처럼 꼼짝할 수 없었다.

"테라코마리. 오랜만이네."

"오, 오랜만……." 나는 간신히 말을 짜냈다. "……잘 지냈어?"

"잘 지낼 리가 있나. 너 때문에 나는 지옥의 고통을 맛보고 왔는데."

말이 나오지 않는다. 여기서 '참 안됐네요'라고 해봤자 살해당할 뿐이겠지.

물론 밀리센트와 만났을 때 대비해 연습은 하고 있었다. 그러나―― 굳이 지금이 아니어도 되잖아. 좀 더 기분이나 컨디션이 좋을 때 만나고 싶었는데. 좀 더 평화롭게 대화를 나누고 서로를 깊게 이해해 나가려고 했는데.

"――저기. 넌 언제까지 꾸물거리려고?"

"뭐, 뭐가……?"

"뒤집힌 달이 모략을 꾸미고 있잖아. 살육의 패자는 어디 갔어? 전 세계를 오므라이스로 만드는 거 아니었어? 아니면 장군직에 싫증이 났어?"

밀리센트가 날카로운 말로 내 마음을 갈기갈기 찢어 간다.

사쿠나가 황급히 나와 그녀 사이에 끼어들었다.

"밀리센트 씨! 코마리 씨는 지쳐 있거든요. 복잡한 이야기는 나중에 하지 않겠어요?"

"비켜, 사쿠나 메모아."

"앗······."

밀리센트는 사쿠나를 밀쳐내고 내 눈앞을 막아섰다.

사쿠나가 옆에서 쩔쩔매고 있다. 다른 칠홍천들도 무슨 일인가 해서 이쪽을 주목하고 있다. 푸른 소녀는 정말 실망했다는 듯한 표정으로 나를 내려다보고 있었다.

"빌헤이즈가 납치당했다고? 왜 너는 묵묵히 고개만 숙이고 있어?"

"하지만······ 하지만. 나한테는 힘이 없으니까······."

"힘이 없다고? 무슨 착각을 하는 거야?"

"하지만 빌이 없는걸! 그 녀석이 없으면 나는 구제할 길 없는 열등 흡혈귀야! 묵묵히 고개를 숙이고 있는 재주밖에 없다고! 그러니까 나는──."

"──어리광부리지 마!!"

눈앞에서 불꽃이 튀었다.

사쿠나가 비명을 질렀다.

엄청난 충격에 상반신이 뒤로 꺾였다.

이마 주변으로 통증이 퍼졌다.

뒤늦게 이해했다──. 밀리센트가 순식간에 강렬한 꿀밤을 먹인 것이다. 아연실색해서 굳어버렸다. 곧 바위도 부술 듯한 고함이 들려왔다.

"너한테는 힘이 있을 텐데! 왜 안 쓰는 거야! 이제 와서 자기 능력을 모르겠다고 하지는 않겠지! 육국 대전이나 천무제나 너는 네 힘으로 이겨내 왔으니까!"

"⋯⋯⋯⋯으."

"이 나라는 멸망을 향해 빠르고 달려가고 있어. 그래도 괜찮겠어, 너는?"

"⋯⋯⋯⋯⋯⋯으으으으."

"뭐라고 말 좀 해봐, 테라코마리 건데스블러드! 네가 질질 짜면 내가 더 기분 상해!!"

"──우와아아아아아아아아아아아아아아아아아!!"

"울지 말라고!!"

"꿀밤 맞으면 누구라도 울거드으으으으으으으으으으으은!!"

"시끄러워!!"

갑자기 멱살을 잡혔다. 눈물이 들어가 버렸다.

헬데우스가 일어난다. 페트로즈가 입가에 미소를 띠고 있다. 델피네는 기백에 밀려 경직돼 있다. 그 프레테조차 "블루나이트 씨, 이건 좀⋯⋯" 하고 질색하고 있었다. 사쿠나는 새파랗게 질려 떨고 있다. 그러나 밀리센트는 전혀 개의치 않고 이렇게 말했다.

"내가 빌헤이즈를 납치했을 때! 너는 자기가 무력하다는 걸 알면서도 홀로 맞섰어!"

"윽⋯⋯."

"그런 사람이기에 열핵해방을 쓸 수 있는 거야! 그런 마음을 가지고 있어서 사람들이 따르는 거라고! 그때의 너는 어디로 갔어?! 빌헤이즈를 자기 힘으로 되찾아야겠다는 생각은 안 해?! 대답해, 테라코마리 건데스블러드!!"

너무나도 험악한 얼굴에 망연자실하고 말았다.

그러나 마음에 깔려 있던 안개가 서서히 걷히는 것을 느꼈다.

확실히 밀리센트 말이 옳았다. 빼앗겼다면 되찾으면 된다. 나는 지금까지도 그렇게 해왔다. 물론 나 혼자서가 아니라, 협력해 주는 동료들과 힘을 합쳐서 해낸 일이었지만. 밀리센트 때도. 칠홍천 투쟁 때도. 육국 대전 때도. 천무제 때도. 나는 부당한 착취에 저항해 오지 않았는가.

"테라코마리. 정신이 좀 들었으려나?"

"⋯⋯⋯⋯."

솔직히 악몽 속에 있는 것만 같았다.

하지만 이번 일도 육국 대전이나 천무제 때와 같다. 스피카는 나에게서 빌을 빼앗아 갔다. 분명 신을 모독하고 홍차로 옷을 더럽히고 동상을 부순 뮬나이트 측에도 잘못이 있을지 모르지만, 그렇다고 나의 소중한 부하를 가로챌 이유가 어디 있단 말인가.

"으음⋯⋯. 괜찮아요⋯⋯? 코마리 씨⋯⋯."

괜찮지 않다. 그러나 나는 눈물을 닦고 밀리센트의 얼굴을 똑바로 응시했다.

요 며칠 나는 뭔가 이상했다. 덮쳐드는 절망에 계속 당하기만 할 뿐, 아무것도 하지 않았다. 하지만 그것은 잘못된 일이다──. 절망감 따위는 정면에서 때려눕혀 버리면 된다. 평온한 은둔형 외톨이 라이프를 누리기 위해서는 좌우지간 빌이 필요하다. 빼앗겼다면 되찾아 오자.

게다가, 그 녀석도 나에게서 벗어나고 싶을 리 없다.

지금까지의 헌신적인 태도를 생각하면 쉽게 알 수 있다. 무슨 사정이 있는 게 분명하다. 예를 들어 성도에 가서 스파이 활동을 할 필요가 있었다거나. 어쨌든 만나러 가서 확인하기 전엔 아무것도 시작되지 않는다──. 그렇게 생각하면서 일어서려 했을 때였다.

[──뮬나이트 제국의 여러분. 안녕하세요.]

갑자기 익숙한 목소리가 울려 퍼졌다.

원탁 위의 시체가 말했다──, 아니, 그게 아니다. 시체 주머니에 들어 있던 통신용 광석이 멋대로 동작하기 시작한 것이다.

[저는 성도 레하이시아의 율리우스 6세입니다. 여러분들은 어떻게 지내십니까. 슬슬 신의 위대함을 느껴주셨으면 합니다만.]

"율리우스 6세?! 뭐죠, 이건?!"

프레테가 거품을 물고 일어섰다.

스피카가 쿡 하고 웃는 느낌이 났다.

[미리 통신용 광석을 넣어놨습니다. 슬슬 폭동이 진압될 시기

라고 생각했는데——. 다들 무사히 위기를 극복한 것 같네요. 축하합니다.]

나는 아연실색하고 말았다.

말하는 걸 보아 스피카가 신자에게 날뛰라고 지시한 게 분명했다.

그녀는 [이거 똑똑히 전해지는 거 맞죠? 괜찮아요? 아아, 네. 알겠습니다]라고 뒤에 있는 누군가에게 확인하고 나서 말을 이었다.

[——얼마 전, 뮬나이트 제국은 신에게 무례한 행동을 했습니다. 이건 반드시 처벌해야 할 일이자 용서받지 못할 일입니다. 그래서 저희는 야만적인 흡혈귀에게 신의 심판을 내리기로 했습니다.]

"뭐——." 나는 무심코 일어서서 외쳤다. "무슨 소리야! 너는 빌을 데려갔잖아! 아직도 사과가 부족하다는 거야?!"

[사과? 언제 누가 사과했다는 건가요?]

스피카가 시치미 떼듯이 말했다.

멍해 있는 나를 대신해서 프레테가 고함친다.

"교황 율리우스 6세! 이번 폭동은 당신이 지시한 건가요?!"

[폭동은 제가 지시한 게 아니에요. 우리 성도가 뮬나이트 제국에 내린 심판은 단순합니다. '천벌이 내려지기를'이라고 신에게 기도드렸을 뿐입니다. 그 결과 민중이 봉기했다면 그건 제가 한 일이 아니라 신께서 하신 일. 여러분에게 원성을 들을 이유가 없어요.]

"윽──. 그런 억지가 통할 거 같아요!"

[세상에는 그런 억지가 존재하는걸요. 뮬나이트 제국이 이대로 계속 난폭하게 군다면, 곧 제국에 흩어져 있는 신의 신도들이 혁명을 일으키겠지요.]

"장난하지 마세요! 당신의 목적은 대체 뭐죠?!"

[그건 처음부터 말씀드렸을 텐데요.]

스피카는 냉소하면서 당당하게 말했다.

[뮬나이트 제국이 신의 산하로 들어오는 것. 그게 다였는데.]

"이게──."

"그만해. 꼴사나우니까."

검을 뽑은 프레테를 페트로즈가 제지한다.

그녀는 양갱을 깨작이면서 엄청나게 귀찮다는 듯이 말했다.

"이봐, 율리우스 6세. 뭔가 꿍꿍이가 있는 거지? 제정신인 녀석이라면 국가에 개종을 요구하는 게 무모한 짓이라는 걸 알텐데."

[무슨 말씀이시죠. 저는 어디까지나 진지한데요.]

"맞습니다! 스피카 라 제미니는 이상한 사고를 가진 야만인이에요. 가르침이란 강요하는 게 아니라 자각하는 것. 그걸 모르기에 이런 폭거를 저지른 것입니다."

[헬데우스 헤븐입니까. 파문당한 주제에 아직도 성직자인 척하나 보군요.]

"파문당한 건 당신이잖아요? 아직도 교황인 척을 하고 계신가요?"

"어쨌든! 그런 요구를 받아들일 리 없잖아요! 카렌 님이 돌아오시면 다시 회담의 자리를 마련하죠! 다 대화로 해결하자고요!"

[대화 따위 필요 없어요. 왜냐하면――.]

[스피카 님. 사탕을 더 가져왔습니다.]

[이런. 이거 감사합니다.]

뺨을 얻어맞은 듯한 기분이었다. 지금 분명 빌의 목소리가 들렸다. 나는 무심코 시체에 대고 크게 소리쳤다.

"――빌! 그런 데서 뭐 하는 거야!"

[건데스블러드 장군? 대체 무슨 용건이죠?]

"너 말고! 빌 바꿔!"

한동안 침묵의 시간이 이어졌다. 소리를 차단하고 얘기 중인 걸지도 모르겠다. 그러나 곧 소리가 났고 익숙한 목소리가 내 귀에 들어왔다.

[……네. 빌헤이즈입니다.]

"비……." 눈에서 눈물이 나올 뻔했다. 주먹을 쥐고 힘껏 참는다. "……빌! 너 무사해?! 스피카에게 이상한 짓을 당하진 않았고?!"

[괜찮아요. 스피카 님이 저에게 잘해 주시거든요.]

[맞습니다. 관대한 마음을 가진 제가 메이드를 함부로 대할 리 없잖아요. 빌헤이즈는 제가 잘 사용할 테니 안심하세요.]

"뭐……."

[듣기로는 건데스블러드 각하는 메이드를 영 못 다루는 것 같던데요. 그녀가 원망하고 있었어요. 그렇죠? 빌헤이즈.]

"무슨 소리야……. 거짓말이지, 빌……."

[네. 코마리 님은 제 요구에 응해 주지 않으셨어요. 제가 아무리 코마리 님을 사모해도 냉랭하게 대하시거든요. 지난번에도 느긋하게 욕조에 몸을 담그고 있던 저를 강제로 욕실에서 내쫓았고요. 이런 가혹한 일이 또 있을까요.]

"아니, 아니. 아니잖아! 그건 네가 멋대로 들어와서 변태 행위를 했기 때문이고!"

[그게 다가 아니에요. 코마리 님은 곤히 자는 저를 강제로 침대에서 떨어뜨리셨어요. 담요를 빼앗긴 저는 차가운 바닥 위에서 떨었습니다. 몸도 마음도 코마리 님을 위해서 바쳐 왔는데……. 몸도 마음도 얼어붙어 버렸어요.]

"그것도 아니야! 네가 갑자기 침대에서 엉겨 붙으니까 그런 거잖아!"

[이건 안 되겠네요. 하지만 지금은 어떻죠?]

[네. 몸도 마음도 회복했습니다. 스피카 님은 저에게 잘해 주시거든요.]

[어제는 함께 욕실에 들어가서 씻었죠.]

[또 등을 씻겨드리고 싶네요.]

[좋아요. 그러고 보니 어젯밤 저녁 식사도 맛있었어요. 당신이 만든 오므라이스는 일류 셰프 못지않은 수준이었습니다.]

[칭찬해 주셔서 영광입니다. 스피카 님의 기호를 조사해서 스피카 님을 위해 만들었어요.]

[그렇군요. 당신은 메이드로서 완벽하네요——. 건데스블러드

장군 곁을 벗어나서 다행이에요. 당신의 재능은 알맞은 곳에서 써야 하니까요.]

……………….

………….

……이봐. 거기 둘.

내가 없는 데서 뭐 하는 거야?

왜 빌은 내가 아닌 사람에게 오므라이스를 만들어 준 거지?

[――자, 그럼 이야기가 좀 샜군요? 우리가 요구하는 건 조금 전에 말한 그대로예요.]

"우……. 우, 우, 우."

[이게 받아들여지지 않는다면 신의 심판은 계속되겠죠. 우선 뮬나이트 제국 전역의 교회에 연락해서――.]

"웃기지 마아아아아아아아아아아아아아아아아아아아아 아아아아아아아아아아아아아아아아아아아아아아아아아아 아아아아아아아아아아아아아아아!!"

타앙!! 나는 테이블을 내리쳤다.

옆에 있는 사쿠나가 "히익?!" 하고 비명을 지르며 뒤로 물러난다.

주변 시선 따위 신경 쓸 여유가 없었다. 나는 테이블 쪽으로 몸을 쑥 내밀면서 시체에 대고 절규했다.

"이봐, 빌! 넌 그렇게 나한테 들러붙었던 주제에 뭔데?! 아무리 전직했더라도 너무 당돌하잖아! 이렇게 손바닥을 뒤집는 경우는 처음 봤네! 널 거짓말쟁이 메이드라고 생각하고야 있었지만 이 정도로 매정할 줄은 몰랐고, 고작 네가 없다고 해서 이렇게까지 생활 습관이 흐트러진 나 자신에게도 너무 놀라서 본인도 무슨 말을 하는지 전혀 모르겠어, 이제! 전부 너 때문이야. 이걸 어떻게 책임질래, 이 변태 메이드야!!"

[코마리 님. 저는――.]

"변명 따위는 듣고 싶지 않아!! 나를 천하무적 칠홍천 대장군으로 만든 건 거의 너잖아!! 그 책임도 지지 않고 내 앞에서 사라지다니 절대 용서 못 해――. 설령 신이 용서하더라도 테라코마리 건데스블러드가 절대로 용서 못 해!!"

[진정하세요, 건데스블러드 장군. 신은 빌헤이즈의 귀의를 환영하고 계시――.]

"그딴 신, 내가 확 꿀밤을 날려줄 거야!!"

스피카가 압도당한 듯 입을 다물었다.

나는 상관없이 말을 이어나갔다. 그렇게 그게 사실상의 선전 포고가 되고야 말았다.

"기다려, 빌. 반드시 너를 데려올 테니까! 뮬나이트를 에워싼 뭔지 모를 종교 세력도 전부 내가 어떻게든 해 줄게! 성도의 군대 따위는 내가 쫓아낼 거야!"

"건데스블러드 씨, 좀 조용히 하세요. 멋대로 전쟁을 시작하지 말아 달라고요."

"뭐 어때, 프레테. 지금은 코마리 쨩에게 맡기자."

뒤에서 말을 주고받는 프레테나 페트로즈 따위는 안중에 없었다.

나는 생각한 말을 거침없이 입 밖으로 내뱉었다.

"그러니까── 거기서 얌전히 기다리고 있어!! 내가 그리 갈 때까지 스피카에게 오므라이스 만들어 주면 안 돼!! 꼭이다!! 알겠지!!"

[··
···.]

통신용 광석 너머는 한동안 무음이었다.

정신을 차리고 보니 '피바다실'도 침묵에 휩싸여 있었다.

사쿠나는 소스라치게 놀라고 있고, 델피네는 평소처럼 말이 없고, 프레테는 얼굴이 창백해져서는 부들부들 떨고 있고, 헬데우스는 만족스럽게 고개를 끄덕일 뿐 아무 말도 없고, 페트로즈는 태평하게 양갱을 먹고 있고, 밀리센트로 말할 것 같으면 어째서인지 나에게 등을 돌리고 있어서 얼굴이 안 보인다.

그리고 점점 흥분이 가셨다.

어라……? 혹시 자발적으로 전쟁을 선포한 거 아닌가……?

그렇게 불안에 짓눌릴 뻔했을 때.

문득 억누른 듯한 웃음소리가 들려왔다.

스피카다. 스피카가 유쾌하다는 듯 웃고 있다. 도대체 뭐가 우스운 걸까──.

의아해하는 사이, 그녀는 침착함을 되찾은 듯 벌레 정도라면 압력으로 죽여버릴 듯한 목소리로 이렇게 말했다.

[스스로 파멸의 길을 선택할 줄이야, 불쌍한 분들이네요. 알겠습니다──. 천벌을 속행하겠어요. 신의 뜻에 따라 성도의 성

기사단도 움직이겠죠.]

"읏……!"

파멸이 확정되었다.

역시 머리를 식힐 필요 따위 없었다.

이렇게 당할 대로 당했는데 묵묵히 있을 필요는 없었다. 나는 발길을 돌려 성큼성큼 '피바다실'을 뛰쳐나갔다. 사쿠나나 프레테가 만류하는 소리는 무시하기로 했다.

뮬나이트 궁전 안뜰.

나는 눈이 내리는 시린 하늘에 대고 크게 외쳤다.

"카오스텔! 벨리우스! 아니면 멜라콘시! 있어?!"

"여기 있습니다."

고목 같은 남자가 갑자기 기둥 뒤에서 나타났다. 꼭 변태 같은 매복법이다. 때와 경우에 따라서는 체포당해도 이상하지 않겠지.

그러나 놀라고 있을 틈조차 없었다.

나는 그에게 척척 다가가——, 잠깐 망설이고 나서 지시를 내렸다.

"제7부대의 대원들을 모아줘. 잠깐 할 말이 있어."

☆

5분도 채 지나지 않아 대원들이 모였다.

나는 아직 철거되지 않은 신상 잔해 위에 서서 그들을 내려다보고 있었다.

뮬나이트 제국군 제7부대, 총원 500명.

내 생명을 위협하는 민폐이기 그지없는 녀석들인 동시에 위험할 때는 용맹한 활약을 보여 주는 믿음직한 광전사들.

사쿠나뿐만이 아니다. 나에게는 이 녀석들도 있다.

"각하. 오늘은 어떤 명령이신가요."

카오스텔은 흥분을 참을 수 없다는 눈치로 입을 열었다.

다른 녀석들도 비슷했다. 내가 이렇게 소집한 적이 지금까지 거의 없었기 때문일까──. 다들 기분 탓인지 안절부절못하고 있는 것처럼 보인다.

"음. 다들 잘 모여 주었군."

나는 가능한 한 위엄 있는 목소리를 유지하면서 말한다.

실패는 용납되지 않는다. 서포트해 주는 메이드는 없으니까.

"제군도 알고 있겠지만, 제도에서 폭동이 일어났다. 이건 신성교 교황 율리우스 6세 스피카 라 제미니의 지시인 듯하다. 아니, 조금 전 스피카 녀석이 자백했어. 게다가 제5부대 대장에게 들은 정보에 따르면, 놈들은 테러리스트 집단 '뒤집힌 달'과 손을 잡고 뮬나이트 제국을 위협하려고 하는 것 같다."

술렁임이 퍼져 간다.

"뭐라고?!" "장난하나……." "제5부대 대장이 누구야?" "이래서 종교라는 건." "또 그 테러리스트냐고!" "용서 못 해." ──나는 큰 소리로 말을 이어간다.

"황제가 없는 것도 녀석들 짓임이 분명하다. 이대로 가다간 뮬나이트 제국은 전대미문의 위기에 노출되겠지. 당연히 그냥 방관할 수 있을 수는 없어. 알겠지?"

"당연하고말고요! 저희는 단호한 태도로 임해야 합니다!"

카오스텔에게 호응하듯 "맞다, 맞아!" 하고 소리가 퍼진다.

이 녀석들은 평범한 사람으로서는 이해할 수 없는 사고 회로를 가진 전투 바보들이다. 아마 내가 명령하면 기꺼이 검을 들겠지. 그러나── 그렇다고 해서 그들에게 응석을 부리려니 망설여졌다.

왜냐하면 이건 나의 어리광 같은 것이니까.

나는 자리가 조용해지기를 기다렸다가 주저하며 말을 이었다.

"실은 말이지……. 너희에게 말해둬야 할 게 있는데……."

흡혈귀들이 의아하다는 듯 올려다본다.

"나는 요 며칠, 조금 약해져 있었어."

"각하. 그게 무슨 뜻인가요."

"무, 물론 대단한 건 아냐! 하지만 쭉 마음이 여기 없는 느낌이어서 너희에게 이상한 지시를 내리기도 했어──. 그 점은 미안하게 생각해."

그렇게 말한 나는 고개를 숙인다. 그러자 부하들은 황송하다는 듯 "아니요, 정말 괜찮으니까 고개를 드세요, 각하!" "오히려 평소보다 더 패기 있는 각하였어요!"라며 그들답지 않게 배려를 해 주었다. 나는 어째서인지 가슴이 뜨거워지는 것을 느꼈다.

"고맙다. ……내가 이렇게 된 건 말이지, 뭐, 짐작한 녀석도 있을지 모르지만, 제7부대의 특별 중위, 빌헤이즈가 사라졌기 때문이다. 그 녀석은 내 소중한 동료다. 하지만 교황에게 납치당해 버렸지. 지금은 성도에서 메이드로 일하고 있는 것 같아…….”

나는 조금 고개를 숙였다. 제국이 위기에 직면했는데 사사로운 정 따위로 고민하는 것이 꺼림칙하게 느껴졌기 때문이다. 그러나 이것만은 전해야 했다.

“그래서…… 나는 그 빌을 다시 빼앗아 오고 싶은 것이다. 그래도 나 혼자서는 아마 힘들겠지. 아, 아무리 내가 천하무적의 최강 칠홍천 대장군이라고 해도 한 번에 죽일 수 있는 인원에는 한계가 있으니까 말이지. 그러니까…… 이런 걸 부탁하기는 좀 뭣하지만, 부적절할 수도 있지만, 그.”

고개를 들고 부하들을 둘러본다.

그리고 나는 용기를 쥐어짜서 말했다.

“나는 성도 문제를 어떻게든 해결하고 싶어. 그리고 빌을 다시 데려오고 싶어. 그러니까…… 제군도 나와 함께해주지 않겠나……?”

““““…………………………………………………………………….””””

쓰라릴 정도의 침묵이 내려왔다.

내뱉는 숨이 하얗다. 쏟아지는 눈의 조각이 군복에 떨어져 녹아내렸다.

생각해보니 내가 내 솔직한 감정을 부하에게 털어놓는 건 이번이 처음인 것 같기도 하다. 하물며 그걸 ‘부탁’으로서 호소하다니. 게다가 나 혼자 사람들 앞에 서서 당당히 선언하다니——. 지금까지의 내 행동을 생각하면 내일 운석이 떨어져도 이상하지 않을 만큼 진기한 일이었다.

그들은 어떻게 생각하고 있을까. 고작 메이드 하나 때문에 필사적으로 구는 살육의 패자를 눈앞에 두고 실망하고 있을까?

"──각하. 부탁이 아니라 명령을 하시면 됩니다."

갑자기 카오스텔이 그렇게 말했다.

당황하는 내 모습에도 아랑곳하지 않고 그는 기쁜 듯이 말을 잇는다.

"그나저나 성도 녀석들은 용서할 수 없겠군요. 종교를 방패 삼아 제멋대로 설치고 있어요."

"그래. 뮬나이트 제국을 얕보고 있다고 볼 수밖에 없지."

"게다가 우리 소중한 동료인 빌헤이즈 중위를 데려가는 폭거까지! 이건 각하가 아니라도 격노하는 게 당연하지 않을까요! 여러분도 그렇게 생각하지 않습니까?!"

"그 말이 옳다!" "각하를 슬프게 만들다니!" "용서할 수 없다, 신성교……!" "죽여주마." "오늘부터 신에게 가운뎃손가락을 세우겠습니다." "특별 중위를 대신할 사람은 없다." "예──! 각하의 측근 카오스텔 아님. 빌헤이즈 맞음." "그 사람이 없으면 우리 부대는 뇌까지 근육으로 들어찬 놈들밖에 없잖아!" "실은 나 빌헤이즈 씨를 꽤 좋아했어." "아무튼 신은 용서하지 않겠다." "신에게 심판을……!!" "죽여버리겠어……!!"

아니. 잠시만. 딱히 나는 종교를 없앨 생각이 없는데. 빌을 되찾기만 하면 그만이다. 또 스피카와 화해할 수 있으면 그걸로 만족하는데──. 그러나 그들은 이제 사람 말이 들리지 않는 모양이다.

"각하! 아무 걱정하실 거 없습니다! 우리가 힘을 합치면 어떤 적도 순식간에 재만 남을 겁니다. 발칙한 성직자들에게 철퇴를 내려주죠!"

"그, 그래——."

부하들은 기대에 찬 눈으로 자기 장군을 응시하고 있었다.

배 속 깊은 곳에서 용기가 솟구치는 것을 느꼈다. 차가운 눈 따위는 신경도 안 쓰일 만큼 몸이 뜨거워지는 걸 실감했다. 틀림없이 '힘을 빌리고 싶다고? 살육의 패자라면 당연히 혼자 해결할 수 있어야지, 멍청아!' 같은 식으로 살해당할 줄 알았다.

하지만 그렇게 되지는 않았다. 이 녀석들은 어찌할 수 없는 살인귀 집단이지만——, 이러니저러니 해도 나를 지지하려 하는 것이다. 그게 기뻤다.

그렇다면 나도 힘껏 노력해야 한다.

나는 심호흡하고 나서 그들의 얼굴을 마주 보았다. 그리고 오른손을 들어 소리 높여 선언했다.

"——자, 가자! 친애하는 병사들이여! 전쟁의 시작이다!!"

한 박자 쉬고——.

우오오오오오오오오오오오오오오오오오오오오오오오오오오오오——!!

늘 그렇듯 외침이 겨울 하늘을 때렸다. 고막이 찢어지는 줄 알았다. 이미 양식미를 갖춘 코마링 콜이 "코마링! 코마링! 코마링!" 하고 연이어 들린다.

이리하여 뮬나이트와 성도의 대립은 확정되었다.
전쟁의 기색은 바로 코앞까지 다가와 있었다.

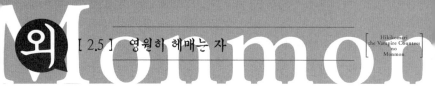
천둥소리가 울리는 숲속에서 인생이 시작됐다.

세계를 멸망시킬 듯한 번개 소리. 그것이 제일 먼저 기억에 남은 것이다.

지금도 번개는 무섭다. 트라우마가 된 걸지도 모른다. 이것만은 무엇을 어떻게 해도 극복할 수 있을 것 같지 않았다. 그날——, 그 뇌우가 오던 날 진흙투성이가 되어 숲속에 주저앉아 있는 자신을 구해준 것은, 실크 모자를 쓴 키 큰 노인이었다.

"놀랍군. 오오미카미 씨는 정말로 미래인이었나."

노인은 정말 놀랐다는 듯 그렇게 말했다.

"상처가 안 나았어. 이거 마핵에도 등록되어 있지 않겠군."

"저……, 기…….."

"응?"

마른 입술을 필사적으로 움직여 소리를 냈다.

"나는…… 누구……."

"그건 내가 묻고 싶을 정도인걸. ……하지만, 미래인 왈, 너는 후에 큰 사건을 해결하기 위한 중요한 단서가 된다던걸. 미안, 단서라고 하면 불쾌할 수도 있지만……."

"…………?"

노인의 말은 무엇 하나 이해할 수 없었다. 그러나 눈앞의 흡혈귀가——그는 자신과 같은 흡혈종이었다——적이 아니라는 건 본능적으로 알았다.

만약 이때 그와 만나지 않았다면, 자신은 숲속에서 짐승의 먹잇감이 되어 죽었을 것이다.

기억은 호우에 휩쓸려 텅 비어 있었다.

어디서 왔는지도 모르겠다. 자기 출생조차 모른다. 갈 곳도 없어서 한동안 노인의 손주로서 살게 되었다. 이 남자가 아이를 납치해서 잡아먹는 무서운 사람이면 어떡하지? 그런 생각도 분명 들었던 것 같다.

하지만 숲속에서 객사하기는 싫었다. 속아도 좋다. 어쨌든 인간의 선함을 믿어 보자. 그렇게 생각하고 노인——크로비스를 따라가기로 한 것이다.

크로비스는 뮬나이트 제국의 칠홍천 대장군이었던 모양이다.

약해 보이는데 의외로 강하시네요, 라고 솔직하게 칭찬했더니 그는 '칠홍천이라고 해도 머릿수만 채운 셈이라. 언제 하극상을 당할지 조마조마하구나'라며 웃고 있었다.

그렇게 조용히 세월이 흘렀다.

원래 소극적인 성격이었기에 대화는 그렇게 흥이 나지 않았지만, 크로비스는 신경 써서 여러 이야기를 들려주었다. 그렇다고 해도 화제는 거의 '독'에 관한 것이었다. 그는 순수한 독약 마니아인지 산야를 누비며 귀중한 식물이나 버섯을 채취했고, 그걸 약에 응용해 전쟁에서 쓰고 있다고 했다.

"알겠냐. 푸른 이끼벌레 버섯을 빻은 가루에 검은 텐구 나비

추출물을 혼합해서 하룻밤 재우는 거야. 그리고 거기 독 A와 약물 C를 혼합함으로써, 어떤 인간이라도 마시면 순식간에 폭발하여 산산조각 나는 비밀스러운 독이——."

"죄송합니다……. 잘 모르겠어요……."

"흠. 아직 어려운가."

그러나 계속 모른 채로 있기 싫었다.

크로비스의 연구실에 숨어들어 자료를 독파하는 사이에, 점점 독약 관련 지식을 몸에 익혀갔다. 1달도 채 지나지 않아 살인용 독을 조합하여 보여줬을 때, 크로비스가 '이거 천재일지도 모르겠군' 하고 놀라던 게 인상 깊었다.

결코 자극적인 나날은 아니었다——. 그러나 상처투성이인 몸으로 뇌우가 오는 숲을 방황하던 때에 비하면 천국 같은 시간이었다. 곧 크로비스는 "그러고 보니" 하고 뭔가 떠올랐다는 듯 말했다.

"계속 '너'나 '얘'라고 부르면 좀 그렇겠지. 이름을 붙여 주마."

"이름……은, 기억하고 있습니다."

"응? 기억한다고?"

"네. 옷 태그에 쓰여 있어서……."

크로비스에게 이름을 말했다.

그는 감탄한 듯 미소를 지었다.

"그래, '빌헤이즈'란 말이지. 뮬나이트의 고어로 '천상의 보석', 혹은 '황제의 보석'이라는 뜻이구나. 이거 거물인걸."

"네에."

"하지만 성이 안 적혀 있어. ……어떠냐, 이제부터 제도의 학원에 다니게 될 테니, 할아버지와 같은 성을 쓰지 않겠냐. 내가 '크로비스 도도렌즈'니까, 너는 '빌헤이즈 도도렌즈'다."

"싫어요."

"어째서."

"발음이 안 귀여워서……."

"…………."

크로비스──, 할아버지가 슬퍼하던 얼굴을 지금도 똑똑히 떠올릴 수 있다.

어쨌든 그런 이유로 성은 쓰지 않고 살게 되었다.

이게 빌헤이즈에게는 최초의 기억.

테라코마리 건데스블러드를 만나서 새로운 삶을 찾아내기 전, 아직 어떤 색에도 물들지 않은 새하얀, 번개를 무서워할 뿐인 소녀였던 시절의 기억.

※

황제 폐하에게 받은 칙명은 '첩보 활동을 해라'였다.

교황 율리우스 6세에게는 큰 악행을 저질렀다는 혐의가 있다. 더 말하자면 뒤집힌 달과 손을 잡고 여섯 나라를 지배하려 하는 사악한 낌새가 있다──. 그렇기에 성도에 잠입해 조사할 필요가 있다나 보다. 칙명과 함께 황제는 이렇게 말했다.

"방법은 불문. 다음 회담에서 율리우스 6세를 만났을 때, 무조

건 그녀를 따라가라. 예를 들어, 그렇지──. '개종'이 가장 손쉬운 방법이겠지."

그런 이유로 빌헤이즈는 전직할 준비를 하고 있었다.

신성교에 들어가기 위해 필요한 성수니 제복 같은 것을 제도의 교회에서 구입한 것이다.

그러나 실제로 교황과 조우하니 모든 준비가 허사가 되었다. 제7부대는 우왕좌왕하는 사이 율리우스 6세와 사이가 틀어졌고, 최종적으로는 민폐의 대가로서 자신의 신병을 내어주게 된 것이다.

역시 일이 너무 잘 풀린다는 느낌도 들었다. 그러나 이 좋은 기회를 놓칠 수는 없었다.

그렇기에 빌헤이즈는 제대로 저항 한번 하지 않고 성도행을 승낙한 것이다.

게다가 율리우스 6세는 전속 메이드로서 빌헤이즈를 곁에 둘 생각인 듯했다. 이 정도면 스파이 활동도 순조롭겠지──. 그렇게 생각했는데.

뭐라고 할까. 이건 예상 밖의 전개라고 표현할 수밖에 없었다.

"──건데스블러드 장군은 재미있는 분이네요."

바로 옆에 앉아있는 교황 율리우스 6세가 막대사탕을 흔들면서 그렇게 말했다. 가까이에서 보면 안다──. 저건 사람의 피를 설탕에 졸여서 굳힌 사탕이다.

"의외로 당신을 소중하게 생각하고 있는 것 같군요. 저 정도면 성도로 쳐들어오지 않을까요. 최강의 성기사단을 돌파하는 건 불가능할 게 뻔한데."

"설마…… 코마리 님이 그렇게 큰소리를 치실 줄이야."

"씩씩해서 좋지 않나요. 뭐 깊은 생각 없이 부리는 오기겠지
만요."

빌헤이즈는 웬일로 초조해하고 있었다.

그냥 우발적으로 한 행동이었다. 교황 눈앞에서는 입이 찢어
져도 말할 수 없지만, 정말 코마리에게서 마음이 멀어진 게 아
니다. 오히려 지금 당장 만나고 싶어서 참을 수가 없었다. 슬슬
금단증상 때문에 절규하면서 복도를 폭주하고 싶어질 무렵이
었다.

요약하자면 '밀어서 안 된다면 당겨봐라 작전'이었다.

최근 주인이 너무나도 차가워서, '이제 코마리 님 따위는 몰라
요' 같은 분위기를 내서 관심을 끌려고 했다. 그런데 일이 이렇
게 될 줄이야.

──기다려, 빌. 반드시 너를 데려올 테니까!

솔직히 엄청나게 기뻤다.

그렇기에 죄책감이 커진다. 곧바로 '거짓말입니다. 사랑해요'
라고 외치고 싶었다. 만약 그녀가 여기로 와준다면, 대체 어떤
얼굴로 만나야 할까. 아니, 애초에 제7부대가 공격해 오면 칙명
인 스파이 활동을 완수할 수 없게 되는 거 아닐까.

이렇게 된 이상, 서둘러 스피카 라 제미니의 비밀을 파헤치기로
하자. 그리고 코마리와 함께 뮬나이트 제국으로 돌아가자──.
그렇게 결의하고 물끄러미 금발을 양 갈래로 묶은 흡혈귀의 모습

을 응시한다. 그녀는 사탕을 빨면서 "흐허호 호히" 하고 숨을 내쉬었다.

"──그러고 보니, 당신은 뮬나이트의 어디 출신인가요?"

"네? 으음──, 제도인데요."

"그렇군요. 저랑 같네요."

율리우스 6세는 친밀감이 담긴 미소를 지었다.

"그 도시는 정말로 좋은 곳이었죠. 제가 태어났을 때는 지금 같은 활기는 없었지만요. 평원 위에 앙증맞게 자리한 성채 도시였어요."

"실례지만……, 스피카 님은 나이가 어떻게 되시나요?"

"저는 신선종의 피도 섞여 있어서요. 정확한 숫자는 잊었지만, 약 600 하고도 조금 더 먹었을 거예요."

아무리 생각해봐도 거짓말이었다.

아무리 신선종이 장수한다고 해도, 그들의 수명은 다른 종족의 3배에 못 미치는 정도였다. 게다가 율리우스 6세는 흡혈종의 피도 이은 것 같으니까, 600년이나 살았다는 건 평범하게 생각하면 말도 안 되는 얘기다. 아니면 장수하는 특수한 능력이라도 가지고 있는 걸까.

그렇게 의구심이 더해 가는데, 율리우스 6세는 여느 때처럼 사탕을 빙글빙글 돌리면서 장황한 이야기를 늘어두기 시작했다.

"당신은 모르겠지만, 옛날에는…… 대략 600년 전까지는 마핵이라는 게 존재하지 않았어요. 사람은 심장을 도려내면 그대로 명계에 가는 수밖에 없었죠. 그런 약육강식의 세계였던 겁니다.

내 힘만으로는 살아갈 수 있을지 모르겠다. 그래서 사람들은 신에게 기도를 올렸습니다. 그런 상황에서는 당연하지만, 당시 신성교는 지금보다 훨씬 더 번성했어요. 신자 수로 따지면 현대의 열 배 정도려나요. 교회 수도 지금과는 비교도 되지 않았습니다."

"네에⋯⋯. 그래서 마핵이 생기며 신자 수가 줄어 버렸다는 건가요?"

"바로 그거예요. 그 특급 신구가 만들어진 덕에 사람들은 죽음의 공포를 잊었어요. 신의 위광을 잊고 안일하게 굴게 된 겁니다. 군인인 당신은 잘 알고 있겠지만, 각국은 엔터테인먼트 전쟁이라는 야만적인 이벤트를 열어 살육전을 벌이고 있습니다. 즉 사람들은 생명의 존엄성을 잊고 말았어요. 이건 중대한 사태 아닐까요?"

"그럴지도 모르겠네요. 목숨은 소중하니까요."

적당히 대꾸하면서 빌헤이즈는 생각한다──. 어쩐지 흘러가는 분위기가 이상해졌다고.

율리우스 6세가 말하는 사상은 어디서 들어본 적이 있는 듯했다.

갑자기 교황이 "죄송합니다"라고 웃으면서 사과했다.

"장황한 연설은 제 나쁜 버릇이에요. 수행자 시절에 혈안이 되어 포교했을 때 든 습관이 남은 거겠죠."

"네에."

"그리고 한 가지만 묻고 싶은데──, 당신은 신을 믿나요?"

대답은 정해져 있었다. 빌헤이즈는 주인이 보증하는 '거짓말쟁이 메이드'인 것이다.

"물론 믿고 있습니다. 저는 신을 정말 좋아하거든요."

"알겠습니다. 그럼 일하러 가보세요."

빌헤이즈는 고개를 꾸벅이고 그 자리를 떠났다.

이제 저녁 식사를 준비하게 되어 있다. 그러나 순순히 주방으로 갈 생각은 조금도 없었다. 교황은 일몰 전에 추기경을 데리고 기도 시간을 갖는다. 그 틈을 노려 대성당을 물색해야 하지 않을까. 조금 더 하면 결정적인 증거를 잡을 것 같으니까——.

"——아, 맞다." 갑자기 교황이 입을 열었다. 내일 날씨를 묻는 것처럼 아무렇지 않은 어조로 말한다. "당신은 대성당에 온 후로 여러 방을 탐지하고 다닌 것 같던데요."

"윽———."

"크게 상관은 없지만. 그런 걸 용납하지 않는 분들도 있을 거예요."

심장이 빠르게 뛴다. 별 같은 눈동자 앞에서 몸이 얼어붙어 꼼짝할 수 없었다.

빌헤이즈는 호흡을 정돈하고 나서 말했다.

"——무슨 말씀이시죠. 저는 스피카 님의 메이드로서 성심성의껏 일하고 있는데요."

스피카가 미소를 띤다.

"죽이면 안 된다나 봐요. 당신의 열핵해방【판도라 포이즌】은 여러모로 도움이 되는 것 같으니까요. 그들이 이렇게 번거로운 방법을 택한 건 당신의 몸이 필요했기 때문이겠죠——. 이해 못

할 건 없지만."

"무엇을——."

말문이 막혔다.

복부에 엄청난 통증이 퍼져서, 침을 흘리며 그 자리에서 무릎을 꿇고 말았다.

시선을 아래로 돌린다. 바닥으로 피가 뚝뚝 흘러내리고 있었다. 난데없이 날아온 단검이 옆구리에 꽂혔다. 말도 안 돼. 마력 반응도 없었는데.

도대체 뭐가——. 아파. 아파, 아파——.

"——곤란하군요. 너무 얼쩡거리면 계획이 틀어지니까요."

남자 목소리가 들렸다. 필사적으로 돌아본다.

어느새 키가 큰 창옥종이 서 있었다. 눈이 붉게 빛나고 있다. 바로 열핵해방이었다. 율리우스 6세가 한숨을 내쉬며 말했다.

"……메이드로서의 솜씨를 확인하고 싶었어요. 가벼운 장난이라고요."

"장난이 지나치십니다. 이 메이드는 원래 감옥에 던져둘 계획이었는데요."

이빨이 딱딱 소리를 낸다. 아픔은 뜨거운 불꽃이 되어 빌헤이즈의 몸을 불사르고 있다.

율리우스 6세가 "미안해요, 빌헤이즈"라고 마음이 담기지 않은 사과를 입에 담았다.

"그는 트리폰 크로스. 제가 교황으로 취임했을 때부터 성기사단 단장직을 맡고 있죠. 참고로 테러리스트 집단 뒤집힌 달의 간부 '삭월'이기도 하다네요."

깜짝 놀랐다. 이렇게까지 노골적으로 말할 줄은 몰랐다.

역시 신성교는 테러리스트와 유착해 뮬나이트 제국을 멸망시키려 하고 있었던 거다.

빠르게 머리가 회전한다. 동기는 쉽게 상상이 갔다. 조금 전율리우스 6세가 그러지 않았는가──. 마핵이 있기에 신앙이 사라져 가는 것이라고.

이런 데서 굴복할 수는 없었다. 떨리는 손으로 주머니에서 진통을 멎게 하는 극약을 꺼냈다. 그대로 아무런 주저 없이 삼킨다. 점점 통증이 사라져 간다.

여기서 두 사람을 처리해 버리면 아무 문제도 없다──. 그렇게 생각하며 일어서려던 순간.

발목에 다른 칼날이 꽂혀 있는 것을 눈치챘다.

"아──."

"늦었어요. 당신의 힘은 우리가 악용하도록 하겠습니다."

눈에 보이지조차 않는 속도로 검이 휘둘러졌다.

피할 수는 없었다.

빌헤이즈는, 소리도 없이 절명했다.

※

이리하여 테러리스트의 암약은 계속되어 간다.

그러나 그와 같은 속도로 대항하는 자들도 움직이기 시작했다.

※

같은 시각―― 천조낙토 동도의 앵취궁.

아마츠 카루라는 평소처럼 발 안에서 낮잠을 자고 있었다.

딱히 게으름 피우는 게 아니다. 쉬고 있을 뿐이다.

오오미카미 자리에 오른 이후로 카루라의 사적인 시간은 거의 사라졌다. 게다가 풍전정과 겸직이므로 잘 틈도 없다. 과자를 먹을 여유도 없다.

이대로는 몸이 망가지고 말 것이다.

그렇게 확신한 카루라는 오오미카미의 업무에 '낮잠'이라는 항목을 추가했다. 쉬는 것도 어엿한 일이다. 그러니까 이건 결코 게으름 피우는 게 아니다. 일단 저녁 시간까지 쉴까――. 그렇게 노곤하게 생각하면서 베개를 가슴팍에 안았을 때.

"――뭘 하는 거냐, 카루라!"

"와아아아아아악?!"

누가 갑자기 귀에 대고 고함을 질러서 펄쩍 뛰었다.

머리가 어질어질한다. 고막이 징징 울리며 비명을 지르고 있다.

자고 있는 사람을 나무란다고? 누구야, 그런 짓을 벌이는 귀신 같은 인간은――. 울상을 지으며 뒤돌아봤을 때, 카루라는 진짜 귀신을 본 듯한 기분이 들었다.

귀신 같은 얼굴을 한 레이게츠 카렌이 서 있었다.

"신성한 발 안쪽에서 뭘 하는 거냐! 어서 일해, 일."

"잠시만요. 잡아당기지 마세요. 옷이 벗겨진다고요!!"

질질 끌려가면서 카루라는 절규한다.

그러나 카린은 전혀 봐주지 않았다. 이번에는 카루라의 발목을 잡고 그대로 집무실 쪽으로 연행하려고 했다.

"놔 주세요! 저는 지금부터 화로를 쬐면서 낮잠을 잘 거라고요!"

"그럴 때가 아냐! 망가진 동도를 재건하기 위한 사업 계획서가 산처럼 쌓여 있다고! 전부 똑똑히 훑어봐 줘야겠어."

"그렇다고 짐처럼 질질 끌고 가지 마세요! 이게 신성한 오오미카미를 대하는 태도인가요?!"

"신성한 오오미카미는 발 너머에서 낮잠 따위 자지 않아!"

"발 너머에서 낮잠을 잔 오오미카미가 없었을까요?! 아뇨, 있을걸요. 분명! 역대 오오미카미 중 절반 정도는 아마 낮잠을 잤을 게 뻔해요! 왜냐하면 발 너머를 거침없이 들여다보려 하는 신하는 보통 없으니까요! 카린 씨를 제외하면요!"

"시끄러워!! 자고 싶다면 일이 끝나고 나서 해!!"

"그럼 언제 끝나는데요?!"

"하면 끝나겠지. 네 달팽이 같은 속도라면 년 단위는 걸릴걸."

"지옥이에요!! 수면 부족으로 눈 밑에 기미가 끼겠어요!!"

바닥 위의 공방은 계속된다.

천무제 이후, 레이게츠 카린은 카루라의 측근으로 일하게 되었다. 지위로 따지면 오검제 겸 우대신. 가문과 더불어 명실상부 천조낙토의 넘버 2다.

넘버 2 주제에 왜 넘버 1을 혹사시키려 하는 걸까. 귀찮은 일은 전부 카린에게 떠넘기려 하고 있었는데, 어째서인지 그녀는 카루라를 철저히 부려 먹으려 했다. 뇌물로 과자를 줘도 전혀 흔들리지 않았다. 역시 이 사람은 무섭다.

"좋은 생각이 났어요! 궁정에서 일하는 사람들은 하루 5시간씩 낮잠을 하도록 강제화하죠. 그러면 피로가 풀려서 일의 능률이 오를 거예요. 이건 칙명입니다."

"말로 해서 못 알아듣는다면 두 동강 내 버릴 거야."

"자, 오늘도 힘차게 일해 볼까요."

칼을 내보이면 따를 수밖에 없었다.

이 소녀는 상대가 오오미카미여도 가차 없이 베어버릴 것 같으므로 방심할 수 없는 것이다.

집무실로 들어가니 정말 서한이 산더미처럼 쌓여 있었다. 이래서는 언제 끝날지 모르겠다. 주말까지 잃으면 풍전정 영업을 못 하게 될 수도 있다.

"……이걸 다 확인하는 건가요?"

"그게 오오미카미의 일이야. 너는 나 대신 오오미카미가 됐잖아."

"뭐, 그렇긴 한데요……."

천무제에서 승리한 카루라는 압도적인 지지율을 자랑하는 오오미카미로서 동도에 군림하고 있다.

이건 많은 사람이 원하는 일이며——, 무엇보다 자기 자신이 바라던 일이기도 했다. 역시 마냥 '싫다'라고 떼를 쓸 수는 없다. 국민이나 할머니, 선대 오오미카미——, 그리고 그 용감한 흡혈귀의 소녀를 볼 면목이 없다.

"……정말 힘든 자리네요. 오오미카미라는 건."

"나도 최대한 돕도록 하지. 역시 너만으로는 믿음직스럽지 못하니까."

"그러게요. 저는 자타공인 글러 먹은 화혼종이니까요."

일단 일에 착수하자──. 그렇게 생각하며 서한을 손에 든다.

그러나 처음부터 어이가 없었다.

"──이거 안 되겠네요. 경관이 훼손될 거예요."

"그래."

"저런 곳에 목욕탕 같은 걸 만들어서 어쩌게요. 동부 구획의 인구 분산을 생각해보면 분명 필요 없어요. 기왕 동도가 망가진 거, 그냥 재건만 하는 게 아니라 괜한 것은 생략한 도시로 만들어야 해요. 그리고 이 계획서는 탈세를 위해 만들어진 거예요. 단속을 위해 특별부서를 만들어 둘게요. 그리고 호부성(戶部省)의 지갑이 너무 꽉 닫혀 있다는 불평이 있으니 제가 나중에 한마디 해두겠습니다."

"그, 그래."

"보고에 따르면 공부성(工部省)의 인원이 부족하네요. 인원 고용을 확인하도록 하겠습니다. 또 파업이 발생한 것 같으니 국고를 열어 1년 동안만 임금을 인상할 텐데, 반대 의견도 접수하기로 하죠. 그리고 이쪽은 놀랍게도 보조금을 부정 신청하고 있네요. 대체 어떤 민간 기업이죠, 정말. 제가 수면 시간까지 줄여가며 일하고 있는데……."

"……이봐. 읽자마자 던져 버리고 있는데, 괜찮은 거야?"

"문제없습니다. 다 기억하는 데다, 수시로 지시도 내리고 있거든요."

카루라는 마법석【식신】을 이용해 관련 부서에 글을 보내면서 확인하고 있는 것이었다.

하지만 이런 일은 지긋지긋하다. 얼른 돌아가서 신작 화과자라도 개발하고 싶다──. 그렇게 지긋지긋한 기분을 맛보던 때, 문득 마력의 흐름을 느꼈다.

방구석의 그림자에서 사람 그림자가 쑤욱 하고 나타났다.

"──카루라 님. 편지가 왔어."

검은 옷을 입은 소녀다. 카루라 전속 닌자 집단 '귀도중'의 수장── 미네나가 코하루다. 그녀가 소리 하나 없이 나타나는 것은 늘 있는 일이었다. 카루라는 편지에서 눈을 떼지 않고 응대한다.

"고마워요. 거기 둬주세요. 나중에 읽을 테니까요."

"하지만 이거 중요할 거 같아."

"중요? 설탕을 싸게 팔기라도 하나요?"

"아니." 코하루는 고개를 저었다. 이어지는 그녀의 말에, 카루라는 핏기가 가시는 듯한 기분을 맛보았다. "──이거, 보낸 사람이 아마츠 카쿠메이야. 카루라 님의 오라버니."

※

같은 시각── 알카 공화국의 수도, 대통령 관저.

대통령 네리아 커닝엄은 의자에서 거들먹거리며 눈앞의 남자를 가만히 바라보았다.

여전히 불손한 눈매다. 그러나 올해 여름에 비하면 어느 정도 독기가 빠진 듯도 했다. 그도 그렇겠지──, 네리아는 생각한다. 이 인간은 육국 대전이 끝난 이후, 알카 법에 근거해 가혹한 벌을 받았다. 조금은 마음을 고쳐먹었으리라.

"저기……, 네리아 님. 역시 아직 너무 이른 게 아닌지……."

곁에서 대기 중인 메이드 소녀 게르트루드가 불안한 듯 말했다.

그러나 네리아는 미소를 지으며 "너무 늦었을 정도야"라고 일축했다.

"망가진 알카를 일으켜 세우는 데 필요한 건 결국 무력이야. 요즘에는 혼잡한 틈을 타 무법자가 발발하고 있으니까, 마침 개가 필요했어."

"하지만 시민들이 반감을 품을 거예요."

"이 녀석이 받은 벌 기억해? 발가벗고 도시 내를 돌아다니는 벌이야. 정말이지, 재판장도 가차가 없다니까──. 그 덕분에 증오보다 동정이 앞서는 것 같으니, 공직에 복귀하는 것 정도는 받아들여 줄 거야. 받아들이지 않는다면 다시 감옥에 처넣으면 그만이고. ──너도 납득하고 있지? 레인즈워스."

눈앞의 남자── 과거 매드할트 정권의 앞잡이로서 악행을 저질렀던 전류, 파스칼 레인즈워스는 "흥" 하고 무뚝뚝한 표정을 지으며 팔짱을 꼈다.

"무르군, 네리아. 너는 매드할트 전 대통령이 얼마나 원한을 샀는지 모르고 있어. 나를 등용하는 건 스스로 지지율을 낮추는 거나 다름없는 일이야."

"나라를 생각하면 필요한 조치야."

"그 황금의 평원에서 그랬잖아. 알카에 나는 필요 없다고——."

"조용히 해. 대통령에게 말대꾸하지 마."

네리아는 의자에서 일어나 레인즈워스 쪽으로 다가갔다.

눈을 끔뻑이는 그를 향해 히죽 웃으며 말한다.

"너는 팔영장으로 복귀해. 거부권은 없어. 왜냐하면 대통령 명령이니까. 뭐——, 도저히 싫다면 메이드로 고용해 줄까? 게르트루드나 다른 아이들과 함께 '어서 오세요, 네리아 님'이라고 하는 거지. 물론 메이드복을 입고."

"뭐……. 그런 짓을 어떻게 하냐!"

"알몸으로 끌려다녔는데 아직도 자존심이 남아 있어? 팔영장이 싫다면 당신에게 남겨진 길은 메이드 또는 옥사뿐이야."

"그만 좀 해! 그래서는 협박이잖아——. 끄억."

레인즈워스의 몸이 한 번 회전하더니 땅으로 떨어졌다. 네리아가 마력을 담아 다리를 후린 것이다. 그는 "이봐, 장난하지 마!"라고 외치면서 일어나려 했지만——, 몸이 꼼짝도 하지 않았다. 꼭 바닥에 꿰매어 놓은 듯했다.

"뭐……, 뭐야, 이건?! 바닥이 끈적끈적해……."

"상급 접착 마법【이터널 끈끈이】야! 걸렸구나, 레인즈워스!"

"너——너 이 자시이이이이이이이익!"

"죄송해요, 오라버니. 네리아 님 명령으로 해 두었어요."

"자, 내게 울면서 애원해! '전 이제 크게 반성했습니다. 그러니까 팔영장으로 삼아 주세요'라고 말이지! 아니면 메이드로 고용해 줄게. 저기, 게르트루드, 이 녀석 키에 맞는 메이드복이 있을까?"

"뭐, 없는 것도 아닌데요……."

"이봐, 말이 달라졌잖아! 나는 절대 너희 말대로 하지 않——."

"시끄러워, 정말!"

네리아는 말대답하는 남자의 얼굴을 짓밟으려다가—— 단념했다. 역시 흙발로 밟으면 불쌍하다. 그런 이유로 신발을 벗고 스타킹을 신은 채 밟기로 했다.

뻐억! 레인즈워스의 옆통수로 네리아의 다리가 날아든다.

"자, 애원해. 울면서 용서를 빌면 그만둘게."

"우, 우, 웃기지 마! 이런 굴욕은……, 절대…… 절대로……."

"절대로—— 뭐? 네 목숨은 우리가 쥐고 있는 것 같은데. 등용해 주는 것으로도 고마운 줄 알아. 아니면 굴욕감 때문에 죽고 싶어졌어? 전 동료에게 발길질당하는 기분은 어때? 저항하지도 못하는 채로 유린당하는 기분이 어때?"

"용서 못 해! 용서 못 해, 네리아아아아아아아아아아아아!!"

"어……어버버버! 네리아 님, 좀 봐주면서 하세요! 부러워—— 가 아니라! 그랬다간 오라버니가 기뻐할 테니까요!"

"아하하하하하하! 자, 내 말을 들어. 파스칼 레인즈워스! 메이드인지 팔영장인지, 넌 어느 쪽을 선택할 거야?!"

"끄아아아아아아아아아아아아아아아아아!!"

대통령 관저에 영혼의 절규가 울려 퍼졌다.

네리아는 레인즈워스를 만지작거리며 냉정하게 생각한다──.

역시 적대하고 있던 인간이라도 능력이 있다면 적극적으로 등용해야 한다.

알카는 지난 소동 덕에 국력이 현저하게 저하되었다.

예를 들어 알카의 장군이 참가하는 엔터테인먼트 전쟁은 한동안 개최되지 않는다.

팔영장은 죄다 공석이었다. 전 정권에서 그대로 온 게르트루드를 제외하면, 오늘부로 새로 부임할(하기로 되어 있는) 파스칼 레인즈워스, 장군이 너무 부족해서 대통령과 팔영장을 겸임하게 된 네리아 자신뿐이다.

여러모로 전도다난함을 느끼면서 레인즈워스를 발로 괴롭히는데, 갑자기 게르트루드가 "네리아 님, 큰일 났습니다!"라고 소리를 질렀다.

"뭐야. 조금만 더 하면 이 녀석 마음이 꺾일 텐데."

"마음을 꺾어서 어쩌시게요. 그보다 연락이 오고 있어요."

게르트루드는 집무실 책상 위를 가리켰다.

그곳에는 다섯 개의 통신용 광석이 나란히 있다. 각국 군주와의 핫라인이다. 그중 붉은 광석, 즉 뮬나이트 제국 황제와 직통인 것이 빛을 뿜어내고 있었다.

별일이 다 있네──. 그렇게 생각하면서 네리아는 신발을 신는다.

코피를 흘리며 엎어져 있는 레인즈워스를 방치하고 광석 쪽으로 다가갔다.

"네, 여기는 네리아 커닝엄."

마력을 담아 응답하자마자 통신 경로가 이어졌다.

그러나 상대는 말이 없었다. 대신 심한 노이즈가 들린다.

[―――――. ――――――야――, ――――――어.]

"여보세요? 황제 폐하……?"

[―――――――――――네리――, ――――거.]

마력 접촉이 이상한 건가. 그러나 국가 간에 핫라인으로 쓰는 통신용 광석은 시장에 유통되는 것과 달리 최상품이다. 어지간한 일에는 잡음이 섞여들지 않을 텐데――. 저 사람, 대체 어디 있는 거지?

"황제 폐하. 들리세요? 대체 어떻게 되신 거예요."

뒤에서 "용서 못 해……. 용서 못 해……"라고 원망을 쏟아내는 레인즈워스의 머리를 게르트루드가 프라이팬으로 쳐서 조용히 만들었다. 어쩌면 죽었을지도 모른다.

[―――――들리느냐. 네리아.]

뮬나이트 제국 황제의 목소리가 분명해졌다.

네리아는 안심하고 가슴을 쓸어내렸다.

"네, 들립니다. 무슨 용건이세요?"

[용건만 말하지. 뮬나이트 제국을 도와주지 않겠나.]

"저기……, 대체 무슨 일이 벌어지고 있는 거죠?"

[실수를 좀 하는 바람에. 뒤집힌 달 녀석들이 움직이고 있어. 이대로 두면 일이 성가셔질지 몰라. 때가 되면 코마리를 서포트

해줘.]

"그건 상관없지만, 사정을 이야기해 주시면 감사하겠어요."

[사정은 직접 알아봐 주면 고맙겠어.]

그건 너무 건성 아닌가? ──그렇게 생각하는데, 황제는 놀라운 말을 입에 담았다.

[미안하지만 시간이 없어. 유린이 바로 저기 있거든.]

성도 레하이시아.

핵 영역 한가운데에 자리한 신성교의 총본산이다.

면적은 뮬나이트 제국 제도의 2배 정도. 뾰족한 지붕의 건물이 정연하게 늘어선 모습에서는 종교 도시다운 엄격함이 느껴진다. 성도 중앙에 우뚝 솟은 것은 교황이 기거하는 대성당이며, 그 하늘을 찌를 듯한 위용은 성도 어디 있어도 바라볼 수 있을 정도다. 먼 과거의 교황이 '신에게 도달할 만한 성'을 목표로 세운 것 같은데, 확실히 신이 있는 영역까지 닿겠다 싶을 정도의 높이와 크기를 자랑하고 있다.

12월의 성도는 온통 은빛 세계였다. 곳곳에 세워져 있는 교회는 눈을 뒤집어쓰고 새하얘져 있다. 골목길을 걸으면 사박사박기분 좋은 소리가 울렸다.

"——굉장한 곳이네요. 신성교 사람들로 가득해요."

오른쪽 옆을 걷는 사쿠나가 하얀 입김을 내쉬면서 말했다.

골목은 다양한 종족의 사람들로 가득했다. 게다가 느낌상 시야에 들어오는 사람 중 80% 정도가 신성교 관계자다. 제복을 입고 있거나, 그게 아니더라도 종교적인 심볼(비스듬한 십자가에 빛의 화살이 꽂힌 엠블럼)을 몸에 지니고 있다. 무관한 자신은 어울리지 않아 보였다.

"너무 두리번거리지 않는 게 좋아. 성기사단이 숨어 있을지 모르니까."

이번에는 왼쪽 옆에 있는 밀리센트가 가시 돋친 목소리로 말했다. 나는 무심코 고개를 숙였다.

"미, 미안."

"참 나. 너한테는 긴장감이라는 게 없어?"

"충분히 긴장하고 있어. 긴장을 풀려고 'Δ'를 손바닥에 써서 삼키고 있는데, 몇 개를 삼켜도 진정이 안 돼. 오히려 배가 부른 느낌만 들고……."

"역시 긴장감이 너무 없어. 그러니까 메이드를 뺏기는 거야."

아무 대꾸도 할 수 없었다. 이 소녀 앞에 서면 맥을 출 수가 없다.

페트로즈와 아빠의 방침에 따라, 육국 대전 때처럼 그룹이 나뉘었다. 제도에 남아 방어하는 것은 페트로즈, 헬데우스, 프레테, 델피네 이렇게 네 명. 성도에 직접 가는 것은 나와 사쿠나, 그리고 밀리센트다. 그렇다고 해도 대거로 공격하겠다는 건 아니다. 제5부대와 제6부대, 총 1,000명은 제도 쪽으로 보냈고, 제7부대의 500명은 우리와는 다른 루트로 성도에 잠입하기로 했다.

이번 목적은 성도를 멸망시키는 게 아니다.

우리가 해야 할 일은—— 틈을 보아 대성당에 들어가 스피카와 대화를 통해 어떻게든 화해하는 것. 그리고 빌을 탈환하는 것.

"밀리센트 씨, 바로 대성당 주변을 조사할까요?"

"조사라면 먼저 잠입한 제7부대가 하고 있잖아. 우리는 정보만 얻으면 돼."

덧붙여서 성도에 들어올 때는 따로 관문 같은 것은 없다. 오는 사람 막지 않고 떠나는 사람 잡지 않는다. 그것이 신성교의 표면적 이념이었다. 그러나, 나와 사쿠나의 얼굴은 세상에 일반적으로 알려져 있어서 주의가 필요하다. 신성교의 군대——, 성기사단에게 들키기라도 하면 큰일이다. 그런 이유로 일단 후드를 깊숙이 눌러 써 정체를 숨기고 있다.

밀리센트가 갑자기 멈춰 섰다. 근처에 있던 레스토랑 입구를 가리키며 말한다.

"카오스텔 콘트가 여기로 올 거야. 거기서 정보를 공유하자."

"뭐? 그래?"

"너는 자기 부하하고 연락도 안 해? 지금까지 칠홍천으로서 뭘 한 거야? 정말, 이래서 곱게 자란 흡혈귀는 못 써먹겠다니까."

"미안."

"……사과하지 마."

밀리센트는 눈살을 찌푸리며 발길을 돌렸다.

이 소녀와는 아직 속을 털어두고 얘기하지 못했다. 점심이라도 먹으면서 속을 알아보고 싶은데——, 그렇게 생각했지만 용기가 나지 않는다. 이 녀석은 나를 어떻게 생각할까. 아직 죽이고 싶다고 생각하나? 내심 답답함을 느끼는 사이, 밀리센트는 거침없이 가게로 들어갔다. 나와 사쿠나는 조금 주저하고 나서 뒤를 따랐다.

말소리가 들리지 않도록 가게 안쪽에 자리를 잡았다.

앉자마자 '꼬르륵' 하는 소리가 배에서 났다. 오늘 아침에는 흥분해서 아침도 제대로 못 먹었다. 역시 손바닥에 쓴 글자로는 배를 채울 수 없다. 스피카와의 분쟁에 대비해서 든든히 배를 채워둘까——. 그렇게 생각하고 메뉴를 펼쳤지만 절망적인 현실에 직면하고 말았다.

"어쩌지, 사쿠나……! 오므라이스가 없어."

"아……, 정말이네요. 성도에서 유명한 '신의 빛으로 정화된 오므라이스'가 없어요."

"그래! 기대하고 있었는데……. 얼마 전 읽은 잡지에는 '먹는 순간 입 안이 신의 나라가 된다'라고 적혀 있었어."

"이곳은 아마 성직자 이외의 사람을 타깃으로 한 레스토랑일 거예요. 메뉴를 보아 종교틱한 요리는 없네요."

"이제 와서 다른 가게로 가면 실례려나."

"웃기지 마. 실례 정도가 아니라 계획이 끝장나거든. 그 정도 일도 모르는 거야?"

밀리센트가 날카로운 시선을 보냈다. 뭐 확실히 그러네. 그녀 왈, 여기서 카오스텔와 합류할 예정인 것 같으니 가게를 변경하는 건 현실적이지 않지만——. 그래도. 배가 고픈 탓도 있을까. 살짝 반항심이 싹트는 것을 자각했다.

이 녀석은 내 행동에 사사건건 트집을 잡는다.

밀리센트의 지적에 일리가 없는 것도 아니다. 내 행동은 아마

장군으로서는 잘못된 게 많겠지. 하지만—— 역시 계속 깐족거리면 화가 난다.

그래. 밀리센트 때문에 주춤하는 게 더 비효율적이다.

왜냐하면 이 녀석은 내 동료니까. 같은 칠홍천 대장군이니까. 더 말하자면 주먹으로 이야기를 주고받은, 눈치 볼 필요조차 없는 사이니까.

"······그런 말까지 들을 이유는 없는데."

나는 팔짱을 끼고 밀리센트의 눈동자를 바라보았다. 그녀의 눈썹이 움찔했다.

"의견 정도는 말해도 크게 상관없잖아. 난 오므라이스를 먹고 싶었다고."

"잡담은 낭비에 불과해. 목소리 때문에 정체를 들키면 어쩌려고."

"그렇게 말하지만, 너도 실은 먹고 싶었던 거 아니야?"

"뭐?"

"반년 하고도 조금 전, 나와 지하 교회에서 싸웠을 때를 떠올려 봐. 넌 분명 오므라이스를 좋아한다고 했었지. 나중에 같이 먹으러 가지 않을래?"

"그 이상 농담을 지껄이면 새끼손가락 뼈를 꺾어 버리겠어."

"그······그렇게 툭하면 폭력적으로 구는 건 옳지 않아! 너도 알고 있겠지만 내가 새끼손가락 하나로 500명의 흡혈귀를 죽였다는 건 사실이거든! 과거 내 새끼손가락을 꺾어 버리려 한 미련한 놈 중 천수를 다한 녀석은 한 명도 없어."

"이게──."

"진정하세요, 밀리센트 씨! 싸우면 안 돼요!"

엉덩이를 뗀 밀리센트를 사쿠나가 황급히 말렸다.

죽일 듯이 날카롭게 눈빛으로 노려봐서 죽는 줄 알았다.

냉정하게 생각해보면 사실 이 자리에서 밀리센트를 도발할 의미는 없다.

그냥── 뭐라고 할까, 이건 단순한 직감이지만 밀리센트를 대하는 내 태도는 소극적인 것보다는 조금 강하게 압력을 가하는 정도가 딱 좋을 것 같았다.

밀리센트는 요란하게 혀를 차더니 고개를 돌렸다.

"여전하네. 그 짜증 나는 태도는."

"이, 이래 봬도 변했어. 최근에는 일찍 자고 일찍 일어날 수 있게 되었다고."

"그 얼빠진 센스도 여전해. 현자를 자칭하는 주제에 머리는 5살 꼬맹이 같네."

"뭐어?! 나는 15살이거든?!"

"코마리 씨도 진정하세요! 밀리센트 씨는 이렇게 보여도 코마리 씨를 존경하고 있어요. 지난번에 만났을 때도 코마리 얘기만 했고……."

"뭐? 그래?"

"이봐, 사쿠나 메모아. 함부로 지껄이면 죽어."

사쿠나가 "히익" 하고 비명을 질렀다. 역시 사쿠나도 밀리센트가 무서운 모양이다. 그러나 나와 다른 점은 묘하게 기를 쓰는 대신 부드럽게 말을 이어간다는 점이었다.

"저, 저기. 밀리센트 씨는, 과거의 죄를 청산하기 위해 칠홍천이 된 거예요. 코마리 씨에게는 이렇게 굴지만, 아마 속으로는 미안하게 생각하고 있지 않을까 해요……. 죄, 죄송합니다! 아무것도 아니에요, 잊어주세요!"

매서운 시선에 사쿠나는 위축되었다.

그러나 나는 묘한 기분이 들어 밀리센트를 바라봤다. 남의 마음에 민감한 사쿠나가 이렇게 말한다면 틀림없을지도 모른다. 애초에 칠홍천에 취임한 시점에서 황제에게 인정받았다는 것이니까. 이 녀석도 조금은 변한 걸까——.

"뭐야? 빤히 보지 말지?"

"……넌 이제 테러리스트가 아닌 거지?"

"당연하지. 사람은 변하는 법이야."

밀리센트는 불쾌하다는 듯 얼굴을 찡그리며 말했다.

"앞으로는 나 자신을 위해 살기로 결심했어. 뒤집힌 달을 타도하고 블루나이트가를 다시 일으켜 세울 거야. ——뭐, 지금 당장은 칠홍천으로서 일해줄까 해. 물론 뮬나이트 제국에 갚을 은혜나 의리 따위는 없지만."

"그렇다는 건 나나 빌은 아무래도 상관없다는 거야?"

"아무래도 상관없는 건 아냐. 넌 내 인생을 바꿔놓았으니까. ——하지만 뭐."

밀리센트는 컵에 입을 대더니 시선을 내리깔았다.

"너에게는 미안한 마음이 있어. 이건 그 속죄이기도 해."

"뭐……."

마음속에 한 줄기 바람이 불었다.

내가 대체 무슨 말을 들은 거지. 지금까지 계속 엉겨 붙어 떨어지지 않던 답답함이 단숨에 사라지는 느낌이 든다. 나는 멍한 정신으로 겨우 입을 뗐다.

"저기. 있지……, 그럼."

"뭐야."

"그럼 나한테 복수할 생각도 사라진 거야?"

"언젠가는 죽여줄 테니까 각오해 둬."

너무 싫다. 역시 원한의 뿌리는 깊은 모양이다.

그래도 나 자신은 밀리센트에게 원한이 없다. 봄의 소동 때 그런 부류의 감정은 정리가 됐다고 생각하고, 이 녀석도 제7부대에게 혼쭐이 나며 쓴맛을 봤으니 말이다. 하물며 현재는 뮬나이트 제국을 위해 이렇게 성도로 와있는 것이다. 빌이 어떻게 반응할지는 모르겠지만, 내 쪽에서는 끈질긴 눈엣가시 취급하지 말도록 하자.

그때였다. 갑자기 누가 다가오는 기척을 느꼈다.

"각하. 무사하신 듯해서 다행입니다."

전혀 정체를 숨길 생각도 없는 두 흡혈귀. 카오스텔과 벨리우스다. 성도 사전 조사는 카오스텔이 담당하고 있어서, 나는 작전 개요를 잘 모르겠다. 이런 점 때문에 밀리센트에게 혼나는 거겠지만.

갑자기 카오스텔이 밀리센트에게 의미심장한 눈길을 보냈다.

그리고 나는 "앗" 하고 소리를 높였다.

"거, 걱정하지 마. 둘 다! 밀리센트는 이제 테러리스트가 아니야! 너희는 이 녀석을 혼내주고 싶어서 참을 수 없겠지만, 일단 동료니까——."

"안심하십시오. 사정은 들었습니다."

"뭐."

"그보다 지금은 정보 공유가 우선입니다. 증오스러운 교황을 보내버리기 위한 작전 회의를 시작하죠. 본론으로 들어가 저희가 본 대성당의 상황을 설명하겠습니다."

나는 감탄하고 말았다. 이 녀석들도 성장한 걸지 모른다.

얼마 전 같았더라면 대뜸 덤벼들었을 텐데——, 그렇게 생각했더니 벨리우스와 카오스텔이 팟! 하고 군대 같은 동작으로 그 자리에서 한쪽 무릎을 꿇었다. 아니, 뭐 군대 맞지만.

그렇게 예의 차릴 거 없는데. 앉으면 되잖아.

"제7부대 총 500명은 성도에 흩어져 정보 수집을 감행했습니다. 여러 요소를 고려한 결과, 저희가 대성당을 폭파해 성도를 멸망시킬 수 있는 확률은 200%임이 판명되었습니다."

"어디서부터 태클을 걸면 되는 거야?"

"우선 대성당으로 돌격하죠."

"그런 뜻이 아니야! 너희는 대체 뭘 조사한 거야?!"

"카오스텔. 너무 각하를 곤란하게 하지 마." 한숨을 내쉬며 벨리우스가 설명을 이어받았다. "저희는 주로 대성당의 경비체제를 조사했습니다. 교황 전속 세력—— '성기사단'은 전군이 성도에 주둔하고 있습니다. 총원은 약 3천 명. 뮬나이트 궁전처럼 특수한 결계가 있는 건 아닙니다만, 정면 돌파는 힘들지 않을까요."

"서로 영 다른 소릴 하고 있는데? 어떻게 된 거야."

"머리를 쓰시죠, 블루나이트 각하." 다시 카오스텔이 득의양양하게 말했다. 머리를 쓰는 행위는 아마 제7부대에 가장 어울리지 않을 거다. "성도에서 소란을 일으키면 됩니다. 어디선가 폭동이라도 일어나면, 순찰을 도맡은 기사단은 움직일 수밖에 없겠죠. 대성당의 방어 체제에 분명 구멍이 뚫릴 겁니다. 이것만큼 간단한 일은 없어요."

이론적으로는 납득할 수 있다. 하지만 그렇게 잘 풀릴까.

"그 틈을 찔러 대성당에 쳐들어가서 폭파하면 저희 승리입니다. 가짜 신은 몰려나고, 테라코마리 건데스블러드 각하의 위광이 성도를 밝게 비추게 되겠죠."

"그렇게까지 할 필요는 없어. ——각하, 저희 목적은 율리우스 6세를 협박해 뮬나이트 제국을 더 공격하지 못하게 하는 것. 그리고 빌헤이즈 중위를 되찾는 것입니다."

"그, 그래······. 벨리우스 말이 옳아."

"네. 그리고 보고입니다만······. 조금 전 프레테 마스카렐 휘하의 바슈랄 대위로부터 연락이 왔습니다. 아무래도 제도의 종교 봉기가 격화된 모양입니다."

"뭐······? 무슨 소리야?"

"아마 성도는 성기사단 이외에도 전력을 보유하고 있어 미리 제도로 보낸 걸지도 모릅니다. 경찰이나 제국군이 대응하고 있다지만, 이미 내란의 양상을 보이고 있다는군요."

사쿠나가 숨을 집어삼켰다. 나도 아연실색하고 말았다.

폭동은 지난번 사건으로 끝난 게 아니었나 보다. 이게 스피카 지시인지 어떤지는 알 수 없지만——, 아무래도 신성교는 뮬나이트 제국을 완전히 적으로 간주하고 있는 듯했다.

"——재밌네. 즉 우리가 교황과 원만하게 해결하지 못하면 뮬나이트는 끝이라는 건가."

"재밌긴 무슨. 뮬나이트가 끝장나면 난 어디로 돌아가라고."

"하지만 코마리 씨, 이건 아마 역대 최대의 위기 아닐까요……."

"끄으으……. 하는 수 없지. 나도 할 수 있는 데까지 해야겠어……. 응원이라거나……."

"각하께서 응원해 주시면 제7부대 대원도 살기를 더욱 불태우겠죠! 뭐, 그건 그렇고 우선 저희는 '눈싸움 작전'을 결행하기로 했습니다."

"그게 뭐야."

"눈싸움하면서 서로를 죽이는 작전입니다."

"그게 무슨 작전인데?!"

"기왕 소란을 일으키는 거 피가 끓고 살이 튀는 게 더 즐거울 것 같아서, 제7부대에서 눈싸움 대회를 열기로 했습니다. 물론 뭐든 가능한 살육전입니다. 아마 그 여파에 건축물이 파괴될 테니 성도는 큰 혼란에 빠지겠죠."

"그거 완전 테러리스트 아냐? 아니, 그런데 왜 아군끼리 싸우는데? 나는 또 출입 금지 구역 같은 데서 바비큐 대회라도 벌일

줄 알았는데——."

그때였다.

갑자기 멀리서 뼈를 올리는 듯한 폭발음이 울려 퍼졌다.

사람들의 비명도 세트로 들려 온다. 전원의 시선이 창밖으로 향했다. 신성교 신자들이 쩔쩔매며 돌아다니고 있었다. 불길한 예감은 가시지 않았지만, 나는 우선 확인했다.

"……이봐, 카오스텔. 저 폭발음은 우리하고 무관하지?"

"저건 멜라콘시의 폭발 마법이군요. 아무래도 흥분한 것 같습니다."

"……………………………………."

반응은 다양했다. 벨리우스는 살짝 어이가 없다는 듯한 표정을 짓고 있다. 사쿠나는 현실에서 도피하듯 "이 물 맛있네요"라고 중얼거리며 물을 마시고 있다. 밀리센트조차 눈을 동그랗게 뜬 채 경직되어 있었다.

다음 순간——.

벌컥!! 하고 갑자기 가게 문이 열렸다.

갑옷을 걸친 다양한 종족의 인간들이 거침없이 들어온다.

저게 아마 성기사단일지도 모르겠네——, 그렇게 생각했더니 선두에 있던 남자(아마 전류종인지 뭔지)가 우리 쪽을 향해 크게 소리쳤다.

"테라코마리 건데스블러드로군! 신에게 대항한 것을 후회하면서 죽도록 해라!"

엥, 왜 들킨 거야? ——그렇게 고개를 갸웃거리는데 갑자기 누가 팔을 확 잡아챘다.

밀리센트다. 그녀는 왼손의 손가락을 성기사단 쪽으로 대면서 작게 중얼거렸다.

"광격 마법【마류탄(魔榴彈)】."

"이봐, 밀리센트! ──."

말릴 새도 없었다.

눈에 보이지조차 않을 만큼 빠르게 발사된 마력 덩어리가 적을 맞추고, 대폭발이 일어났다. 사람들이 날아간다. 곳곳에서 비명이 들려 온다. 나는 기겁하며 그 자리에 주저앉았다──. 그러나 누가 힘껏 끌어 올리는 바람에 강제로 일어나게 됐다.

"가자, 테라코마리! 처음부터 우리의 동향을 간파하고 있었어!"

"농담이지?! 분명 정체를 숨기고 몰래 잠입했는데……!"

"어쨌든 일시 퇴각이야. 이봐, 사쿠나 메모아! 멍하니 있지 마!"

"네, 네! 죄송합니다!"

"아니, 아니. 잠시만! 아직 점심도 안 먹었는데……."

"점심 같은 걸 먹고 있을 때가 아니잖아!!"

밀리센트가 마법으로 창문을 부쉈다.

쨍그랑!!──유리 깨지는 소리와 함께 유리 조각이 흩날린다. 비명을 지르며 몸을 움츠리는 수밖에 없었다. 나는 속수무책으로 밀리센트에게 끌려갔다.

☆

"아가씨는 당신을 걱정하고 계신 것 같습니다."

뒤집힌 달의 간부 '삭월' 중 하나인—— 트리폰 크로스는 감정을 알 수 없는 목소리로 그렇게 말했다.

대성당 지하.

과거 이단이나 배교자를 가두고 고문하는 데 이용했다는 감옥이다.

빌헤이즈가 마책에 의해 소생했을 때는 이미 상황이 끝나 있었다. 양쪽 손목에 있는 족쇄 때문에 도망칠 수조차 없었다.

창옥종 남자는 벽에 달린 약품 선반에서 무슨 작업을 하고 있었다. 허점투성이인 등. 하지만 덤벼들 수조차 없다. 마취제인지 뭔지를 주입당한 탓에 몸이 뜻대로 움직이지 않는다.

"뮬나이트 황제가 당신에게 성도 잠입을 지시했을 텐데요. 기억합니까?"

"……무슨 말인지 모르겠네요."

"그 시점에서 운명은 정해져 있었습니다. 당신에게 칙명을 내린 황제는 카렌 엘베시아스 본인이 아니에요. 제 동료 후야오 메테오라이트가 변신한 모습이었습니다."

"…………."

그건 어렴풋이 눈치채고 있었다.

감옥 안에서 기억을 반추할 때마다 계속해서 위화감을 느꼈다. 그때는 진짜라고 믿어 의심치 않았지만——, 오른손잡이일 황제가 왼손으로 찻잔을 들고 있었다. 또 얼핏 본인을 '짐'이 아니라 '나'라고 호칭한 것 같다. 그 이외의 미세한 차이는 일일이

언급할 짬이 없었다. 즉 자신은 속은 것이다.

"왜 이런 짓을 한 거죠. 저 같은 일개 메이드를 죽일 가치가 있나요?"

"죽이면 가치가 없어져 버려요."

트리폰이 뒤를 돌아본다. 그 손에는 작은 바늘 같은 것이 들려 있었다.

"당신을 못 움직이게 만든 이유는 두 가지입니다. 하나는 테라코마리 건데스블러드의 힘을 억압하는 것. 당신이 없다면 그 흡혈귀의 마음은 엉망이 될 테니까요."

"비겁해요! 저와 코마리 님의 늪보다 더 깊은 인연을 이용하다니……."

"자의식 과잉이군요. 하지만 그 정도가 딱 좋을지도 모릅니다."

"인연은 계속 깊어지고 있어요. 실제로 코마리 님은──." 빌 헤이즈는 조금 주저하고 나서 말했다. "──코마리 님은, 저를 위해 성도로 오신다나 봐요. 그 소극적인 코마리 님이 저한테 그렇게 고함을 치시다니……."

생각만 해도 웃음이 난다. 그러나 동시에 미안한 감정도 있었다.

자기 일을 완수하기도 전에 적에게 사로잡히다니, 주인을 볼 면목이 없다.

그러나 트리폰은 무미건조한 미소를 지으며 말했다.

"그것도 책략의 일부입니다. 그녀를 제도에서 떨어뜨려 놓는 게 제 목적이었어요."

"그녀가 제도에 있으면 테러나 폭동도 순식간에 진압되어 버리겠죠. 그렇기에 당신을 미끼로 유인해야 했습니다."

"영문을 모르겠네요. 제도는 지금 어떻게 된 거죠……?"

"올해의 8월쯤부터 뒤집힌 달의 입김이 닿은 신자들을 보내두었습니다. 그들이 내부에서 제국을 파괴하게 되어 있으니, 뭐, 지금쯤 불바다가 되어 있겠죠."

빌헤이즈는 무심코 이를 갈았다.

이 남자 말이 어디까지 사실인지는 알 수 없다――. 그러나 그의 여유로운 태도로 보아, 뮬나이트 제국 측에 좋지 않은 상황임은 분명했다. 불바다가 됐다는 말은 역시 믿을 수 없지만, 지금쯤 제도에서는 교회 세력이 날뛰고 있을지 모른다.

"……저를 인질 삼아 코마리 님을 제도에서 떼어놓는 것. 그게 저를 잡은 두 번째 이유인가요?"

"응? 아아――, 그렇게 세면 조금 달라지네요. 당신을 잡은 이유는 두 가지가 아니라 세 가지입니다. 그리고 세 번째는 개인적인 흥미예요."

트리폰이 다가온다. 오른손으로 정체 모를 바늘을 들면서.

"그런데 빌헤이즈. 당신은 신을 믿습니까?"

"제가 믿는 건 코마리 님뿐입니다."

"그렇겠죠. 참고로 아가씨도 비슷한 생각의 소유자입니다. 아니, 물론 신을 믿을 수 없다는 점이 비슷하다는 거예요. 그분은 '신을 죽이는 사악'이라고 불리고 있으니까요."

신을 죽이는 사악. 분명 뒤집힌 달의 보스였던 것 같다.

그나저나 조직 내부에서는 '아가씨'라고 불리고 있나. 즉 십중 팔구 여성이다.

"신성교 이외의 문맥에서 신이란 마핵을 의미하는 경우가 많아요. 그분은 마핵을 부수고 싶어 하고 있습니다——. 그리고 부순 끝에 뭔가를 얻으려 하고 있죠."

"그 뭔가가 뭔데요. 간부인데도 모르는 건가요?"

"아가씨는 아무래도 상관없는 일에는 말이 많지만, 중요한 문제일 때는 과묵하거든요. 아마 조직의 슬로건인 '죽음이야말로 살아있는 자의 숙원이다'라는 것도 명분에 불과하겠죠. 그래서 저는 그녀의 진심이 뭔지 알고 싶습니다."

"물어보면 되지 않나요. 그리고 저한테도 알려 주세요. 좋은 선물이 될 것 같거든요."

"당신은 재미있는 분이군요——. 하지만 물어봐도 답해 주지 않겠죠. 그래서 간접적으로 조사하려고 했습니다."

트리폰은 그렇게 말하더니 천천히 바늘을 들이댄다.

주사 놓을 때 사용하는 것이 아니다. 인간의 피부나 살점을 파내기 위해 만들어진 듯한 매우 날카로운 것이었다. 빌헤이즈는 떨리는 목소리로 묻는다.

"뭐죠, 그건."

"우리 기술부장이 개발한 기억을 보는 도구입니다.【아스테리즘의 회전】을 잃었기 때문에, 이런 데 의지할 수밖에 없어요. 정말 오디론도 난감한 사람이라니까요."

"벼, 변태인가요? 여자의 기억을 엿보겠다니."

"저는 두 종류의 인간을 본 적이 있습니다. 하나는 일반적인 인간. 또 하나는 일반적이지 않은 인간. 이건 아마 저만 눈치챘겠지만——, 후자의 인간이 열핵해방을 발동하면 공간 좌표가 조금 어긋납니다."

"제 얘기 듣고 있는 거죠? 그런 살벌한 물건은 지금 당장 치워주세요."

"해당하는 것은 아가씨, 저의 동료, 그리고 당신. 이 세 명에게는 뭔가 비밀이 숨겨져 있다고 봅니다. 그러나 아가씨는 딱히 말할 생각이 없는 것 같고, 제 동료——후야오 메테오라이트는 아무것도 모르는 것 같아요. 그렇다면 당신으로 실험할 수밖에 없죠."

"그러니까 제 이야기를——."

"괜찮습니다. 금방 끝나니까."

트리폰은 가차 없이 바늘을 들이댔다.

날카로운 끝부분이 어깻죽지에 푹 박힌다.

너무 아픈 나머지 소리가 새어 나갔다. 그렇게 끔찍한 시간이 막을 열었다.

☆

밖으로 나오자 일제히 '시선'이 집중됐다. 지나가는 신자들이 우리 쪽을 노려보고 있다. 그렇게 나는 빠르게 이해했다. 왜 정체를 들켰나? ——간단하다. 성도 사람들은 그들 모두가 교황 율리우스 6세의 눈이자 귀였던 것이다.

"칫——. 이렇게 된 이상 대성당으로 가자!"

"뭐야?! 계획이랑 전혀 다르잖아!"

"이미 계획은 무너졌어! 이대로 있다가는 전멸한다고!"

그렇게 외치면서 밀리센트는 【마탄】으로 통행인의 미간을 관통시켰다.

아무리 그래도 그렇게까지 할 건 없잖아! ——그렇게 생각하지는 않았다. 그들은 각각 쇠 파이프니 톱 같은 것을 들고 덤벼들었다. 그것도 괴성을 지르면서.

"신의 심판을————————!!"

"배교자에게 죽음의 천벌을————————!!"

"와아아아아아아아아아아아아아아아아아아아아악?!"

나는 비명을 지르며 밀리센트에게 끌려갔다.

"죽어라, 악마야! ——끄악."

옆에서 덤벼든 남자의 안면에 얼음덩어리가 명중했다. 뒤를 돌아보니 사쿠나가 지팡이를 들고 잇달아 마법을 쏘고 있다. 고맙다고 인사할 틈조차 없었다. 신자들의 수는 전혀 줄어들 기미가 없다——. 왜냐하면 아마 성도에 존재하는 인구 10만 명 전체가 적일 테니까.

"이봐, 카오스텔! 제7부대 녀석들은 뭐 하고 있는 거야?!"

"다른 지역에서 눈싸움을 이어가고 있습니다."

"바보지?!"

"아무래도 격화된 것 같네요. 이미 절반이 죽었습니다."

"아아아아아아아아아아아아아아아아아아아아!!"

나는 머리를 싸매며 절규했다. 아무 도움 안 되는 녀석들이다. 그 녀석들은 대체 일을 뭐로 보는 거야. 눈싸움이라면 뮬나이트 제국에 돌아가고 나서도 할 수 있잖아——. 그렇게 생각했더니 이번에는 사쿠나가 절규했다.

"코마리 씨! 앞이요!"

"엥?"

시선을 앞으로 돌린다. 회전하면서 날아오는 나이프들을 목격했다.

이제 틀렸다고 생각했다. 기왕이면 천국에 갈 수 있기를——, 그렇게 신에게 기도하는데 옆에 있던 밀리센트가 "왜 눈을 감는 거야!"라고 노성을 질렀다.

정신을 차리고 보니 그녀가 마법석을 눈앞에 뿌린 후였다.

다음 순간——, 퍼어어어어어엉!! 하고 엄청난 폭발이 일어났다.

폭발 마법이 든 마법석이겠지. 잿빛 돌풍에 감싸이기 직전, 밀리센트가 내 몸을 힘껏 밀쳤다. 나는 저항 한번 못한 채 넘어져 눈 비탈길을 데굴데굴 굴러 내려갔다. 그리고 이대로 눈사람이 되는 게 아닌가 하던 참에 퍽! 하고 벽에 부딪히며 정지했다.

"코마리 씨! 괜찮으세요?!"

"으, 으으……." 사쿠나의 부축을 받으면서 나는 이를 악물었다. 울고 있을 때가 아니다. "사, 사쿠나야말로 괜찮아? 밀리센트는……?"

그 녀석이 날 밀쳐서 구해줬다는 건 안다.

하지만 밀리센트 자신은 무사할까? ——그렇게 생각하며 주변을 두리번거린다. 그녀는 적에게 둘러싸이면서도 나이프며 【마탄】으로 무탈하게 대처하고 있었다. 우선 안심이지만 계속 이 상황에 만족할 수만은 없었다.

"제, 젠장! 어떻게 해야 하지?! 적이 개미처럼 밀려드는데?!"

"이대로 대성당에 쳐들어가는 건 비현실적이에요……. 지금은 일단 물러나는 게."

"찾았다!" "테라코마리 건데스블러드다!" "천벌을 맛봐라!"

사쿠나가 일어나려 한 순간, 수많은 신자가 무기를 휘두르며 달려들었다.

이제 뭐가 뭔지 모르겠다. 어느 쪽이 대성당인지도 모르겠다.

갑자기 발밑에 수많은 단검이 꽂혔다. 나는 비명을 지르며 그 자리에 주저앉았다. 어느새 눈앞에 갑옷을 입은 군단이 있었다. 아무리 봐도 일반 신자는 아니다——. 조금 전 레스토랑에 들어온 프로 군인, 성도의 성기사단이었다.

"——속죄의 때다. 이단 흡혈귀여. 성도를 어지럽힌 죄, 그리고 신을 모욕한 죄를 그 몸으로 갚도록 해라."

"왜……왜 이런 짓을 하는 거야!"

나는 비틀비틀 일어나면서 소리쳤다.

소리가 높아질 수밖에 없었다. 녀석들의 방식이 너무 과격했기 때문이다.

"뮬나이트 제국은 딱히 신성교를 적대할 생각이 없어! 그래,

스피카에게 무례한 태도를 보인 건 사실일 수도 있지만……. 그것 말고는 아무 짓 안 했잖아?!"

"네놈의 부하가 성도 경관을 파괴하고 있는데도 말이냐?"

"…………."

반론할 수 없었다.

성기사단의 전류는 코웃음을 치며 말을 이었다.

"이건 교황 예하의 명령이다. 신을 모독하는 야만스러운 국가는 정화해야 한다."

"우, 웃기지 마! 뮬나이트의 사람들에게는 손가락 하나 못 대!"

"바보 같은 소리. 제도는 이미 신성교에 의해 불바다가 되었어. 그리고 네가 되찾으러 왔다는 메이드는── 며칠 전에 처형당했다."

"뭐──."

"그렇다고 해도 마핵으로 되살아났지만. 지금쯤 지하 감옥에 갇혀 트리폰 크로스 단장에게 고문당하고 있겠지. 결국 그 메이드도 고통을 견디다 못해 신을 신봉하게 될 거다."

나는 핏기가 가시는 것을 느꼈다.

빌은 무사할까. 아니, 무사할 리가 없다. 왜냐하면 적지 한가운데 혼자 있으니까. 혹시 내가 성지에 오는 바람에 심한 짓을 당한 건 아닐까? 스피카는 대체 무슨 생각을 하는 거지? 고문이라니 뭔데? 트리폰은 누구야……?

모르겠다. 마음속에 절망이 재처럼 쌓여 간다.

성기사단과 신자들이 슬금슬금 거리를 좁혀 온다.

갑자기 근처에서 마력이 작동하는 느낌이 났다. 사쿠나가 지팡이를 들고 있었다.

"용서 못 해요. 코마리 씨는 제가――."

"공간 마법【사차원의 칼날】."

"――어?"

피가 흩날린다. 내 뺨 위로 뚝뚝 떨어진다.

어느새 사쿠나의 오른쪽 손목에 단검이 꽂혀 있었다.

지팡이가 땅에 떨어진다. 피가 뚝뚝 떨어져 흰 눈이 붉게 물들어 간다.

"아, 아아아아앗…………."

"――신계는 거리라는 개념이 없다. 레하이시아의 성기사단은 예로부터 공간 마법을 특기로 하는 사차원의 군대. 그중에서도 우리는 크로스 단장에게 가르침을 받은 역대 최강이다. 야만국가의 장군 따위가 상대할 수 있을 거라고 생각하지 마라."

사쿠나가 쓰러진다. 몸을 벌벌 떨면서 눈 위에 엎어져 있었다.

나는 순식간에 이해했다――. 단검에 즉효성 독이 발려 있었던 거다.

기사단이 검을 들고 다가온다. 나는 사쿠나의 몸을 안아 들고 그 자리를 벗어나려 했지만, 힘이 부족해서 넘어지고 말았다. 눈투성이가 되면서 나는 주변을 둘러보았다. 부하들은 어디 가 버린 걸까――. 그리고 곧 발견했다. 벨리우스나 카오스텔은 먼곳에서 신자들과 격전을 벌이고 있어 이쪽을 신경 쓸 여유가 없어 보였다.

차라리 낫다. 다들 나 같은 건 신경 쓰지 말고 자기 몸을 지키면——.

"——이봐, 테라코마리! 열핵해방을 써!"

밀리센트가 적을 죽이며 초조한 듯이 절규했다.

열핵해방. 빌은 나에게 그런 힘이 있다고 거침없이 역설했다.

신문에서 본 황금 평원. 자연으로 돌아간 천조낙토의 동도. 그걸 실현한 게 정말 내 힘이었다면, 이렇게까지 곤경에 빠지는 일도 없었을 것이다.

그래. 역시 믿을 수 없다.

나는 태어난 이후 쭉 글러 먹은 흡혈귀로 살았다.

뮬나이트 제국이 위험한 상황에서도 가만히 보고 있을 수밖에 없다. 동료들이 습격당하고 있어도 주저앉은 채 꼼짝할 수 없다. 빌이 심한 짓을 당하고 있다고 해도—— 눈앞에 있는 무법자들을 돌파하고 앞으로 나아갈 수 없다.

이런 내가 뭘 할 수 있단 말인가.

갑자기 사쿠나가 떨리는 팔을 뻗어 왔다.

"코마리…… 씨. 저의 피를……."

"뭐……?"

"피를 마시세요……. 그러면……."

손가락 끝에서 뚝뚝 흐르는 혈액에 시선이 고정된다.

그래. 내가 기억을 잃는 건 누군가의 피를 마셨을 때다. 빌은 함부로 피를 마셔서는 안 된다고 못을 박았다. 마시면 열핵해방이 발동한다고도 했다.

하지만── 정말 그런 일이,

"자. 신에게 기도하며 죽도록 해라!"

성기사단 기사들이 함성을 지르며 덤벼들었다.

이러쿵저러쿵 따질 때가 아니었다.

붉은 피. 내가 정말 싫어하는 음료.

사쿠나의 몸이 움직인다. 마침내 난 초조감에 사로잡히며 새빨개진 그녀의 검지에 입을 댔다.

그렇게 세상이 새하얗게 물들었다.

진통제는 더 없었다.

거칠게 호흡하며 필사적으로 지옥 같은 고통을 견딘다. 창옥종 남자── 트리폰은 날카로운 바늘로 빌헤이즈의 어깻죽지를 힘껏 도려냈다. 그러나 그것만으로는 부족했던 모양이다. 이번에는 목덜미, 배, 손끝이나 허벅지 등을 차례차례로 찔러 갔다.

"──이상하군요. 기억을 빨아들이지 못하네요."

트리폰은 난감하기 짝이 없다는 듯 어깨를 으쓱했다.

흘러나온 피가 감옥 바닥을 적신다. 엄청난 통증에 온몸이 떨리고 눈물이 흘러넘친다. 왜 내가 이런 꼴을 당해야 하는 거지. 뻔하다. 감쪽같이 테러리스트에게 속았기 때문이다. 뮬나이트 제국을 위해, 주인을 위해 성도에 잠입했다.

그러나 그게 화근이 되었다. 이렇게 한심할 데가 또 있을까.

"가장 중요한 초기 기억이 빠져있군요. 이래서는 후야오와 다를 게 없어요."

트리폰은 바늘 끝부분을 바라보며 아쉽다는 듯 말한다.

그 도구가 어떤 구조로 작동하는 건지는 크게 상관없다. 이 지옥 같은 시간을 벗어나기 위한 방법을 생각해야 한다. 그러나 떠오르지 않는다. 통증 때문에 생각이 어수선하다.

"데이터에 따르면 당신은 제도 하급 구역 출신일 텐데. 이게 어떻게 된 거죠?"

"……저는." 빌헤이즈는 입을 연다. 어떻게든 적의 방심을 끌어내고자 한 것이다. "저는 제도 출신이 아니에요. 어릴 적에, 그 당시 칠홍천에게 거둬진, 아마, 버려진 아이 같은 것이라……."

"즉 기억상실인가요. 곤란하군요."

트리폰은 한숨을 내쉬며 의자에 앉았다.

녀석은 태평하게 다리를 꼬고 천장을 올려다보고 있다. 그 미간에 쿠나이를 던져버리고 싶은 심정이었다. 빌헤이즈는 이를 갈면서 묻는다.

"당신의 목적은 뭐죠. 이렇게 무자비한 짓을 벌여놓고 용서받을 수 있을 것 같아요?"

"뒤집힌 달의 이번 목적은 뮬나이트 제국의 마핵을 탈취하는 것입니다."

"윽──, 뜻대로 되지 않을걸요. 칠홍천과 황제 폐하가…… 그리고 코마리 님이 막겠죠."

"칠홍천. 황제 폐하. 코마리 님. 그 모든 사람이 움직임을 봉쇄당했을 겁니다."

트리폰이 바늘을 뒤로 내던지면서 말했다.

"당신들이 아무리 발버둥 쳐도 헛수고겠죠. 우리 뒤집힌 달이 모든 게 잘 풀리도록 조정하고 있으니까요."

"테러리스트 따위는 코마리 님을 당해낼 수 없어요. 그 조정은 모두 헛수고가 될걸요."

"이런. 어지간히 테라코마리 건데스블러드를 신뢰하고 있는 것 같군요."

"당연하죠. 그분은 어떤 역경에도 굴복하지 않는 마음의 소유자──."

문득 그가 사악한 미소를 띠었다.

"──그런 짐을 지우는 건 너무하지 않나요? 고작 15, 16살 된 소녀에게."

피가 뺨을 타고 흘러내렸다. 무슨 말을 들은 건지 이해할 수 없었다.

"신문을 읽으면 그녀를 칭송하는 목소리가 눈에 띕니다. 살육의 패자니, 구국의 영웅이니, 세계의 운명을 짊어질 최강의 흡혈 공주니──. 올해의 칠홍천 투쟁을 발단으로 테라코마리 건데스블러드의 일거수일투족은 세계의 추세를 바꾸어 놓을 만큼 엄청난 영향력을 가지게 되었어요. 그리고 뮬나이트 제국을 비롯한 국가는 이걸 이용하려 하고 있죠."

"이용하는 게 아니에요. 코마리 님은 칭송받아 마땅한 흡혈귀니까──."

"그런가요. 하지만 그녀의 본심은 어떨까요? 저는 테라코마리 건데스블러드를 본 적이 없어서 함부로 말할 수 없지만, 보도된 그녀의 발언을 보고 있으면 뭐라고 할까, 현 상황에 대한 불만 같은 게 엿보이는 듯해요. 전 세계를 오므라이스로 만들겠다는 어설픈 살육 선언 같은 게 그 예시겠죠. ──측근인 당신이라면 알지 않나요? 실은 '일하고 싶지 않다'라고 말하고 다니진 않나요?"

말문이 막혀 버렸다.

그런 각도로 치고 들어올 줄은 생각도 못 했다.

"적중했나요? 그럼 역시 테라코마리 건데스블러드는 국가를 돋보이는 존재가 될 것을 강요당하고 있나 보군요. 본인은 싫어하는데도 말이죠. 육국 대전에서나, 천무제에서나, 그녀는 싸우고 싶지 않았을 텐데── 주변의 과격한 사람들, 혹은 과격한 여론 탓에 싸울 수밖에 없었다. 당신도 참 죄가 많은 사람이네요. 자기 주인에게 무리한 일을 강요하고 있다는 건 알죠?"

"그건…….."

"사람은 평등해야 한다. 부호도 빈민도 이 세상에는 필요 없다. 능력 유무에 따라 사람의 가치를 단정하는 건 어리석은 짓입니다. 아마 테라코마리 건데스블러드는 또래 소녀들처럼 평온한 생활을 보내고 싶었겠죠. 그런데 주변이 가만두지를 않아요. 싸움을 강요하고 있죠. 이렇게 불쌍할 데가 또 있을까요?"

"………………."

"이번도 그래요. 당신이 꼴사납게 우리 함정에 걸려든 탓에 성도에 잠입하는 위험을 무릅쓰고 있잖아요. 분명 그녀도 속으로는 주변 환경을 꺼림칙하게 여기고 있겠죠. 특히 당신에게 애를 먹고 있을 게 분명해요."

바로는 부정할 수 없었다.

코마리는 착하다. 빌헤이즈가 아무리 장난을 쳐도 결국은 어이가 없다는 표정으로 용서해준다. 그러나 그녀는 늘 말하고 있지 않나——. '방에만 있고 싶다'라고.

그녀가 은둔형 외톨이를 벗어나 훌륭한 흡혈귀가 될 수만 있다면, 그보다 더 좋은 일이 있겠냐고 생각했다. 그래서 평소부터 강제로라도 밖으로 데리고 나가려 했다. 그녀에게 떠들썩한 일상의 즐거움을 알게 해주고 싶었다. 하지만 그게 본인에게는 민폐였을지도 모른다. 말로 하지 않을 뿐——아니, 말로 할 때도 있지만——속으로는 메이드를 불편하게 생각하고 있을지 모른다.

사고에 검은 안개가 끼었다.

실은 주인에게 미움받고 있는 게 아닐까. 아니, 하지만 그녀는 '빌을 되찾겠다'라고 선언했을 텐데. 아니, 아니다. 하지만 그건 주변 사람들에게 보여주기 위한 것, 즉 늘 부리는 허세일 가능성도 있었다. 제7부대에게 떠밀려 그렇게 씩씩하게 소리쳤을 뿐인지도 모른다.

"——뭐, 아무래도 상관없지만요."

어느새 트리폰이 눈앞에 있었다. 이번에는 더 굵은 바늘이다.

"코르네리우스가 개발한 강화판을 찾았습니다. 이거라면 잃어버린 기억을 되찾을 수 있을지도 모르겠네요."

"아, 아아아⋯⋯."

"조금 아프겠지만 참아주세요——."

아무런 수가 없었다. 마땅히 경애해야 할 주인의 심정을 생각하면 몸도 마음도 괴로워서 떨 수밖에 없었다. 트리폰의 냉혹한 시선이 느껴진다. 살을 도려내기 위한 바늘이 천천히 다가오고, 통증에 대비해 몸을 단단히 움츠렸을 때.

갑자기 막대한 마력의 분류를 느꼈다.

트리폰이 "이런" 하고 천장으로 시선을 돌린다.

"——【고흥의 애도】인가. 이거 조금 곤란하게 됐네요."

빌헤이즈는 구원받은 듯한 기분이 들어 축 늘어졌다.

아니. 구원받았다고 안도하는 건 우스운 일이었다.

코마리는 싸우고 싶어 하지 않는다. 열핵해방 따위를 발동하고 싶을 리가 없다——.

☆

백은의 마력이 눈보라처럼 휘몰아쳤다.

그것만으로도 기사단원들이 종잇조각처럼 날아갔다. 성도에 쌓인 눈을 덮어씌울 듯한 기세로 지면이 얼어붙어 간다. 그 마력의 중심부에 있는 건 눈보라에 백은색 머리카락이 나부끼는 흡혈귀. 그녀는 한없이 냉혹한 눈으로 대성당을 바라보고 있었다.

밀리센트 블루나이트는 주저앉은 채 그 광경을 눈에 담았다.

올해 봄에 대치했을 때와 같은 박력. 아니, 그 이상의 살기를 띤 눈동자다. 아수라장을 여러 번 극복하면서 그녀의 정신은 강해져 간 것이다. 언젠가 자신은 이런 괴물을 상대할 수 있을까——. 밀리센트는 그렇게 멍하니 엉뚱한 것을 생각했다.

"나……나왔다! 열핵해방이다!"

"주저하지 마라! 우리에게는 신의 가호가 있어!"

신자들이 무기를 들고 테라코마리에게 돌진했다.

그러나 그녀는 눈썹 하나 움직이지 않았다.

"——거슬려."

그렇게만 말하고 오른손을 가볍게 흔든 것이다.

다음 순간—— 후욱!! 하고 격렬한 마력의 폭발이 일어났다. 신자며 기사단이 비명을 지르며 얼어붙고, 맹렬한 눈보라가 사람들의 몸을 휩쓸더니 머나먼 곳으로 날려버린다. 거기서 그치지 않았다.

"뭐, 뭐야. 이 녀석은……! 웃기지 말라고 해!!"

도망가려고 한 전류의 안면에 고드름이 꽂혀 새빨간 피가 튀었다.

주변이 순식간에 시체로 가득 찼다. 백은의 흡혈 공주를 거역한 자의 최후를 목격한 신자들이 쏜살같이 도망간다.

테라코마리는 그런 어중이떠중이는 신경도 쓰지 않고 부유 마법을 발동했다.

작은 몸이 둥실둥실 떠오른다. 사방팔방에서 쏘아지는 마법이 빨려들듯 그녀의 몸에 명중하지만——어이없게 사라져 갔다.

본인은 전혀 대미지를 입은 기색이 없었다.

"바보 같은……."

"우리 마법이 안 듣는다고?! ──끄억."

테라코마리의 몸에서 나온 얼음이 바닥을 기는 성기사단을 정확하게 꿰뚫는다. 밀리센트도 들은 적이 있다. 창옥종의 피로 초래한【고홍의 애도】는 육체를 강철처럼 경화시키는 효과도 있다고 한다. 저 정도 마법으로는 테라코마리 건데스블러드에게 상처 하나 입힐 수 없다.

"이봐, 테라코마리! 이제부터 뭘 어쩔 생각이야?!"

소리는 들리지 않는다. 그녀 뒤로 거대한 마법진이 떠오른다.

터무니없는 마력, 황급(煌級) 마법의 전조임이 틀림없다.

갑자기 난데없이 "코마링!" "코마링!" 하는 환성이 들린다.

소리가 나는 쪽을 보니 제7부대 대원들이 눈싸움을 중지하고 소란을 피우고 있었다.

"──각하! 신에게 심판의 일격을!"

"가라, 각하!" "교황에게 한 방 먹여 주세요!" "불타오른다아아아아아!!"

마력과 냉기가 그녀의 손끝에 모여든다. 사람들이 신께 기도를 드리며 도망친다. 그녀 눈앞에 우뚝 선 것은── 대성당. 교황 율리우스 6세가 기거하는 신성교의 총본산이다.

"테라코마리! 조금은 조절을……."

"부서져라."

그렇게 중얼거린 듯했다.

다음 순간── 시야가 새하얗게 물들었다.

테라코마리의 손끝에서 쏟아진 거대한 냉기 덩어리가 대기를 흔들면서 돌진한다. 사람들은 마치 신의 강림을 목격한 것처럼 엎드려 있었다.

밀리센트는 차가운 하늘을 가르는 마력의 광선을 멀거니 바라보았고──, 그렇게 세계의 종말을 목격했다.

테라코마리의 마법이 대성당을 멋지게 꿰뚫었다.

어마어마한 폭발음. 어마어마한 진동. 몇백 년의 역사를 가졌다는 성도 레하이시아의 대성당에 큰 구멍이 뚫려 있었다.

"뭐──."

뭔가 중요한 기둥이라도 파괴된 걸지 모른다.

무게를 지탱할 수 없게 된 대성당은── 콰과과과과과과과과과!! 땅이 울리는 듯한 소리를 내면서 너무나도 맥없이 무너져 내렸다.

성도 사람들이 비명을 지른다. 제7부대의 야만인들이 손뼉을 치며 기뻐하고 있다.

황급 빙결 마법【천벌의 빙창(氷槍)】.

신화에서나 나올 법한 전설적인 마법에, 밀리센트는 어안이 벙벙해질 수밖에 없었다. 사쿠나 메모아로 말할 것 같으면 그 자리에 엎어져 실신해 있었다.

이윽고 잔해더미가 된 대성당을 바라보면서 테라코마리는 불쑥 중얼거렸다.

"──기다려, 빌."

저래서는 빌헤이즈도 죽은 거 아니냐? ──그런 태클은 누구도 걸 수 없었다. 테라코마리는 마력을 분사하며 빠르게 대성당 쪽으로 날아갔다.

☆

엄청난 충격이 지하실에 울려 퍼졌다. 이어서 고막을 찢는 듯한 파괴음이 들린다. 무슨 일이 벌어졌는지는 실제로 보지 않아도 알 수 있었다. 코마리가 열핵해방으로 대성당을 공격했겠지.

"위층이 무너진 것 같군요. 역시 【고홍의 애도】는 격이 달라요."

트리폰이 감탄한 것처럼 웃고 있었다.

빌헤이즈는 기대와 불안이 뒤섞인 듯한 감정을 품었다.

본 실력을 드러낸 코마리라면 눈앞에 있는 남자 따위야 쉽게 처리할 수 있겠지. 그러나 고작 자기 때문에, 그녀가 열핵해방을 발동하게 한 것이 미안했다.

원래라면 이렇게 나약한 생각 따위 하지도 않을 텐데.

몸이 괴로우니 마음까지 약해진 걸지도 모르겠다.

"──응? 좀 더 기뻐해도 될 텐데. 왜 그렇게 복잡한 표정을 짓고 있나요."

"……당신이야말로 절망하지 그래요. 코마리 님을 당해낼 수 없을 텐데요."

"흠. 뭐 평범하게 생각하면 그렇겠지만요."

그때였다.

갑자기 천장이 삐거덕거리는 소리를 내더니, 이어서 영혼마저 얼어붙을 듯한 냉기가 틈새로 새어들었다. 트리폰이 "빠르군요" 라고 중얼거린 순간.

엄청난 소리를 내며 천장이 무너져 내렸다.

눈부신 백은의 마력이 어두컴컴한 지하실을 비춘다.

그리고 빌헤이즈는 신의 사자가 강림하는 것을 환시(幻視)했다.

계속해서 쏟아지는 눈송이와 함께 내려온 것은 순백의 흡혈귀.

빌헤이즈가 경애해 마지않는 칠홍천 대장군── 테라코마리 건데스블러드다.

엄청난 마력에 정신을 잃을 뻔했다.

그녀는 사뿐히 착지하더니 트리폰 쪽으로 오른손을 내밀며 입을 열었다.

"용서 못 해. ──빌은, 내 것이야."

"움직이지 마시죠."

트리폰이 단검을 들이댔다.

빌헤이즈는 무심코 혀를 차고 말았다. 이 남자는 인질을 잡을 생각이다. 하지만 그런 진부한 방법은 통하지 않는다. 열핵해방 을 발동한 코마리는 무적이니까──.

그러나 놀라운 일이 벌어졌다.

코마리가 동요한 것처럼 움직임을 멈춘 것이다.

강력한 마력은 계속 흘러나오지만, 그걸 쏘아내는 것을 주저 하는 듯했다.

"코, 코마리 님! 저는 어떻게 돼도 상관없어요! 이 사람을 빨리."

"이성은 남아 있는 것 같군요. ──네, 이건 신구입니다. 제 열핵해방은 모든 물질을 순간 이동시키는【대역신문(大逆神門)】. 당신이 새끼손가락 하나라도 움직이면 그걸로 끝입니다. 이 단검이 빌헤이즈의 머리를 가르게 되겠죠."

"…………."

"힘을 억제하세요. 이 종자를 잃고 싶지 않다면."

백은의 마력이 서서히 잠잠해진다.

그렇게 빌헤이즈는 이해하고 말았다.

열핵해방이란 마음의 힘. 마음이 동요하면 그 힘에도 왜곡이 생긴다.

그녀의【고홍의 애도】는 단순한 전투에서는 빼어난 힘을 발휘한다. 그러나, 정신적인 공격만은 대처할 방법이 없었다.

트리폰의 인질 작전은 절대적인 효력을 발휘한 것이다.

저 소녀는 자기 메이드를 소중하게 생각하고 있다.

그것은 참을 수 없이 기쁜 일이면서도── 참을 수 없이 절망적이다.

이윽고 코마리에게서 발산되는 살기가 온화해져 간다. 트리폰을 겨누고 있던 팔이 툭 떨어지고, 살의가 담긴 눈동자가 서서히 빛을 잃는다.

그렇게【고홍의 애도】는 완전히 정지하고 말았다.

눈보라가 멎는다. 희미하게 기온이 오른 듯하기까지 했다.

코마리의 눈동자에 빛이 돌아온다. 그녀는 꼭 꿈에서 깨어난 것처럼 느긋한 동작으로 고개를 들더니 주변을 두리번거리고 나서 난감하다는 표정을 지었다.

"……어라? 나, 나는……."

빌헤이즈가 필사적으로 그녀의 이름을 불렀고, 트리폰이 맹렬한 기세로 땅을 박찼다.

☆

사쿠나의 피를 마신 순간, 세상이 새하얗게 변했다.

그때부터 기억이 애매하다. 꿈을 꾸고 있었을지도 모른다──. 자신이 새하얀 빛을 쏘질 않나 하늘을 둥실둥실 날았다. 그런 일이 현실에서 벌어질 리 없는데.

하지만 빌을 되찾고 싶다는 마음은 꿈속에서도 계속 강하게 품고 있었다.

스피카의 뜻대로 되게 하고 싶지 않다. 그런 일념에 필사적으로 그녀 곁으로 달려가려 했다──. 그리고 눈을 떠보니 어두컴컴한 폐허의 한가운데 서 있었다.

눈이 쏟아지고 있다.

주변은 파괴된 건축물의 잔해 때문에 심각한 상태였다.

"……어라? 나, 나는……."

주변을 둘러보았다. 그리고 놀라운 것을 발견하고야 말았다.

빌이다. 빌이 피투성이가 되어 감옥에 갇혀 있다──.

"비──."

그러나 끝까지 말을 할 수 없었다.

갑자기 복부에 강렬한 충격이 퍼졌다. 나는 비명 한번 못 지른 채 뒤로 날아가고 말았다. 벽에 등을 부딪쳐 그 자리에서 무너져 내린다. 영문을 모르겠다. 충격이 너무 강해서 통각이 마비되었다. 나는 멍하니 정면을 응시했다.

"——처음 뵙겠습니다, 테라코마리 건데스블러드. 제 이름은 트리폰 크로스. 레하이시아 성기사단의 단장이자 뒤집힌 달 '삭월' 중 하나입니다."

"무……무슨."

"겨우【고홍의 애도】를 깼군요. 아니요, 신구로 죽이지는 않을 테니 안심하세요. 당신에게는 여러모로 이용 가치가 있거든요."

멱살을 잡혀 강제로 일어났다.

뒤늦게 통증이 온몸을 덮친다. 눈물이 뚝뚝 흘러내린다.

왜 내가 이런 꼴을 당해야 하는 거지——. 그런 의문은 순식간에 날아가 버렸다. 당연히 빌을 위한 것이다. 그녀는 벽 쪽에 괴로운 듯이 앉아 있었다. 온몸이 상처투성이다. 흘러나온 피가 바닥을 적시고 있다.

누구 짓인지는 안 봐도 뻔했다. 눈앞에 있는 남자가 한 짓임이 분명했다.

왜냐하면, 이 녀석은 방금 '뒤집힌 달'이라고 자신을 소개했으니까.

"——너, 너! 빌한테 무슨 짓을 한 거야?!"

"살을 도려냈을 뿐입니다. ——왜 그렇게 화를 내는 거죠? 아직 뮬나이트의 마핵이 작동하고 있어요. 딱히 문제 될 건 없을 것 같은데요."

"당연히 문제가 되지! 왜 이렇게 심한 짓을……."

"이상을 위한 겁니다."

남자——, 트리폰은 미소 지으며 말했다.

"작별 선물로 알려드리죠. 뒤집힌 달의 목표는 분쟁이 없는 평화로운 세계입니다. 세상은 추악한 투쟁으로 가득해요. 원인은 분명합니다——. 인간들이 평등하지 않기 때문. 그렇기에 저는 세계 혁명을 일으켜 모든 인간을 이성(理性)의 이름 아래 평등화하려 노력하고 있습니다."

"가, 갑자기 무슨……."

"하지만 제 생각에 찬동하지 않고 방해해 오는 세력은 얼마든지 있습니다. 그 필두가 뮬나이트 제국이죠. 그렇기에 저는 그 나라의 마핵을 가로채 멸망시키기로 했습니다. 그리고 그 마핵의 힘을 이용해, 뒤집힌 달에 복종하지 않는 다른 나라들도 멸망시키려 하고 있죠."

무슨 말을 하는 건지 전혀 이해 못 하겠다. 그러나 이 남자가 그 어떤 존재보다 사악한 존재라는 건 이해할 수 있었다. 세계 평화를 내세우면서 사람을 다치게 하다니, 배꼽을 쥘 만한 위선자다. 절대 용서 못 해——. 그렇게 분노의 불꽃을 태우고 있을 때였다.

트리폰이 갑자기 불쌍하다는 듯한 시선을 보냈다.

"테라코마리 건데스블러드. 아프겠죠."

"뭐……?"

"당신은 아픈 걸 싫어할 텐데요. 저도 본래라면 괜한 살생 따위 하고 싶지 않아요. 그만 체념하고 항복하는 게 좋을 것 같습니다만."

적의 의도를 모르겠다. 트리폰은 내 목을 조르면서 말을 이었다.

"편해지면 되는 겁니다. 뮬나이트 제국이 멸망해도 당신과는 아무 상관 없지 않습니까. 당신이 원한다면 빌헤이즈도 죽이지 않겠습니다. 당신이 다쳐가면서까지 싸울 이유는 없잖아요. 뒤집힌 달의 비호를 받으며 평온하게 사는 게 현명합니다. 실제로 당신은 칠홍천 대장군 일 따위 그만두고 싶다고 생각하고 있죠?"

"..."

그건 나의 마음을 녹이는 듯한 달콤한 권유였다.

확실히 나는 칠홍천 따위 그만두고 싶다고 생각했다. 원래 나에게 거친 일은 어울리지 않는다. 마력도 운동신경도 글러 먹은 나에게는 방에 박혀 소설이나 쓰는 게 어울린다. 이제 카루라 덕분에 책도 출간하게 되었고.

그래. 처음부터 내가 싸울 필요 따위 없었던 거 아닌가?

지금까지 쭉 상황에 휩쓸려 죽을 듯한 기분을 맛봤다. 하지만── 마음을 굳게 먹고 방에 틀어박혔다면 피를 보는 일은 없었겠지.

칠홍천 일을 무시하면 폭발해서 죽는다? 부하의 하극상으로 살해당한다? ──알 게 뭐야. 그런 건 황제나 아빠에게 울며 부탁하면 어떻게든 됐을 게 분명하다. 그 사람들은 나에게 매우 잘해주니까.

나는 처음부터 싸울 필요가 없었을지도 모른다.

이런 괴로움을 겪을 바에는──.

"그래요. 당신은 당신 뜻대로 살아야 해요. 얌전히 방에 틀어박혀 있으면 고통에서 해방될 겁니다."

트리폰의 왼손에는 아이스픽 같은 바늘이 쥐여 있었다.

복종하지 않으면 죽이겠다. 그런 뜻임이 분명하다.

맞은 배가 아프다. 입가에서 피가 흘러내린다. 이런 괴로움은 더 맛보고 싶지 않다. 떼를 써서라도 은둔형 외톨이를 고집하는 게 낫겠다──. 그렇게 마음이 무너질 뻔했을 때였다. 시야 한편에 빌의 모습이 들어왔다.

이미 의식이 몽롱해진 걸지도 모른다.

그녀는 잠꼬대처럼 이렇게 중얼거렸다.

"코마리 님. 도망치세요……."

크게 놀랐다.

그 가냘픈 목소리가, 내 마음을 흔들었다.

무력한 나에게 트리폰의 속박을 벗어날 수단은 없다. 그건 누가 보기에도 명백했다.

'도망치세요.'──그 말은 곤경에 처한 사람이 신에게 기도드리는 것만큼이나 무의미하다. 오히려 그렇기에, 빌이 나를 진심으로 걱정하고 있다는 걸 이해했다.

마음에 따뜻한 불꽃이 깃드는 것을 자각했다.

"──자, 대답하세요. 당신은 뒤집힌 달에 항복하겠습니까?"

"싫어."

나 자신도 놀랄 만큼 단호한 선언이었다.

트리폰의 눈썹이 꿈틀했다. 나는 정면에서 테러리스트를 바라보며 소리쳤다.

"──싫어! 나는 밖으로 나올 거야! 쉬는 날도 아닌데 틀어박혀만 있는 건 패배를 인정하는 거나 다름없다고! 설령 세계가 뒤집히더라도 이번만큼은 물러나지 않아! 너 같은 놈한테 굴복할 것 같아! 뮬나이트 제국은 절대로 지지 않아!"

"왜 그렇게까지 고집을 부리는 거죠. 당신의 패배는 결정되어 있는데."

"그야──."

나는 꿀꺽 침을 삼키고 나서 소리를 높였다.

"──그야 빌이 울고 있으니까! 모두를 상처 입혔으니까! 널 용서 못 해!"

"그렇군요. 그럼 일단 죽여드리죠."

빌이 비명을 질렀다. 나는 몸의 떨림을 필사적으로 억누르며 적을 노려봤다. 딱히 후회는 없다. 사람을 상처 입히고도 태연하게 구는 놈들에게 백기를 들고 싶지는 않다.

트리폰이 아이스픽을 들어 올렸다.

굳이 마법을 쓸 필요도 없겠다고 판단했겠지. 비록 죽는다고 해도 절대 포기하지 않아──. 그렇게 이를 악물며 통증을 참고 있었을 때.

파앙! 총성 같은 소리가 울려 퍼졌다.

"컥?! ——."

눈앞에 있는 남자의 몸이 옆으로 날아가더니, 눈 범벅이 된 감옥 바닥을 데굴데굴 구르더니 푹 쓰러지며 엎어진다. 그의 옆통수에서 피가 흘러내렸다. 나는 콜록콜록 기침하면서 구원받은 듯한 심정으로 시선을 위로 들었다.

"——뭐 하는 거야, 테라코마리. 도발은 승산이 있을 때 해."

"밀리센트⋯⋯!!"

푸른 흡혈귀가 손가락을 트리폰에게 겨누면서 험악한 표정을 짓고 있었다. 그녀는 그대로 미끄러지듯이 감옥으로 들어오더니, 빌이 묶여 있던 벽으로 다가가【마탄】으로 족쇄를 파괴했다. 해방된 메이드 소녀는 환상이라도 보는 듯 눈을 동그랗게 뜨고 있었다.

"당신은⋯⋯ 어째서."

"시끄러워. 어서 철수하자."

밀리센트는 빌을 부축해 일으켜 세웠다.

방구석에서 꾸물거리며 누군가가 움직이는 기척이 났다.

트리폰이 쓰게 웃으며 자세를 바로잡고 있었다. 마법으로 머리를 맞았는데도 아파하는 기색조차 없다. 그러고 보니—— 창옥종은 튼튼한 육체를 가진 종족이다.

"⋯⋯【고홍의 애도】를 처리했다고 방심했던 것 같네요. 설마 증원이 올 줄이야. 게다가 당신은 아마츠 카쿠메이의 곁에 있던 흡혈귀 아닌가요."

"잘 가. 트리폰 크로스."

밀리센트가 마법석을 던졌다.

퍼엉!! ——새하얀 연막이 주변을 가득 메웠다.

갑작스러운 사태에 머리가 안 따라준다. 일단 도망칠 준비를 하자——. 그렇게 생각했더니 갑자기 누가 팔을 강하게 잡아끌어서 넘어질 뻔했다.

"가자, 테라코마리! 저 녀석과 싸워도 승산은 없어!"

"어, 저기. 어떻게 해야……."

"태세를 정비하자! 부하들에게 연락해 둬!"

연기를 헤치며 밀리센트는 계속 달린다.

나는 기계처럼 그녀의 지시에 따랐다. 통신용 광석을 군복 주머니에서 꺼내 마력을 담는다. 트리폰이 습격해 올 기색은 없었다. 저 녀석은 물체를 순간 이동시키는 능력을 가지고 있다던데. 하지만 대상의 모습이 보이지 않으면 못 쓰는 걸지도 모르겠다.

어라——? 내가 왜 트리폰의 열핵해방을 알고 있지?

영문을 모르겠다. 하지만 알 수 있는 것도 있었다. 밀리센트가 구하러 와 주었다는 것. 일단은 무조건 도망가야 한다는 것.

광석에서 카오스텔의 목소리가 들렸다.

[각하! 무슨 일이신가요?]

"이, 일단 퇴각이다! 빌은 되찾았어! 성도를 벗어난다!"

나는 눈물을 흘리며 명령을 내리고 있었다.

겨우 살았다는 사실이 진심으로 기뻤던 걸지도 모른다.

그렇게 해서 나는 밀리센트에게 이끌려 눈길을 빠져나갔다.

☆

　뒤집힌 달의 간부 '삭월' 중 하나인 트리폰은 말없이 우두커니
서 있었다.

　마법석에 의해 전개된 연막이 서서히 걷힌다.

　모습을 드러낸 건 완전히 파괴된 감옥의 풍경이었다. 벽도 천
장 다 부서졌으니, 더는 감옥의 기능은 못 하겠지. 아니, 대성당
자체가 신성교 총본산으로서의 기능을 잃었다.

　하늘에 찌를 위용은 찾아볼 수도 없다. 모든 것이 잔해더미가
되어 있었다.

　"……쫓을까요."

　트리폰은 한숨을 내쉬고 나서 한 걸음 내디뎠다.

　설마 이런 식으로 계획이 무너질 줄은 생각도 못 했다.

　밀리센트 블루나이트의 존재는 예상 밖이다. 그러나 그 이상
으로 자신이 방심했다는 것이 의외였다.

　"기다려, 트리폰!"

　누군가가 붙들었다. 뒤를 돌아본다.

　금색 흡혈귀가 잔해에 걸터앉아 다리를 꼬고 있다.

　"저기, 이게 어떻게 된 거야? 대성당이 엉망이 됐잖아. 꼭 내
가 어릴 적에 무너뜨린 과자 성 같아!"

　"죄송합니다. 밀리센트 블루나이트가 올 줄이야."

　변명 같은 말을 뱉은 것을 후회한다.

　소녀──, '신을 죽이는 사악'은 "뭐, 신경 쓸 거 없어"라며 천

진하게 웃었다.

"무지는 죄가 아니니까. 그냥 꼴사나울 뿐이지."

"…………."

아가씨는 태양처럼 너그럽지만 달처럼 잔인하다.

속으로는 어떻게 생각하고 있을지 상상조차 가지 않는다.

바로 테라코마리 건데스블러드를 추적하는 편이 현명하겠지. 그렇게 생각하며 부하인 성기사단에게 연락하려고 한 때였다.

갑자기 통신용 광석이 빛을 뿜어냈다. 트리폰은 마력을 담아 응한다.

[오오, 트리폰 님! 안녕하신가요?]

"후야오인가요. 무슨 일이죠."

[어라? 목소리가 조금 낮군요? 기분이 별로이신가요? 혹시 테라코마리 건데스블러드를 죽이는 데 실패했습니까?! 아아, 그렇게 됐군요!]

트리폰은 내심 쓰게 웃는다. 이 여우는 늘 사람을 야유하고 싶어 한다.

"네, 그렇습니다. 이제부터 오명을 씻으려고요."

[그런 트리폰 님에게 좋은 소식이 있습니다.]

후야오는 소리 높여 말했다. 그녀의 사악한 미소가 눈에 보이는 듯했다.

[제도는 함락 직전입니다. 오늘 중으로 정복이 끝나겠죠! 자, 아가씨를 데리고 오세요. 신 황제 대관식 준비는 착착 진행되고 있습니다.]

"일어나, 바보 티오!!"

"으냐?!"

갑자기 머리를 얻어맞고 강제적으로 현실로 돌아왔다.

눈을 뜨자 악마 상사의 얼굴이 거기 있었다. 그렇게 티오 플랫은 깨달았다——. 아무래도 자신은 잠들었던 모양이다. 왠지 말도 안 되는 악몽을 꾼 것 같은 기분이 든다. 아무 맥락도 없이 갑자기 살해당해 냄비에 던져져 부글부글 끓다가 폰즈를 뒤집어쓰고 먹히는 꿈이다. 늘 목숨을 걸고 일하는 탓에 요즘은 꿈자리까지 사납다.

"정말이지! 이런 중요한 때 늦잠이라니 기자로서 실격 아냐?!"

"아니, 아니. 이 정도면 누구든 잠들겠죠. 이달의 야근만 100시간을 넘겼으니까요. 정말 완벽한 악덕 기업이에요. 오늘은 역시 유급 휴가를——."

거기서 이변을 눈치챘다.

티오의 민감한 후각이 피와 불꽃 냄새를 감지한 것이다.

아니, 후각에 의지할 것도 없었다. 주변 상황이 누가 봐도 이상하다.

여기저기에서 건물이 불타고 있다. 사람들이 도망치고 있다. 교회에서 불릴 법한 성가가 여기저기서 불리고 있다. 눈앞에서 제국군으로 보이는 흡혈귀가 제복 집단에게 뭇매를 맞고 있었다. 사방팔방에서 창이 날아들었고, 이윽고 흡혈귀는 움직이지 못하게 되었다.

"──어? 여긴 어디죠? 지옥?"

"제도 뒷골목이야. 뮬나이트 제국은 멸망 직전이야."

메르카는 이를 갈면서 눈앞의 참상을 노려보고 있었다.

점점 티오도 의식을 잃기 전의 상황을 떠올리고 있었다.

분명 제도에서 발생 중이던 종교 봉기의 진상을 조사하는 도중에 낯익은 여우 소녀를 본 것이다. 후야오 메테오라이트. 그녀는 가을에 개최된 천무제에서 암약한 테러리스트였다. 오, 또 음모를 꾸미고 있나?! ──특종을 확신한 메르카는 '싫어요, 싫어요'라고 울부짖는 티오의 꼬리를 꽉 쥐고 미행을 감행했다. 아무래도 제도 하급 구역의 술집으로 향하는 것 같다. 이대로 도청하면 세계를 뒤흔들 만한 기사를 쓸 수 있을지 모른다──. 그렇게 생각한 메르카(와 티오)는 몰래 잠복하고 있었는데, 갑자기 뒤에서 나타난 수수께끼의 인물에게 습격당했다. 그리고 눈을 떠보니 뒷골목에 버려져 있었다.

그렇게 정신을 차리고 보니 제도의 폭동이 심화되어 있던 것이다.

"뭐가 어떻게 된 건지 모르겠어요."

"알아야지! 이건 분명 테러리스트 그룹 '뒤집힌 달'의 음모야. 그리고 우리는 진상에 너무 다가간 거지! 조금만 더 버텼으면 뮬나이트를 노리는 범죄자들의 회합을 찍을 수 있었는데, 직전에 들켜서 습격당했어! 그런데 죽이지 않고 상처까지 고쳐서 뒷골목에 버린 건 뭐지?! 우리를 그냥 힘없는 소녀로 본 건가?!"

힘없는 소녀든 뭐든 상관없잖아. 목숨만 붙어 있다면.

그러나 메르카는 그렇게는 생각하지 않는 것 같다.

"절대로 용서 못 해……. 세상을 만드는 펜의 위력을 깨닫게 해 주겠어……."

"저기……. 슬슬 가지 않으실래요? 이대로 있다간 까딱 잘못하면 죽는다고요?"

"있지, 티오. 우리를 덮친 녀석의 얼굴은 봤어?"

"무시하지 마세요. 아뇨, 보진 못했는데요."

"쓸모없는 고양이네."

"남 말 할 처지인가요? 뭐, 냄새라면 기억하는데요……."

"아주 잘했어, 티오! 어떤 냄새였어?!"

"좋은 냄새였어요."

"그게 다야?"

"네."

"이 얼간이 같으니!!"

꼬옹! 머리를 얻어맞았다. 부당하다. 슬슬 이직할 준비나 하자.

참고로 티오의 후각 마법은 냄새로 무슨 종족인지도 맞힐 수 있다. 그 냄새는 십중팔구 흡혈귀였다. 성별은 여성. 그것도 꽤 나이가 젊다.

하지만 상사가 열받게 하니까 가르쳐주지 않기로 했다.

그나저나──, 티오는 생각한다.

그나저나 제도의 상황이 범상치 않다. 슬쩍 거리의 상황을 살펴보니, 아무래도 두 가지 세력으로 나뉘어 싸우고 있는 모양이다. 한쪽은 뮬나이트 제국군. 나머지 한쪽은 신성교 신자들이지만……. 대부분은 순수한 신자가 아니라 테러리스트 냄새가 난다. 아마 뒤집힌 달이라는 바보 집단의 구성원이겠지.

갑자기 눈앞에 화염 마법이 날아들었다.

여기 있으면 죽겠다——. 티오는 그렇게 생각했다.

"티오. 이제부터 육국 신문에 있어 운명적인 싸움이 시작될 거야."

"아니, 아니에요. 기분 탓이니까 일단 돌아가죠."

"하지만 이 앞은 일류 기자의 영역이야. 미숙한 녀석은 죽을지도 모르지. 오기를 부렸다가 목숨을 잃은 신인을 여럿 봐왔거든. 그래도 티오는 나를 따라오고 싶어?"

"네? 따라가고 싶다는 말은 한마디도 안 했는데요?"

"각오가 없으면 돌아가. 이건 널 생각해서 하는 말이야."

"알겠습니다. 그럼 수고하셨어요—."

"돌아가지 마!" 꼬리를 꽉 붙든다. "이럴 때는 '지옥 끝까지 함께할게요, 메르카 씨!'라고 해야지! 우리 인연은 어디 갔어?!"

"목숨보다 무거운 인연 따위 필요 없어요! 지옥으로 끌고 들어가지 말아 주세요. 저는 아직 죽을 수 없어요! 고향에 아픈 동생을 남겨두고 왔다고요~!!"

"네 동생은 핵 영역에서 씩씩하게 사람을 죽이고 있잖아!!"

그런 식으로 골목에서 고함치고 있을 때였다.

갑자기 땅 위로 거대한 뭔가가 이동하는 소리가 들렸다.

역시 메르카도 눈치챈 모양이다. 그녀는 티오의 꼬리를 휙! 잡아끌더니 뒷골목에서 뛰쳐나가려 했다.

"잠시만요, 메르카 씨. 지금 밖에 나가면 죽는다고요?! 그리고 꼬리는 놔주세요! 떨어지면 성희롱으로 고소할 거예요!!"

"봐, 티오. 저거——."

메르카가 경악하는 듯한 목소리로 한쪽을 가리킨다.

차에 실린 대포 같은 것이 운반되어 왔다. 그러나 그 크기가 심상치 않다. 어이가 없을 정도로 긴 포신은 티오의 키를 몇 배는 능가할 듯했다. 1m는 되어 보이는 무식하게 큰 포구의 안은 어두워서 아무것도 보이지 않았다.

잘 모르겠지만 불길한 느낌만 든다. 게다가 아마 뮬나이트 궁전 쪽을 겨누고 있다. 즉—— 저걸 준비한 건 테러리스트 쪽이다.

"이야, 소란을 틈타 움직이니 편한걸."

대포 옆에 백의를 입은 소녀가 있었다.

종족은 전류. 신난 듯한 얼굴로 알 수 없는 말을 중얼거리고 있다.

"뮬나이트 궁전에는 특수한 결계가 있어. 하지만 내가 개발한 '절망 파멸 마포'를 이용하면 이론상으로는 부술 수 있지. 그리고 그 안쪽에 있는 궁전에 해를 가할 수도 있을 터. 설마 정말로 시험 발사를 하게 될 날이 올 줄이야!"

"코르네리우스 님! 준비가 다 되었습니다!"

사제복을 입은 남자가 달려온다. 역시 저건 테러리스트의 무기였던 것이다.

코르네리우스라고 불린 백의의 소녀는 "음!" 하고 만족스럽게 고개를 끄덕였다.

"그럼 점화."

"넵!"

지시를 받은 남자가 도화선 같은 것에 불을 붙인다.

그들은 곧바로 그늘로 대피했다. 티오도 황급히 그 자리에 몸을 웅크렸지만 메르카가 "그런 데 있다가는 아마 죽어!" 하고 억지로 꼬리를 잡아당겼다. 티오가 "뽑히겠어요. 뽑힌다고요!"라고 외치면서 골목 안쪽까지 끌려간 순간.

백의의 소녀가 히죽 웃으면서 중얼거렸다.

"자, 실험 타임이다. ──안심해, 이건 신구가 아니니까."

폭음이 울렸다.

귀가 떨어지는 줄 알았다.

대포에서 발사된 마력의 탄환이 천지를 흔들면서 돌진한다.

몇 초 후──, 모든 것이 파괴되는 소리가 울렸다.

☆

갑자기 발사된 탄환은 뮬나이트 궁전의 결계를 아주 쉽게 부쉈다.

거기서 끝이 아니다. 결계 너머에 솟아오른 궁전 그 자체──, 즉 황제 폐하가 머무르는 장려한 성, 그 동쪽 절반을 통째로 깎

Illustrations copyright ©riichu

아내리며 대폭발을 일으킨 것이다.

프레테 마스카렐은 믿기지 않는 심정으로 뒤를 돌아보았다.

하늘이 불타고 있다. 피를 토해낸 것처럼 새빨개져 있다.

제복을 입은 테러리스트들이 환호성을 질렀다. 프레테는 덤벼드는 흡혈귀들을 베면서 소름이 끼치는 걸 자각했다. 근방에 흩어져 있는 것은 사람의 시체. 피. 공기를 뒤흔드는 섬뜩한 성가. 우아하고 웅장하던 제도는 흔적조차 남아 있지 않았다.

"프레테 님! 제4부대에서 연락이 왔습니다."

"뭐죠! 지금은 바쁜데."

"델피네 각하가 조금 전 포격으로 사망했다고 합니다."

"네?! 델이……."

궁전의 경비를 맡고 있던 제4부대는 괴멸 상태인 듯했다.

프레테는 이를 으득으득 간다. 전개가 왜 이렇게 된 거지.

첫 폭동은 밀리센트 블루나이트 덕에 쉽게 진압되었다. 그러나 그다음이 문제였다. 녀석들은 대체 어디에서 솟아난 것인지 제도를 파괴하기 시작했다. 그들의 주장은 이러했다. '신을 믿지 않는 뮬나이트 제국은 변혁되어야 한다.' 웃기지 말라는 생각밖에 안 들었다.

그러나 그들의 공격은 제국군의 예상을 훨씬 웃돌 만큼 격렬했다.

단순한 신자가 아니라 그 대부분이 '뒤집힌 달'에도 소속된 전투 집단이었다. 더 나아가 녀석들은 최면 마법 같은 것으로 임시로 병사 수를 늘린 듯했다. 폭도는 제도의 건축물을 파괴하면서 뮬나이트 궁전을 침공하기 시작했다.

"이게! 계속해서……!"

테러리스트들이 신의 이름을 외치면서 덮쳐든다.

폭동을 지휘하는 사람은 아직도 찾지 못했다.

칠홍천들은 게릴라처럼 덤벼드는 테러리스트에 대응하지 못한 채 계속 당하고만 있었다. 멀리서 연속해서 들리는 폭발음은 '무궤도 폭탄마' 페트로즈 카라마리아가 내는 것이겠지. 적의 리더를 찾기 시작한 것 같지만 성과는 없었다.

"마스카렐 님! 뒤에!"

갑자기 부하가 외쳤다. 즉시 돌아보았지만 이미 폭도의 검이 프레테의 목 쪽으로 날아들고 있었다. 기꺼이 받아낼 각오로 이를 악문── 그 순간 적의 몸이 옆에서 날아든 주먹에 날아갔다.

"──다친 곳은 없습니까! 마스카렐 님."

사제복을 입은 칠홍천── 헬데우스 헤븐이 거기 있었다.

프레테는 안도하면서 레이피어를 다시 잡았다.

"감사합니다, 헤븐 님. 하마터면 죽을 뻔했어요."

"당신이 방심하다니 별일이군요. 하지만 무리도 아니죠──. 이렇게 끝이 없어서야."

헬데우스는 곤란하다는 듯 팔짱을 꼈다.

"대체 뭐가 그들을 이렇게까지 만드는지. 게다가 신의 신봉자를 가장하다니 말도 안 되는 일입니다. 이래서는 소동이 끝난 후에 신성교 그 자체가 적대시 당하는 풍조가 생기겠어요."

"나중이 아니라 지금을 생각하자고요." 프레테는 주변을 살피면서 말한다. "그나저나 상황 파악이 정확히 안 되네요. 적의 본체는 신성교인가요? 아니면 뒤집힌 달? 두 조직은 어디까지 이어져 있는 거죠."

"모르겠습니다. 율리우스 6세가 테러리스트와 공모하고 있다는 건 확정이지만요."

포로가 된 적은 '율리우스 6세의 명령이다'라고 단언했지만, 프레테가 보기에 그들이 신앙을 위해 날뛰는 것 같지는 않았다. 종교를 어떠한 야망을 위해 이용하고 있다고 볼 수밖에 없었다.

그리고 그 독니는 마침내 뮬나이트 궁전에 이르고야 말았다.

황제가 있었다면 일이 이렇게 되진 않았으려나──. 그렇게 생각하던 때였다. 전방에서 큰 함성이 울려 퍼진다. 테러리스트들이 눈사태처럼 밀려든 것이다. 프레테는 검을 겨누며 혀를 찼다.

"성도로 갔던 분들은 뭘 하는 거죠."

"조금 전 연락이 왔습니다. 아무래도 건데스블러드 님이 빌헤이즈 중위를 되찾은 것 같더군요. 그러나 그 이후로는 어떻게 됐는지 모르겠습니다."

"율리우스 6세를 설득하지 못하면 아무 소용도 없어요. 아니면 종교 봉기의 원흉을 밝혀내어 죽여야……."

"그렇군요." 헬데우스가 프레테의 옆에 나란히 선다. "그런데 마스카렐 님. 성도나 뒤집힌 달의 최종 목적은 뭐라고 보시나요."

"새삼 생각할 게 뭐 있나요! 녀석들은 손을 잡고 뮬나이트 제국을 멸망시키려 하고 있어요. 카렌 님이 계셨더라면 좀 더 빨리 대처할 수 있었을 텐데……."

"흠. 뮬나이트 제국은 황제에 의해 유지되고 있었군요."

위화감을 느꼈다. 그것은 칠흑천이 하기에 조금 이상한 말 아니던가.

헬데우스는 미소를 띠며 말을 이었다.

"역시 뮬나이트는 좋은 나라로군. 당신은 흡혈종을 위해 죽을 각오가 되어 있습니까?"

"? ——당연하죠. 칠흑천은 제국에 몸을 바치는 게 본분입니다. 어떤 적을 앞에 두고도 겁내지 않고 우아하게 맞서고, 우아하게 죽을 것을 요구받고 있으니까요."

"그래, 그렇군요."

요즘 들어 칠흑천에는 약해빠진 사람들이 너무 많다. 테라코마리 건데스블러드는 물론이고, 사쿠나 메모아도 그렇다. 역시 여기서 한번 프레테 마스카렐이 제국에 걸맞은 장군이 어떤 것인지 모범을 보여야 하겠지.

갑자기 헬데우스가 적과는 반대되는 쪽을 가리키며 외쳤다.

"——오오! 저쪽을 보세요! 엄청난 광경이 펼쳐지고 있군요!"

"엄청난 광경? 이번엔 뭐가——."

뽀옹!

뭔가가 바뀌는 느낌이 났다.

그리고 프레테는 배 아래쪽에서부터 뜨거운 통증이 퍼지는 것을 느꼈다.

"어?" 절망적인 심정으로 시선을 아래로 돌린다. 날카로운 칼이

자기 복부에 깊게 꽂혀 있었다. 영문을 모르겠어. 대체 어째서.

온몸에서 힘이 빠져 그 자리에 쓰러진다.

그리고 깨닫는다——. 칼을 쥐고 있는 것은 헬데우스 헤븐이었다.

헬데우스 헤븐의 모습을 한 누군가가 칼을 쥐고 있었다.

"——《막야도》를 쓸 것까지도 없었네. 간단하군."

"너, 너는……!"

포옹! ——연기가 주변을 메웠다. 제복 입은 흡혈귀의 모습이 순식간에 사라졌다. 그 대신 등장한 것은 붉은 눈동자를 빛내는 소녀였다.

여우 귀와 꼬리가 특징적인 수인. 천무제에서 테라코마리 건데스블러드 및 아마츠 카루라와 사투를 벌였던 테러리스트——후야오 메테오라이트다.

그녀는 냉혹한 시선을 프레테에게 보내면서 조용히 말했다.

"헬데우스 헤븐이라면 진즉 죽었어. 남아 있는 중요 인물은 페트로즈 카라마리아 정도인가. 어쨌든 뮬나이트 제국이 끝날 순간이 머지않았군."

"이…… 테러리스트 놈……."

"거기서 죽어 있어. 눈을 뜨면 더 이상 이곳은 흡혈귀의 나라가 아닐 테니까. 아니——, 그 전에 마핵을 파괴해 버리면 눈이 뜨일 일도 없나? 잘 모르겠군."

"기, 기다려……."

후야오 메테오라이트는 느긋한 발걸음으로 떠나간다.

쫓아갈 수는 없었다.

주변을 둘러보니, 어느새 제3부대의 흡혈귀들도 죽어 있었다.

몸에 힘이 들어가지 않는다. 절대로 용서할 수 없다──, 그런 오기를 부릴 체력도 남아 있지 않았다. 프레테는 망가져 가는 제도의 풍경을 바라보며 의식을 놓았다.

이렇게 뮬나이트 제국은 무너져 가고 있었다.

황제는 행방불명. 재상은 사망. 제도의 방어를 맡고 있던 칠홍천 네 명 중 세 명이 패배. 원로들은 사재를 안고 시골로 도망쳐 버렸다.

사람들은 신에게 기도하지 않는다.

그들이 애타게 기다리는 것은 소란을 다스릴 영웅.

남은 칠홍천 중 하나였다.

【전이】마법을 못 쓰게 되었다.

뮬나이트 제국 재상——, 즉 아빠의 권한으로 '문'의 기능을 전부 정지시킨 모양이다. 새로운 적이 침입해 오는 것을 막기 위한 것이겠지만, 이런 조치가 이루어진 시점에서 제도가 긴급 사태에 처했다는 건 명백했다.

성도 레하이시아를 탈출한 우리는 핵 영역의 어떤 거리까지 다다랐다.

뮬나이트 제국 지배하에 있는 작은 성채 도시이다.

이 자리에 있는 것은 사쿠나, 빌, 밀리센트, 나 이렇게 넷이다. 제7부대 부하들은 결국 합류하지 못하고 핵 영역을 방황하고 있는 것 같다. 통신용 광석에도 반응이 없다. 그러나 들리는 소문에 따르면 성기사단이 나서서 흡혈귀들을 토벌하고 있단다. 소름이 끼치는 듯한 이야기였다. 그 녀석들은 무사할까.

"——절체절명이네. 행상인 말에 따르면 제도는 괴멸 직전이래."

밤. 여관 식당. 밀리센트가 빈정대는 듯이 웃으며 그렇게 말했다.

여기 반응한 것은 빌이다. 그녀는 뚱하니 험한 표정을 지었다.

"왜 그렇게 기뻐 보이죠. 당신은 어엿한 제국 군인이잖아요."

"나라가 멸망해도 상관없어. 딱히 내가 죽는 건 아니니까."

"코마리 님, 이 녀석 얼굴에 마요네즈를 뿌려도 될까요?"

"자자, 진정해! 밀리센트도 본심으로 하는 말이 아니야!"

"맞아요, 빌헤이즈 씨. 밀리센트 씨는…… 뭐라고 해야 하나. 츤데레 같은 거예요. 호의의 반증으로 악의를 보일 뿐이지."

"죽는다."

사쿠나가 비명을 지르며 부들부들 떨었다. 악의의 반증도 악의뿐인 것 같다.

빌은 불만스레 "역시 마음에 안 들어요"라며 뺨을 부풀리고 있었다.

성도에서 도망쳐 나온 이후――, 빌은 마핵의 효과 덕에 상처를 회복했다.

이제 움직이는 데 거의 지장은 없는 것 같다. 그리고 밀리센트가 칠홍천 대장군에 취임했다는 얘기도 들었다. 역시라고나 할까 빌은 밀리센트를 용서할 수 없는지, 그녀를 바라보는 눈에 험악한 빛이 깃들어 있었다.

그야 그렇겠지. 그 정도 일이 있었으니까, 흘려버리기 어려울 것이다.

하지만 지금은 같은 제국군 동료다.

여기서 틀어지면 앞일이 걱정된다. 뭐, 빌 녀석도 밀리센트에게 도움을 받았다는 건 알기에 그렇게 강하게 그녀를 비판하는 것 같지는 않지만――.

"코마리 님. 밀리센트 블루나이트는 죽여야 해요."

아니, 강하게 비판하고 있네. 본인의 눈앞에서 살벌한 소리하지 마.

"언쟁만큼 쓸모없는 건 없어. 제도로 돌아가서 뒤집힌 달을 어떻게든 할 수를 생각해 봐야 해. 여기 가만히 있어 봤자 적에게 잡혀 죽고 말 테니까."

"아, 뮬나이트 제국에 대해 생각을 하긴 하고 있었군요…….

"아니야." 밀리센트는 귀찮다는 듯 부정한 뒤 말을 이었다. "——현재, 제도를 덮친 것은 뒤집힌 달의 구성원과 신성교도가 뒤섞인 게릴라 병사 집단. 그리고 아마 제국 측이 밀리고 있어. 황제가 없으니까 제대로 작전도 짜지 못했겠지."

"칠홍천들이 쉽게 질 것 같진 않은데……. 아마 뒤집힌 달이 상당히 치사한 방법을 쓴 거 아닐까요…….

"뭐 그럴 가능성도 없지는 않아. 녀석들은 남을 깎아내리기 위해서라면 뭐든 할 테니까 말이지. 어쨌든—— 우리는 한시라도 빨리 제도로 돌아가 폭동을 진압해야 해. 혹은 트리폰 크로스나 '신을 죽이는 사악'을 직접 쓰러뜨리든지."

"신을 죽이는 사악? 그게 뭐야."

"뒤집힌 달의 보스야."

보스인가. 그렇다는 건 내가 지금까지 만나본 적조차 없는 광전사겠지.

간부였던 트리폰에게도 속수무책이었는데, 그 상사를 이길 거라고는 볼 수 없었다. 그러고 보니 그 창옥은 지금쯤 뭘 하고 있을까. 우리를 뒤쫓고 있을까? 아니면 제도로 향했을까——.

그때 여관 직원이 "음식 나왔습니다"라며 요리를 날라 주었다.

"'신을 죽이는 사악'에 대해서는 아직 불명인 점이 많아. 뒤집힌 달에 있던 나도 만나본 적 없어. 하지만 이번 소동에서는 분명 모습을 드러낼 거야. 그 틈을 노려 죽이면——."

"와아! 이거 봐, 빌. 오므라이스 위에 햄버그가 두 개나 올라가 있어!"

"정말이네요. 하지만 다 드실 수 있겠어요? 양이 상당히 많은데요."

"배가 텅 비었어. 당연히 다 먹을 수 있지——."

"내 말 좀 들어!!"

찰싹! 머리를 얻어맞았다. 살의를 느꼈다. 밀리센트가 맹수 같은 눈빛으로 나를 노려보고 있었다. 뭐야 이 녀석——, 싶었지만 냉정하게 생각해보면 역시 지금은 저녁이나 먹고 있을 때가 아니었을지 모른다. 나는 "미안"이라고 사과하고 나서 조용히 오므라이스를 먹기 시작했다.

맛있다. 역시 오므라이스에는 인생의 행복도를 끌어 올리는 효과가 있다.

밀리센트는 의연하게 험악한 눈빛을 보냈다.

"잘 들어, 테라코마리. 나는 제국에는 별 감정이 없어. 하지만 넌 뮬나이트 제국이 멸망하지 않았으면 하잖아? 그렇다면 각오하고 있겠지——, 이번 소동을 해결할 열쇠는 테라코마리 건데스블러드가 쥐고 있어."

"…………."

스푼을 둔 손이 멈추었다.

내가 열쇠를 쥐고 있다. 무슨 뜻일까. 문득 빌이 테이블 아래에서 꽉 주먹을 쥐고 있는 것을 발견했다. 그녀는 어째서인지 복잡한 표정을 짓고 있었다.

"……저기, 밀리센트. 너도 알다시피 나는 마법도 못 쓰고 운동도 못 하는 글러 먹은 흡혈귀야. 열쇠를 쥐고 있는 건, 아마 내가 아닐걸."

"너 바보야?" 내뱉듯이 밀리센트는 말한다. "세상을 바꾸는 건 마음이 강한 녀석이야. 너에게는 그만한 잠재력이 있어——. 왜냐하면 실제로 알카나 천조낙토를 바꾸어 왔잖아? 기억 안 나?"

"…………………………."

그건 네리아나 카루라의 힘이 있었기 때문이다.

따로 내가 뭘 한 것도 아니다. 전 세계 사람들은 나에 대해 착각하고 있다——. 그런 생각은 아직 내 안에 뿌리 깊게 남아 있었다.

내가 피를 마시면 무슨 일이 벌어진다는 건 안다.

그래서 뭐가 어쨌단 말인가. 무슨 일이 벌어지는 정도로 뮬나이트의 참상을 뒤집을 수 있나? 당연히 힘들겠지. 왜냐하면 나는 싸움을 좋아하지 않는 희대의 현자다. 맛있는 오므라이스를 먹으며 현실에서 도피하는 게 더 어울린다.

갑자기 밀리센트가 일어났다.

"뮬나이트 국민은 테라코마리 건데스블러드에게 기도하고 있어. 그 기대에 부응하는 게 너의 사명일 텐데. ——나는 방으로 돌아갈게."

그 말만 하고 떠나갔다.

그녀는 결국 아무것도 먹지 않았다. 나중에 배가 고프면 어떻게 하려고? ——나는 그런 엉뚱한 생각을 하며 불안을 떨치려 하고 있었다.

☆

방은 두 개만 빌리기로 했다.

나와 빌, 밀리센트와 사쿠나 조합이다. 그 둘을 같이 둬도 이래저래 괜찮을까——? 그렇게 불안해했지만, 사쿠나 왈 '밀리센트 씨와는 같은 조직 출신이니까 괜찮아요'라고 한다. 밀린 이야기라도 있다는 건가?

저녁 식사를 마친 나와 빌은 둘이서 방으로 돌아왔다.

이미 밖은 어둡기에 내일 새벽에 제도를 향해 떠나기로 했다. 지금쯤 다른 칠홍천들은 어쩌고 있을까. 가족들은 다 무사할까.

불안에 시달리는데 침대에 대자로 누워서 뒹굴고 있던 빌이 "코마리 님" 하고 이름을 불렀다.

"트럼프라도 하며 놀지 않으실래요. 아직 자려면 시간이 남았는데요."

"별로 상관은 없는데……. 메이드답지 않게 편해 보이네."

"죄송합니다."

빌은 무표정하게 일어났다.

그리고 물끄러미 녹색 눈동자로 나를 바라본다.

"뭐, 뭐야."

"아니요. 그냥…… 감사 인사와 사죄를 아직 안 한 것 같아서요. 이번에는 감사했어요. 죄송합니다."

"여러 의미에서 영문을 모르겠어."

그녀는 다시 "죄송합니다"라며 면목이 없다는 듯 눈을 내리떴다.

"실은…… 제가 율리우스 6세를 순순히 따라간 건 황제 폐하의 명령을 받았기 때문입니다. 성도에 잠입 후 스파이 활동을 하라는 것이었죠. 그것 자체도 적의 음모였지만……. 어찌 되었든 사정을 제대로 설명하지 않은 탓에 코마리 님께 걱정을 끼쳤죠. 그리고 적의 함정에 빠진 저를 구하러 와 주셔서, 너무나 기뻤습니다."

나는 맥이 빠지고 말았다. 분명 좀 더 위험한 변태 행위를 고백할 줄 알았는데. 나는 내 침대에 걸터앉으면서 "신경 안 써"하고 미소 지었다.

"하지만 왜 말을 안 했어? 사정이 있다면 나에게 말해 주면 좋았을 텐데. 엄청 걱정……, 아니……, 뭐, 갑작스러워서 여러모로 힘들었어."

"그건, 코마리 님의 관심을 끌기 위해서……."

빌은 부끄러운 듯이 그렇게 말했다.

즉 이 녀석은 나에게 질투 같은 것을 원했던 건가. 정말 사악한 작전을 다 하는 메이드다. 그리고 곤란하지만 그 작전은──인정하자, 나에게 꽤 효과가 있었다. 빌이 사라졌을 뿐인데 내

생활은 엉망진창이 되어 버렸다. 아마 그대로 장군으로서 출근했더라면 부하에게 살해당했을지 모른다.

"……곤란한 메이드네. 나 몰래 제멋대로 굴기나 하고."

"벌을 주세요. 코마리 님과 함께 욕실에 들어가서 몸을 구석구석 씻겨드릴게요. 발끝까지 핥듯이—— 아니, 실제로 핥아서 봉사하겠습니다."

"나는 사탕이 아니야! 그런 점도 곤란하다고! 정말이지."

빌에게는 평소의 여유가 없어 보였다.

이번 일은 이 녀석의 정신에 변화를 가져온 걸지도 모른다. 그 증거로—— 그녀는 여전히 석연치 않은 얼굴로 이런 말을 했다.

"저 때문에, 코마리 님이 위험한 일을 당하셨어요."

"그건 늘 있는 일이잖아. 너 때문에 난 매번 죽도록 고생하고 있다고."

"그것도 죄송하게 생각하고 있어요. ……그, 제 존재가, 불편하실까요?"

아연실색했다. 조금 전 먹은 저녁에 이상한 버섯이라도 들어 있었던 게 아닐까.

"코마리 님은 늘 '일하고 싶지 않다'라고 말씀하셨죠. '틀어박혀 있고 싶다'라는 말도 여러 번 들었고요. 하지만 저는 코마리 님을 위한답시고 밖으로 끌어냈어요. 칠홍천의 역할을 다하기 위해서는 필요한 일이라고 생각했으니까요. 하지만…… 그 탓에, 최종적으로는 코마리 님이 다치는 경우가 잦았죠."

빌의 말이 옳았다. 칠홍천 투쟁에서나, 육국 대전에서나, 천무제에서나, 나는 육체적으로 큰 부상을 입었다. 살인귀의 궁극형인 듯한 녀석들에게 매번 엉망으로 당했다.

"제가 없었더라면 코마리 님은 평온한 은둔형 외톨이 생활을 보내고 계셨을 거예요. 다칠 일도 없었을 거예요. 이번 일도…… 코마리 님이 싫으시다면 무리하게 싸우실 필요 없다고 전 생각해요. 제가 코마리 님을 안전한 곳으로 모실 테니까……."

그건 매력적인 제안이었다.

솔직히 나는 지금 뮬나이트 제국에서 무슨 일이 벌어지고 있는지 잘 모르겠다. 그러나 제도로 가면 지독한 일을 겪으리란 건 충분히 알고 있었다. 잘 단련된 육감이 '죽는다'라고 경종을 울리고 있으니까. 현자의 지능을 구사해 생각해보면── 빌과 함께 도망치는 게 훨씬 현명한 선택이었다.

"그리고── 코마리 님의 안전이 보장되면, 저는 사라지려고 해요."

"바보 아냐? 무슨 소리를 하는 거야, 너는."

나는 빌을 똑바로 응시하며 말했다.

제도의 문제는 어떻게 해야 할지 잘 모르겠다.

하지만 이 메이드 소녀가 죄책감에 시달리다 모습을 감추는 것만은 아니라는 생각이 들었다.

"코마리 님, 저는……."

"솔직히, 네가 나에게 강제 노동을 시키려 드는 건 지긋지긋했어. 뭐 새삼 말할 것 없이 평소에도 말하고 있지만. 너 때문에 나는 매번 죽도록 고생한다고."

"윽⋯⋯."

빌의 눈에 눈물이 고였다. 역시 말이 너무 거칠었을지도 모른다. 나는 황급히 그녀의 손을 잡았다. 그리고 그녀와 눈이 마주치지 않게 하면서 조용히 말한다.

"하지만, 네가 있어 준 덕에, 지금의 내가 있어."

"아──."

"칠홍천 투쟁이나 육국 대전이나 천무제나. 빌이 나를 이끌어 준 덕에 소중한 걸 얻었어. 계속 방에만 있었다면, 나는 많은 만남을 잃었을 거야."

"⋯⋯⋯⋯⋯⋯."

"그⋯⋯ 뭐냐. 너는⋯⋯ 나에게 소중한 메이드야. 그러니까 이제, 사라지지 말아줘. 네가 사라지면, 아마 나는 못 버틸 거야. 방도 어지를 거고 아침에 못 일어날 거고 부하가 하극상을 일으킬지 몰라. 글러 먹은 흡혈귀의 글러 먹은 면모를 제대로 보여줄 거라고."

"그, 그건."

"차, 착각하지 마. 이건 딱히 사랑의 고백 같은 게 아니야. 나에게는 메이드가 필요할 뿐이지. 너 대신 다른 사람을 고용하기도 귀찮고⋯⋯. 그러니까⋯⋯ 으음⋯⋯."

나 자신도 무슨 말을 하는 건지 잘 모르겠다.

어째서인지 체온이 상승해 뺨이 뜨거워졌다. 빌의 감격한 듯한 시선에 나는 마침내 성가심을 느꼈다. 그녀에게서 시선을 거두고 벽을 바라보며 중얼거린다.

"……어쨌든. 네가 무사해서 다행이야, 빌."

"코마리 님!"

"와아악?!"

갑자기 메이드가 달려들었다. 순간적으로 벌어진 일이라 저항조차 할 수 없었다.

정신을 차렸을 때는 침대 위에 쓰러져 있었다. 환희에 떠는 듯한 메이드의 얼굴이 바로 앞에 있었다. 그보다 정말 울고 있다. 눈물이 흘러내려 내 입술로 뚝뚝 떨어졌다.

"코마리 님. 끌어안아도 될까요?"

"아니, 이미 끌어안은 셈이잖아! 이봐, 들러붙지 마! 저리 가!"

"이제 안 놓을 거예요. '네가 필요하다'라고 한 건 코마리 님이 시잖아요. 이제부터는 아플 때도 건강할 때나 죽을 때나 코마리 님 곁에 있겠다고 맹세할게요."

"이중적인 의미로 무거워! 이제 알겠어! 알겠다고!"

"지금부터는 메이드로서 일을 잔뜩 가져올게요. 코마리 님이 칠홍천 대장군으로서 활약할 수 있도록 전력을 다해 서포트할 거예요. 왜냐하면 코마리 님이 방금 그러셨죠. 한 글자도 틀리지 않고 외웠어요——. '빌이 나를 이끌어 준 덕에 소중한 걸 얻을 수 있었고 빌이 좋아졌다'라고."

"마지막 말은 한 적 없어!! ——아니, 그게 아니라, 분명 그런 식으로 말하긴 했지만, 앞으로도 일을 많이 달라는 뜻은 결코 아니었어! 오히려 좀 더 휴가를 원할 정도야! 애초에 내 유급 휴가는 어디 간 거야?! 다 알아, 분명 그거지? 해에 반드시 몇 번은 쉬어야 한다는 법이 있었잖아!"

"평범하게 근무하신 날도 유급 휴가로 신청했거든요."

"이거 완전 악덕 아니야!"

버둥거리며 날뛴다. 그러나 메이드의 무게를 벗어날 수 없었다.

갑자기 빌은 일부러 꾸며낸 듯 무표정하게 이런 말을 중얼거렸다.

"실은 저, 코마리 님 피를 마신 적이 없어요."

갑자기 무슨 말을 하는 거지.

"그게 뭐 어쨌다고."

"피를 마셔도 될까요?"

"뭐?"

"유대가 강한 주종은 서로 피를 교환하는 전통이 있다고 하거든요. 물론 코마리 님이 제 피를 마시면 주변 일대가 허허벌판이 될 테니까, 일단 저만 마시겠지만……."

허허벌판이라니 뭐야. 아무리 그래도 그 정도는 아니잖아.

그나저나 흡혈이라. 그런 행위를 내가 당할 줄은 생각조차 못했다. 소설이나 망상 속에서나 가능한 일이라고 생각했는데. ……제길, 왠지 긴장되네. 희대의 현자가 이게 무슨 꼴이야. 싫은지 좋은지를 묻는다면 결코 싫지는 않은데——.

"안 될까요……?"

"아니……, 그게."

"거절당하면 피를 토하며 죽어 버릴 것 같아요."

"와아아아아아아아! 알았어! 좋아! 마음대로 해! 마음대로 하면 되잖아!"

저렇게 필사적으로 간청하면 거절할 수 없다.

빌은 어째서인지 안도한 것처럼 입꼬리를 살짝 올렸다.

"그럼…… 실례하겠습니다."

"그, 그래."

그녀의 얼굴이 서서히 다가온다.

어떻게 된 거지. 고작 피를 빠는 것뿐인데도 심장이 울렁거려 어쩔 수가 없다. 동생 로로는 '좋아하는 사람의 피는 달콤하게 느껴지거든' 같은 말을 했다. 이 녀석은 내 피를 마시고 어떤 감상을 품을까. 케이크와 비교하면 어느 쪽이 더 달까.

그런 식으로 밑도 끝도 없는 생각을 하면서 천장의 얼룩을 응시한다.

눈앞에 있는 소녀의 심장 소리까지 들렸다. 빌도 긴장한 걸지 모른다.

곧 그녀의 입술이 내 목덜미에 닿았고—— 그 순간.

"——코마리 씨! 왠지 다른 손님이 부르는 것 같아요."

팟!! 빌이 빛의 속도로 나에게서 멀어졌다.

사쿠나가 노크도 없이 방문을 열었다. 씻고 나온 것인지 젖은 머리카락과 상기된 뺨 때문에 평소보다 열 배 정도는 예뻐 보였다.

"……? 왜 그래요, 두 분 다?"

"아, 아니. 아무것도 아니야. 그렇지? 빌."

"아차……! 침착하게 생각해보면 메모아 님에게 코마리 님은 제 것이라고 과시할 절호의 기회였는데 왠지 초조해져서 몸을 돌리고 말았네요!!"

너는 그렇게 빠르게 뭘 설명하고 있는 거야.

사쿠나가 "잘은 모르겠지만" 하고 화제를 강제로 바꾼다.

"코마리 씨나 빌헤이즈 씨와 얘기하고 싶은 분이 있다네요. 숙소 1층 휴게실에서 기다리고 있는 것 같아요."

나는 무심코 빌의 얼굴을 바라보았다. 그녀도 당황한 것처럼 고개를 갸웃거리고 있었다.

이 타이밍에 누가 우리를 만나러 올 줄은 상상도 못 한 것이다.

☆

우리를 기다리고 있던 것은 낯선 남성이었다.

다른 사람이 없으니 아마 그일 것이다.

그는 마작용 테이블 앞에 앉아 손가락으로 패를 만지작거리고 있다. 칼날처럼 날카로운 분위기를 가진 사람이었다. 복장은 팔랑팔랑한 천조낙토의 전통 의상. 어딜 어떻게 보나 화혼종이다.

그는 우리를 발견하고 "오" 하는 소리를 내더니 손짓했다.

"미스 건데스블러드. 잘 왔군. 자, 앉아."

"그, 그래……."

나는 순순히 그의 맞은편에 앉았다.

빌이 "조심하세요, 코마리 님. 항간에서 흔히 말하는 변태일지도 모르니까요"라고 말하며 내 왼쪽에 앉는다. 항간에서 흔히 말하는 변태인 너에게 그런 말을 듣긴 싫겠지, 이 사람도.

화혼종 남성은 어째서인지 내 모습을 물끄러미 바라보았다. 기분 나쁘기 짝이 없다. 하지만 난 왠지 모르게 기시감 같은 것을 느꼈다. 이 영리하고 냉철한 분위기──. 그래. 처음 만났을 때, 냉정함을 가장한 카루라와 비슷한 느낌이 든다.

"……도대체 무슨 용건이죠? 이 이상 코마리 님에게 음흉한 눈길을 보내면 눈알에 후추를 뿌려버리겠어요."

"이봐, 실례잖아! 미, 미안. 이 메이드는 조금 폭주하는 기질이 있어서."

"상관없어. 갑자기 부른 것은 내 쪽이니까."

그렇게 말한 그는 시선을 마작패 쪽으로 떨어뜨렸다.

"나는 아마츠 카쿠메이라고 해. 네가 잘 아는 아마츠 카루라의 사촌오빠지."

"뭐……? 카루라가 말했던 오빠……?"

"아마 그럴걸. ……아, 그렇지, 내가 여기 왔다는 사실은 밀리센트 녀석에게 비밀로 하도록 해. 지금 마주쳤다간 살육전이 시작될 가능성이 커."

영문을 모르겠다. 이 사람, 밀리센트에게 무슨 짓을 했나?

"마작이라도 하고 갈까? 실은 동료의 간부 취임 기념으로 마작대회를 하게 되었거든. 지면 돈을 뺏기니까 이 틈에 연습해두고 싶어서 말이야."

"좋네요. 탈의 마작을 하죠. 물론 저와 코마리 님 단둘이서요."

"그런 건 안 해! ──아니, 정말 미안하지만 실은 룰을 잘 몰라서……."

"그래? 나도 잘 몰라."

페이스를 종잡을 수 없는 사람이다.

옆에 있던 빌이 인내심의 한계를 느낀 듯 입을 열었다.

"아마츠 카쿠메이 님. 빨리 용건을 말해 주세요. 그보다 어떻게 우리가 여기에 있다는 걸 안 거죠? 설마 뒤를 밟은 건 아니겠죠."

"내 부하가 뒤를 밟고 있었어."

"스토커세요? 경찰에 신고할 거예요?"

"죽고 싶으면 신고해도 되고. 나는 그래도 아무 상관 없어. 하지만── 이대로 뮬나이트 제국이 멸망하는 꼴을 앉아서 지켜보고 싶지 않다면, 순순히 이야기를 들어 두는 게 현명할걸."

아마츠는 그렇게 말하더니 품에서 마법석을 꺼냈다.

빌이 일어나서 경계했지만 상대에게는 공격할 의도가 없었던 모양이다. 그는 그대로 마법석을 내 쪽으로 내밀었다.

"이건 【전이】의 마법석이야. 현재 뮬나이트 제국에서 공영으로 쓰는 문은 기능이 정지되어 있지만, 조금 전 내 부하가 전장을 뚫고 들어가서 구축해 놓았지. 이걸 쓰면 순식간에 제도로 갈 수 있어."

"저기……, 왜 이걸 나한테……."

아마츠가 코웃음을 친다.

"난 딱히 뮬나이트 제국이 어떻게 되든 상관없어. 하지만 어떤 사람이 부탁해서 말이지──. 확실히 너희가 이런 식으로 '신을 죽이는 사악'에게 패배하는 것은 바람직하지 않아."

"자세히 설명해 주세요. 당신은 어디까지 사정을 아는 거죠?"

"테라코마리 건데스블러드가 움직이지 않으면 많은 희생이 생긴다는 건 알고 있어."

의미를 모르겠다. 그런 무서운 이야기는 듣고 싶지도 않다.

"……왜 내가 움직여야 하는데? 하지만 나는——."

"그렇다면 너는 왜 여기에 있지? 제도로 갈 기회를 엿보고 있었던 거 아냐?"

"그건……."

그건 나 자신도 모르겠다. 그냥 밀리센트에게 끌려왔을 뿐이다.

앞으로 내가 무엇을 해야 할지는 전혀 생각하지 않았다. 그렇다기보다 생각하기를 머리가 거부하고 있었다. 마음속에 있는 건 '다들 무사했으면 좋겠다'처럼 아무 도움도 안 되는 불안감뿐.

그러자 아마츠가 어이가 없다는 듯 한숨을 내쉬었다. 왠지 그 행동이 카루라와 비슷해 보였다.

"그 모습을 보아 아직 각오가 안 된 것 같군. 뭐……, 좋아. 머지않아 알게 되겠지. 네가 나서지 않으면 세상은 즉시 멸망할 거야. 내가 할 말이 아닐 수도 있지만."

"아마츠 카쿠메이 님. 코마리 님께 그런 식의 강요는——."

"알아. 결국 본인에게 의지가 없으면 아무 소용없지. ——그래, 하나 더 건네줄 게 있지. 나중에 읽어봐."

이번에는 봉투 같은 것을 넘겨받았다.

발신인도 수신인도 적혀 있지 않다. 일단 훑어나 볼까——.

Illustrations copyright © riichu

그렇게 생각하고 봉투를 찢으려 했을 때, 갑자기 아마츠가 나른한 듯 일어서며 말했다.

"──자, 너무 오래 있다가는 밀리센트에게 들키겠어. 나는 이만 가볼게."

그는 그대로 우리 곁을 떠나려 했다. 나는 진짜 보내줘야 할지 망설이면서 기모노 차림의 등을 바라보고 있었다. 그는 여관 문 근처에서 "그러고 보니" 하고 뭔가 떠오른 듯 뒤를 돌아봤다.

"카루라 녀석을 도와줘서 고마워. 친척을 대표해서 감사할게."

그다지 감사함을 느낄 수 없는 냉철한 표정이었다.

아마츠는 그 이상 아무 말도 하지 않고 밤의 거리로 뛰쳐나갔다.

빌이 뺨을 부풀리며 "뭐죠, 저 남자는" 하고 불평을 늘어두기 시작했다.

"갑자기 나타나서 잘난 척 설교나 하고 변변한 설명도 없이 가 버리다니. 예의가 덜 되어 있네요. 아이스크림 하나라도 사 올 법한데 말이죠. 그보다 애초에 코마리 님 피를 못 마시게 방해한 것부터 용서할 수 없어요."

"아이스크림보다 따뜻한 걸 먹고 싶었는데……. 아니, 그건 아무래도 됐고. 받은 편지?를 읽어 보지 않을래?"

"그러니까 나중에 마셔도 될까요? 아니, 지금 마셔도 될까요?"

"음─, 역시 편지 같네. 한 장밖에 안 들어 있지만."

"코마리 님, 듣고 계세요? 코마리 님──."

도대체 누구지? ──아무렇지 않은 듯 세 번 접혀 있던 종이를 펼친 순간.

뭔가가 심장을 도려낸 듯한 심정을 느꼈다.

심장이 마구 뛴다. 땀이 흘러내린다. 그곳에는 짧은 문장이 적혀 있었다.

아무 특색도 없는 메시지다——. 하지만 그 둥글면서도 강렬한 필적은 낯설지 않았다. 잘못 봤을 리 없다.

[코마리에게

　　　뮬나이트를 잘 부탁할게. 세계는 네 가슴속에.

　　　　　　　　　　　　　　　　　　엄마]

"——코마리 님? 어디 가세요?!"

나는 안절부절못하며 달리고 있었다. 글자에는 희미한 마력이 담겨 있었다. 그건 내 앞에서 사라져 버린 사람——, 엄마의 마력이 틀림없었다.

문을 부술 듯한 기세로 뛰쳐나온다. 휘몰아치는 차가운 바람이 몸에 스며들었다.

아마츠는 대체 어디 있는 걸까. 달려서 쫓아가면 잡을 수 있을까.

어떻게든 자세한 이야기를 들어야 한다——. 그렇게 생각하고 있을 때였다.

문득 거리 안쪽이 붉게 빛나고 있다는 걸 알아차렸다.

뭔가가 파괴되는 듯한 소리도 들린다. 그리고 사람들이 화내는 듯한 소리도 들린다. 고농도 마력이 여기까지 흘러들었다. 누군가가 마법으로 파괴 행위를 저지르고 있는 게 분명했다.

"이봐, 테라코마리! 성기사단 녀석들이 쫓아왔어!"

여관에서 밀리센트와 빌과 사쿠나가 뛰쳐나왔다.

나는 아연실색하고 말았다. 성기사단──, 즉 트리폰이 보낸 추격자겠지.

벌써 이런 곳까지 온 것이다.

"어, 어떻게 하면 좋지?! 도망쳐야만……. 아니, 하지만 아마츠가……."

"아무래도 코마리 님을 찾으며 사람들을 죽이고 다니는 것 같네요." 빌이 쌍안경을 들고 중얼거렸다. "그야말로 폭도입니다. 놈들은 신의 이름을 사칭해 안하무인으로 행동하고 있어요."

그때였다. 이번에는 뒤에서 노성이 들렸다.

"테라코마리 건데스블러드! 움직이지 마!"

갑주를 입은 병사들이 줄줄이 모습을 드러냈다.

놈들은 살벌한 살의를 불태우면서 천천히 다가온다. 그 수는 얼핏 봐도 50명은 넘겠지. 순간적으로 도망치려고 반대쪽을 돌아본 순간──, 다른 기사단 사람들이 이쪽을 향해 달려오는 게 보였다.

협공이다. 나는 이제 틀렸다고 생각하며 사쿠나 뒤에 숨었다.

밀리센트가 험악한 표정을 지으며 우리 앞으로 나온다.

"무슨 생각이야? 이렇게 거창하게 몰려들다니."

"투항해라. 어리석은 흡혈귀들이여."

선두에 서 있던 전류의 남자가 조소하면서 그렇게 말했다.

"테라코마리 건데스블러드가 데려온 뮬나이트 제국군은 우리가 확보했다. 약 500명은 모두 성도에 구금하고 살해했지. 네놈들을 도울 사람은 없어."

"뭐……, 너!"

나는 무심코 사쿠나 뒤에서 뛰쳐나왔다.

제7부대가 잡혀서 살해당했다——. 그런 이야기를 듣고 어떻게 가만히 있겠는가.

"웃기지 마! 지금 당장 제7부대 대원들을 돌려줘!"

"돌려줄 것 같으냐. 이건 트리폰 크로스 단장의 명령이야. 거기다 남 걱정이나 할 때인가? 네놈들은 이미 성기사단에게 포위되어 있어."

아무런 대꾸도 할 수가 없었다.

거리 곳곳에서 비명과 웃음소리가 들려온다. 갑자기 시야의 한편에서 사람이 살해당하는 것이 보였다. 성기사단이 쏜 마법이 흡혈귀들을 관통했다. 넘쳐흐르는 피. 첩첩이 쌓인 시체. 그리고 신의 이름을 외치면서 날뛰는 성도 사람들. 이 세상의 것이라고 볼 수 없는 광경이었다.

"왜……. 왜 이런 짓을 한 거야. 이 거리 사람들은 상관없잖아……."

"이 성채 도시는 뮬나이트 제국 관할하에 있으니, 마땅히 신의 심판을 받아야지."

"무슨……."

"애초에 이 마을은 서곡에 불과해. 앞으로는 뮬나이트 제국의 지방 도시를 공격하게 돼 있거든. 제도도 이미 멸망했고 말이지."

"?!"

이 녀석이 방금 뭐라고 했지? 제도가 멸망했다고——?

그렇게 경악하고 있을 때였다. 상공에서 갑자기 목소리가 들렸다.

[안녕하세요! 전국에 계신 여러분! 육국 신문의 메르카 티아노입니다!!]

깜짝 놀라서 고개를 든다. 어느새 밤하늘에 스크린이 떠 있었다.

또 낯익은 신문 기자——, 창옥의 소녀 메르카 티아노가 안색이 달라져서는 소리치는 모습도 나오고 있었다.

[바로 여러분에게 보고하고 싶은 것이 있습니다! 자, 보세요. 이 참상을! 어딜 보나 온통 파괴되어 있습니다! 믿기지 않겠지만 이곳은 뮬나이트 제국의 제도입니다! 테러리스트 집단 뒤집힌 달과 신성교 녀석들이 날뛰고 있거든요!]

그곳에는 너무나도 변해버린 제도의 모습이 비치고 있었다.

벌어진 입이 다물어지지 않는다. 길가에는 여러 구의 시체가 나뒹굴고 있다. 석조 건물이 질서정연하게 늘어서 있던 아름다운 풍경은 찾아볼 수 없고, 곳곳에 불길이 솟구치거나 건물 잔해가 쌓여 있다. 제도 중앙부, 아르토와 광장에 솟아 있는 시계탑은 중간쯤에서 맥없이 꺾여 무너져 있었다. 뭐가 어떻게 된 건지 모르겠다. 빌이나 밀리센트조차도 눈을 동그랗게 뜨고 그

영상을 바라보고 있었다.

[테러리스트는 제국군을 무찌르고 뮬나이트 궁전을 점거했습니다! 현재 페트로즈 카라마리아 칠홍천 대장군이 고군분투하고 있습니다만, 적은 제도 곳곳에서 끝도 없이 튀어나오고 있어서 대처하지 못하고 있어요! 이대로는 제국이 멸망할 게 분명합니다! 제도에서는 적을 무찌를 영웅을 요구하는 목소리가 커지고 있습니다! 전 세계에 계신 여러분, 이런 폭거를 그냥 둘 수 있을까요?! 아뇨, 그냥 둘 수 없습니다!!]

메르카의 말에는 평소보다 열의가 담겨 있는 듯했다.

마이크 같은 것을 한 손에 들고 필사적으로 제도의 상황을 전하려 하고 있다.

[솔직히 저도 유감을 느끼지 않을 수 없네요! 뮬나이트 제국에 가해진 테러리스트들의 잔인한 행위는 제가 책임지고 전 세계에 보도하도록 하겠습니다! 우선은 궁전 쪽으로——.]

[너 이 자식, 육국 신문 기자구나?! 멋대로 보도하지 마!!]

[뭐……뭐죠, 당신은?! 이러지 마요, 놓으세요! 매스컴에 폭력을 가하는 건 국제법으로 금지되어 있어요——. 근데 이봐, 바보 티오! 쏜살같이 도망쳤겠다! ——잠깐, 그만, 도, 도와주세요! 건데스블러드 각하아아아아아아!!]

스크린의 영상은 도중부터 골목을 달리는 것으로 바뀌었다. 촬영 담당인 고양이 귀 소녀가 도망쳤기 때문이겠지. 도중에 카메라를 내던졌는지 이후로는 계속 더러운 벽만 찍히고 있었다. 잠시 후 영상이 뚝 끊긴다. 마력이 고갈된 걸지도 모른다.

그리고 시야가 겨울 밤하늘로 꽉 찼다.

"시끄러운 기자들이로군. 하지만 이제 제도의 상황을 파악했겠지."

성기사단의 전류가 우쭐거리듯이 말한다.

"천벌은 절대적이다. 뮬나이트 제국은 이대로 멸망의 길을 가게 되겠지."

"웃기지 마. 저건 신을 이용한 뒤집힌 달의 소행이야. 당신들, 자기들이 테러리스트에게 이용당하고 있는 줄도 모르는 거야? 단장 트리폰이라는 녀석도 뒤집힌 달의 일원이야."

"알아. 하지만 크로스 단장은 뒤집힌 달이기 이전에 경건한 신성교도. 그분의 모든 행동은 신의 위광을 퍼뜨리는 것과 이어져 있어."

"잘도 구워삶았군. 그 남자에게 종교적인 열정 같은 게 있을 턱이 없는데."

"이제 됐겠지. ──자, 신의 병사들이여! 이 발칙한 자들을 잡아라!"

성기사단 병사들이 고함을 치며 덤벼든다.

"코마리 님! 제 뒤에 계세요!"──빌이 쿠나이를 들고 다가오는 병사들을 상대했다. 밀리센트나 사쿠나도 각각 무기를 들고 전투를 개시한다. 하지만 중과부적, 이 상황을 벗어나기는 아마추어가 보기에도 힘들어 보였다.

비명. 환호. 노성. 폭음. 도시 곳곳에서 무자비한 행위의 울림이 들린다.

나는 눈앞에서 싸우고 있는 동료들을 바라보며 멍하니 서 있을 수밖에 없었다.

조금 전에 본 영상. 엉망이 된 제도는 악몽 같은 꼴을 하고 있었다. 메르카는 마지막에 내게 도움을 청했다. 아니——, 메르카뿐만이 아니겠지. 그녀가 말한 '제도 사람들이 바라는 영웅'이 누구인지 모를 만큼 나는 바보가 아니다.

하지만 용기가 나지 않았다. 눈앞에서 빌이나 사쿠나, 밀리센트가—— 그리고 제도의 모든 사람들이 상처 입고 있는데, 나는 아직도 은둔형 외톨이의 근성을 발휘하며 주저하고 있다.

대체 나는 어떻게 해야 할까.

아니, 어쩌고 싶은 걸까——.

"으윽……?!"

그때, 사쿠나의 어깻죽지에 적의 검이 꽂히는 것을 목격했다.

그녀의 비명이 울린다. 새빨간 피가 솟구친다.

무심코 그녀 쪽으로 달려가려 했을 때, 갑자기 빌이 내 팔을 잡더니 외쳤다.

"——코마리 님! 이대로는 끝이 안 나겠어요! 비장의 수를 쓰겠습니다."

"비, 비장의 수?! 뭐야, 그게……."

"조금 전에 받은 【전이】 마법석이요. ——메모아 님! 그리고 거기 파란 너! 제 곁으로 와 주세요!"

순식간에 말의 의도를 파악한 듯한 두 사람이 눈앞의 적을 처리하고는 후퇴했다.

빌은 석상처럼 굳은 내 옷에 손을 집어넣더니 아마츠에게 받은【전이】마법석을 꺼냈고, 아무 주저 없이 마력을 담았다.

마음의 준비 따위는 안 돼 있었다.

이대로 성기사단을 방치하면 이 거리 사람들은 더 심한 일을 당하리란 걸 알고 있었다.

녀석들은 제7부대의 광전사보다 야만스러운 녀석들이니까, 화풀이로 마을을 약탈하는 것을 어렵지 않게 상상할 수 있었다. 기사단 녀석들은 쓰러뜨리고 가는 게 좋을 텐데. 아니⋯⋯, 족쇄에 불과한 내가 무슨 생각을 하는 거야. 그건 즉 동료들에게 다칠 것을 강요하는 것이나 다름없었다.

나는 결국 마법석이 빛날 때까지 입도 벙긋하지 못했다.

"빌! 잠까."

"꽉 잡으세요! 자, 제도로 개선합니다――."

갑자기 목덜미를 붙들린다. 사쿠나와 밀리센트가 빌의 몸에 매달렸다. 기사단 녀석들은 우리가 무엇을 하려고 하는지 바로 눈치챘는지 꼭 맹수처럼 절규하며 덤벼들었다.

하지만【전이】의 발동이 조금 더 빨랐다.

주변이 하얀빛으로 감싸였다.

그렇게 나는 각오가 덜 된 채 제도로 전송되었다.

☆

백극 연방 총괄부.

세계 북쪽에 위치한 이 나라는 12월이 되면 몸도 마음도 얼어붙을 듯한 기온이 된다. 비교적 온난한 총괄부조차, 라페리코의 수인(사바나 타입)이 오면 순식간에 동사하겠다 싶을 정도로 춥다.

기본적으로 창옥종은 추위에 대단히 강하다. 단단한 육체는 한기에도 끄덕하지 않는다. 그렇기에 백극 연방 아이들은 바나나로 못을 칠 수 있는 기온이어도 씩씩하게 밖에서 뛰어노는 것이다.

그러나 어떤 일이든 예외라는 것은 존재한다.

육동량 대장군 프로헤리야 스타즈타스키는 창옥으로서 말도 안 될 정도로 추위를 탔다.

계절을 불문하고 방한복을 입는다. 난방 기능이 있는 마법석(속된 말로 '손난로'라 불린다)에서 손을 뗄 수가 없다. 오늘 역시 '추워, 추워, 추워, 추워'를 주문 외우듯 읊으면서 난로 앞에 눌러앉아 있다. 겨울 따위 안 오면 좋을 텐데. 1년이 다 여름이면 좋을 텐데——. 그렇게 푸념하며 의자 위에서 고양이처럼 몸을 말고 있을 때였다.

육국 신문의 기자 메르카가 목숨을 걸고 촬영한 영상이 총괄부에도 전해졌다.

기가 막힐 정도로 반짝반짝한 밤하늘에 펼쳐진 것은, 불타는 제도의 광경.

그리고 프로헤리야는 추위를 잊을 정도의 분노를 느꼈다.

원래 프로헤리야가 싫어하는 것은 불합리한 폭력, 그리고 악의. 그렇기에 뮬나이트 제국을 덮친 비극을 간과할 수 없었던 것이다. 테러리스트는 분명 무관한 사람들까지 끌어들였다.

프로헤리야는 바로 서기장에게 연락했다.

일단은 상사와 부하의 관계이니 멋대로 출동할 수는 없다.

[여보세요. 공산당 서기장입.]

"이봐요, 서기장! 지금 당장 우리 군의 출진을 허가해 주시죠!"

[진정해, 프로헤리야. 밖은 춥다고.]

"추위에 떨고 있을 때가 아닙니다. 테러리스트가 날뛰고 있다고요. 뮬나이트 제국이 멸망하는 건 서기장도 바라지 않겠죠."

서기장은 쓴웃음을 짓고 있었다. 그 느긋한 태도가 프로헤리야의 분노의 불에 기름을 붓는다.

[도우러 갈 의무가 있나?]

"의무 이야기가 아닙니다. 뒤집힌 달은 백극 연방의 적이기도 합니다. 놈들이 제도에 모습을 드러냈다면, 이 기회를 놓칠 수는 없습니다."

[그러나 뮬나이트 제국은 우방국이 아니야.]

"우방국인지 아닌지는 상관없어요! 애초에 먼저 손을 내밀지 않으면 친구가 될 수 없습니다! 이러니까 백극 연방이 외톨이 국가인 거예요!"

[좀 더 머리를 식히고 생각해 봐. 뮬나이트 제국과 우호 관계를 맺는다고 치고, 예상할 수 있는 이득과 손실은——.]

"아아아아아아아아아아아아아답답해!!"

프로헤리야가 통신용 광석을 난로 속에 내던——지려고 한 시점에서 [잠깐, 잠깐 광석 던지지 마]라고 간파한 듯한 목소리가 울렸다.

심호흡한다. 거친 목소리를 내는 건 숙녀의 신념에 반한다.

"──실례. 하지만 저는 지금 서기장에게 분노해 있습니다."

[너의 그런 솔직한 점은 호감이 가는군. ──그래, 당 서기장의 이름으로 프로헤리야 스타즈타스키 장군이 제도에 가는 것을 허가하도록 하지.]

"그럼 다녀오겠습니다."

[잠깐 기다려.]

매사에 시끄러운 남자다.

프로헤리야는 나갈 준비를 하면서 "뭔가요"라고 묻는다.

[제도로 가는 건 별 상관없지만 【전이】는 못 써. 재상의 권한으로 문을 봉쇄했거든.]

"상관없습니다. 날아갈게요."

[그리고 제도를 습격한 테러리스트 중에 트리폰 크로스라는 남자가 있다. 이 녀석은 원래 나의 정적이었던 남자야. 물체를 순간 이동시키는 이능을 쓰니까 조심해라.]

"알겠습니다."

[그리고 또.]

"뭐가 또 있습니까!"

코트도 입었다. 무기도 지갑도 휴대 식량(액상푸딩)도 챙겼다. 준비는 완벽하다. 이제 부하들에게 연락만 하면 된다. 서기장은 잠깐 생각하고 나서 [아무것도 아냐]라고 중얼거렸다.

[감기 걸리지 마.]

"걱정해 주셔서 감사하군요. 그러나 강자는 감기에 걸리지 않습니다."

[그거 바보랑 착각한 거——.]

통화를 끊었다. 프로헤리야는 서둘러 방을 뛰쳐나간다.

밖은 춥지만 상관없다. 뒤집힌 달 녀석들은 최근 백극 연방에서도 활동하고 있다고 들었다. 제도의 참상을 방치하면, 다음 표적은 총괄부일 가능성이 컸다.

게다가—— 뮬나이트 제국이 멸망해 버리면 테라코마리 건데스 블러드와 엔터테인먼트 전쟁을 할 수 없게 되지 않나. '진 쪽은 이긴 쪽의 요구에 응하도록 한다'라는 조건을 걸고, 흰 곰 인형을 되찾을 수도 없게 되지 않나.

☆

뮬나이트 제국 제도, 뮬나이트 궁전.

알현실에서 트리폰 크로스는 조용히 멸망의 때를 기다리고 있었다.

옥좌에 황제의 모습은 없다. '신을 죽이는 사악'이 부린 책략으로 추방되고 말았다. 자세히 듣지는 못했지만, 어떠한 소도구를 이용해 기습했다나 보다.

제도는 거의 뒤집힌 달의 손아귀에 들어온 것이나 다름없었다.

이번에는 아가씨의 허가를 얻어 뒤집힌 달의 전 세력을 제도에 집결시켰다.

그 수만 대략 5천 명. 아무리 뮬나이트 제국 장군이 정예라고 해도, 이만한 폭도를 전부 처리하는 것은 물리적으로 불가능할 것이다. 실제로 이미 제도 방어를 맡고 있던 칠홍천은 거의 죽었고, 제국군도 그 기능이 멎어버렸다.

"──곧 끝나겠군요! 마핵만 찾아내면 우리 승리입니다."

후야오 메테오라이트가 여우 꼬리를 흔들면서 미소 짓고 있었다.

제도 습격은 거의 후야오의 지시로 이뤄졌다. 역시 이 소녀를 삭월로 발탁한 '신을 죽이는 사악'의 혜안은 보통이 아니라고 트리폰은 생각한다.

"그나저나 마핵은 어디 있는 걸까요. 전에 오디론 메탈이 한 보고에 따르면 제국 재상도 몰랐다는 것 같던데요."

"그건 아가씨가 어떻게든 하겠다고 하셨습니다. 믿고 기다리도록 하죠."

"그래, 그렇군요. 그나저나 '신을 죽이는 사악'은 대체 누구인가요? 생긴 건 평범한 흡혈귀 같은데……."

"아마 당신과 동류입니다. 눈치채지 못했을 수도 있지만."

"??"

후야오는 잘 모르겠다는 눈치였다. 알 필요도 없겠지.

트리폰은 품에 든 바늘을 만지작거리면서 생각한다.

지금은 '신을 죽이는 사악'의 정체 따위는 딱히 중요하지 않다.

중요한 건 뮬나이트 제국을 가로챈 후. 마핵을 얻고 아가씨를 황제로 삼은 뒤, 어떻게 혁명을 세계에 파급시켜 나가느냐 하는 것이었다.

뽀옹!

뭔가가 바뀌는 느낌이 났다.

"——따분하군. 더 할 일도 없겠지?"

"이제 아가씨가 황제로 즉위하면 끝입니다. 테라코마리 건데스블러드는 오지 않을지도 모르겠군요. 제도의【전이】용 문은 모두 닫아 두었으니까요."

"흥……, 그건 재미없는걸."

후야오가 발길을 돌렸다. 트리폰은 아무렇지 않게 묻는다.

"어디 가려고요."

"산책이다."

후야오는 그 말만 남기고 떠나갔다.

그 여우가 할 일은 이미 끝났다. 너그럽게 봐주기로 하자.

그때였다. 후야오와 엇갈리는 식으로 창옥의 남자가 뛰어 들어왔다. 트리폰의 직속 부하다.

"——크로스 님! 급보입니다!"

그는 그 자리에서 한쪽 무릎을 꿇더니 공손하면서도 빠르게 말했다.

"조금 전 파수가 테라코마리 건데스블러드 일행의【전이】를 확인했습니다."

무심코 신음해버렸다. 제도는 봉쇄되어 있을 텐데.

그보다 그 흡혈귀는 아직도 절망하지 않았나.

"어떻게 제도에 들어왔는지는 불명이지만, 아마 핵 영역의 성기사단이 그녀들을 놓친 듯합니다. 어떻게 할까요."

"뻔하죠."

트리폰은 미소조차 띠지 않고 담담하게 말했다.

"페트로즈 카라마리아를 상대하고 있는 부대를 제외하고 전군을 보내 주세요. ——아아, 이렇게 되면 상관없겠군요. 【전이】의 문은 열어두기로 합시다. 성기사단 쪽에도 연락해 두세요."

※

마법석의 도움으로 우리는 그대로 제도로 이동하게 되었다.

아마 어딘가의 뒷골목이겠지. 그러나 【전이】가 끝나자마자 나는 이상한 분위기를 느끼고야 말았다. 곳곳에서 피 냄새가 난다.

"마음의 소리가 들려요. 괴로워하는 사람들의 마음의 소리가——."

사쿠나가 회복 마법으로 자기 상처를 치료하면서 말했다. 황급히 "괜찮아?!"라고 묻자, 그녀는 웃으며 "괜찮아요"라고 대답했다. 역시 회복 마법의 명수라고 해야 하나, 상처는 잠깐 사이에 깔끔하게 아물었다.

"저보다도…… 얼른 제도를 어떻게든 해야……."

"그, 그래……."

뒷골목에서 고개를 내밀고 거리의 상황을 관찰해본다.

메르카가 보여준 것과 전혀 다른 점이 없었다. 잔해더미. 나뒹구는 시체. 타오르는 건축물——. 악몽이 아닐까 싶은 광경이었다. 대체 뒤집힌 달 녀석들은 무슨 생각으로 이런 짓을 한 거지. 이렇게 남을 상처입히면서까지 얻고 싶은 게 대체 뭐지.

"테라코마리! 물러나!"

"응? ——끄엑."

갑자기 밀리센트가 옷을 잡아당겼다.

그때였다. 눈앞의 길을 제복 차림의 흡혈귀들이 지나갔다. 어찌 봐도 일반 시민이 아니라—— 테러리스트 쪽 사람이었다. 그들은 피에 젖은 검을 들고 웃으면서 지나간다. 살벌하다는 말의 화신 같은 무리였다. 빌이 목소리를 죽이고 중얼거린다.

"이거 큰일이네요. 저런 놈들이 당당하게 활보하고 있는 것으로 보아 제국군이 이미 제 기능을 못하고 있다는 거겠죠."

"녀석들은 생존자가 없는지 돌아보고 있는 거야. 그리고 찾으면 죽이는 거지."

"뭐——." 나는 경악하며 눈을 크게 떴다. "그게 뭐야……. 칠홍천 전원이 졌다는 게 사실이야……? 프레테도 헬데우스도…… 페트로즈도…… "

"제국군이 움직이고 있다면 테러리스트를 그냥 둘 이유가 없을 텐데요. 실제로 거리가 이만큼 파괴되었고요. 게다가 뮬나이트 궁전은 이미 점거당한 것 같네요."

빌이 가리키는 쪽에는 뮬나이트 궁전이—— 없었다.

정확히 말하자면 내가 아는 뮬나이트 궁전이 아니었다. 동쪽 절반이 도려낸 것처럼 사라지고 없다. 또 첨탑 꼭대기에는 낯선 깃발이 펄럭이고 있었다.

비스듬한 십자가에 빛의 화살이 꽂힌 듯한 모양. 신성교 엠블럼이다.

그 절망적인 광경은, 뮬나이트 제국의 패배를 여실히 대변하고 있었다.

나는 쩔쩔매다가 뒷골목을 뛰쳐나왔다. 빌이 당황한 모습으로 "위험해요, 코마리 님!" 하고 불러 세운다.

이 참상은 제도의 일부에 불과하다──다른 구역으로 가면 분명 평온한 일상이 펼쳐지고 있을 것이다──. 그런 현실 도피 같은 희망을 품으면서 달린다.

그러나 아무리 가도 제도는 황폐하기 짝이 없다. 멀리서 간헐적으로 폭발이 발생했다. 이렇게 파괴해 놓고도 전투를 이어가고 있는 듯하다.

문득 진한 피 냄새를 느꼈다.

걸음을 멈춘다. 작은 교회가 눈에 들어온다. 아무 특색도 없는 신성교 교회. 하지만 왠지 벽은 구멍투성이에, 꼭 여러 번 마법을 날린 것처럼 엉망이었다.

그 교회 앞에 많은 사람이 쓰러져 있는 것을 발견했다.

불길한 예감을 느꼈다.

그 녀석은 내가 빌을 잃고 무기력해 있을 때도 빠짐없이 교회에 다니고 있었던 모양이다. 애초에 제도에 있는 시점에서 안전한 곳은 없었겠지만──.

"──윽?!"

포개어진 사람들 속에서 금발 소녀를 발견했다.

나는 절망적인 기분을 느끼며 달려갔다.

내 동생——로로코 건데스블러드는, 머리에서 피를 흘리며 땅에 쓰러져 있었다. 숨은 아직 붙어 있다. 그러나 이대로 두면 숨이 끊어지는 건 시간문제일 듯했다.

"이봐, 로로! 정신 차려! 무슨 일이 있었던 거야?!"

"——, ——코마 언니?"

그녀는 갈라진 목소리를 냈다.

의식을 되찾은 건—— 아닐지도 모른다. 꼭 꿈이라도 꾸는 듯 공허한 눈으로 나를 올려다본다. 나는 울상이 되어 그녀의 얼굴을 살폈다.

"괜찮아? 아, 아니. 안 괜찮겠지. 대체 어떡해야……."

"아파. 아프다고."

로로가 잠꼬대처럼 말한다.

자세히 보니 어깻죽지에 날붙이에 베인 듯한 상처가 남아 있었다. 이런 상처를 입으면 아픈 게 당연하다. 로로는 계속 이곳에서 지옥 같은 괴로움에 시달려 온 것이다. 그녀의 마음을 생각하면 눈물이 끊임없이 흘러나왔다.

"코마리 님! 대체 왜 그러세요——."

달려온 빌이 참상을 목격하고는 숨을 집어삼켰다. 사쿠나와 밀리센트도 얼굴을 찡그리며 걸음을 멈추었다. 그리고 나는 순간적으로 외쳤다.

"사쿠나! 회복 마법을……."

"네, 네! 마핵, 마핵이여——."

사쿠나의 반짝반짝한 마력이 로로의 몸을 감싼다. 그 덕에 조금 통증이 누그러든 걸지도 모른다. 그녀가 천천히 입을 열었다.

"……교회에 있었는데, 제복을 입은 사람들이, 덮쳐들었어."

밀리센트가 이를 간다.

사쿠나가 눈물을 흘리면서 계속 마법을 쏟아부었다.

"여기라면 안전하다고 했는데……. 그 녀석들은 피난한 사람들을 죽여 나갔어……. 게다가…… 여기 신부님까지. 아끼던 양복이 피투성이야……."

지나친 소행에 나는 아연실색했다. 녀석들은 겉으로는 신성교를 표방하고 있을 텐데. 그럼에도 불구하고 교회로 도망친 일반인까지도 습격한 모양이다.

주변에는 시체가 나뒹굴고 있다. 신에게 기도한들 그들은 구원받을 수 없었다.

이런 부조리한 일이 있어서야 되겠는가.

"……코마 언니."

로로가 괴로운 듯 헐떡이면서 말을 이었다.

나는 소매로 눈물을 닦으면서 그녀의 창백한 얼굴을 바라보았다.

"뭐야. 말하지 마. 아프잖아……."

"코마 언니. 일해 줘."

허를 찔린 듯한 심정이다.

"일……? 무슨 소리야……?"

"칠홍천이잖아. 도와줘……, 모두를……."

"윽……!!"

정신이 어떻게든 되어 버릴 것 같았다.

칠홍천 대장군에게는 나라를 지킬 의무가 있다. 제도가 이만한 위기에 처했는데 묵묵히 지켜보는 게 용납될 리 없었다. 나는 본래라면 방에 틀어박혀 있어서는 안 된다.

하지만—— 황제는 없다. 다른 칠홍천도 없다. 제도는 괴멸 상태. 국가의 존망이 걸린 이 상황에서 분투할 수 있을 만큼 나는 용감한 인간이 아니었다.

트리폰은 '얌전히 방에 틀어박혀 있으면 고통에서 해방될 겁니다'라고 말했다. 빌은 '싫으면 무리하게 싸울 필요 없다'라고 말했다. 하지만 아마츠는 '네가 나서지 않으면 세상은 즉시 멸망할 거야'라고 말했다. 밀리센트도 비슷한 말을 하고 있었다. 이 건방진 동생조차 '모두를 구해달라'라고 호소해 왔다.

나에게 어떠한 힘이 잠들어 있다는 건 알고 있었다.

하지만 성도에서 아마 그 힘을 발동했을 때, 정신을 차리고 보니 결국 트리폰에게 잡혀 있지 않았던가. 나처럼 글러 먹은 흡혈귀가 무엇을 할 수 있다고——.

문득 신음 같은 게 들려왔다.

아무래도 다른 생존자가 있었던 모양이다. 그들은 내 모습을 발견하고는 "건데스블러드 각하……!" 하고 구세주라도 본 것처럼 표정을 빛냈다.

"각하……! 뭄나이트를 구해주세요."

"건데스블러드 님이 와 주셨어. 이제 안심이야……."

"부탁드립니다. 각하, 뮬나이트 제국을……."

기도의 목소리가 잔물결처럼 퍼져 갔다.

대체 어디에 몸을 숨기고 있었는지──, 어느새 많은 흡혈귀들이 모여들었다. 그들은 하나같이 "구해주세요, 구해주세요"라고 영창하기 시작한다.

나는 몸이 떨리는 것을 자각했다.

그만해. 그런 말을 들어도 허세조차 부릴 수 없다고. 적이 모여들면 어떡하지. 애초에 나에게 뒤집힌 달을 쓰러뜨릴 만한 힘은 없다. 책임을 질 수 없다. 그 기대는 빗나갔다. 응해줄 수 없다──.

그때였다.

"──코마리 님. 돌아가죠."

빌이 나의 어깨에 손을 얹으며 다정하게 말했다.

믿기지 않는 심정으로 그녀의 얼굴을 바라본다.

"무리할 필요 없습니다. 이번 적은 【고홍의 애도】를 사용해도 이길 수 있을지 없을지 알 수 없는 괴물이에요. 코마리 님이 제국을 위해 몸이나 마음을 혹사할 필요는 없어요."

"이봐, 빌헤이즈! 이 녀석이 나서지 않으면 뒤집힌 달은 쓰러뜨릴 수 없어!"

"조용히 하세요, 밀리센트 블루나이트. 열핵해방이란 마음의 힘. 코마리 님에게 의욕이 없다면 【고홍의 애도】를 올바르게 발동할 수 없잖아요."

"윽──, 테라코마리! 너 상황을 아는 거야? 이대로라면 제국은——."

"밀리센트 씨! 그렇게 강압적으로 말해도 소용없어요!"

"강압적으로 말하지 않으면, 이 녀석은 은둔형 외톨이로 퇴보하잖아!"

"아니, 당신은 코마리 씨를 방에 틀어박히게 한 장본인이잖아요……."

사쿠나와 밀리센트가 밀고 당기면서 언쟁을 벌이고 있었다.

빌은 그런 모습에도 아랑곳하지 않고 내 귓가에 속삭였다.

"코마리 님이 다치는 걸 두고 볼 수 없습니다. 함께 이곳을 떠나시죠."

"앞으로 어떻게 하게. 뮬나이트는 이런 상태인데."

"갈 곳이라면 얼마든지 있어요. 세상은 넓으니까요."

"하지만……."

빌은 살짝 미소 지었다.

그녀의 그녀답지 않은 배려가 마음에 스며들었다. 늘 이 녀석은 변태 메이드였다. 나를 방에서 끌어내어 강제로 노동시켰다.

그렇지만—— 결국 이 녀석은 나의 기분을 진심으로 존중해 주고 있었겠지.

그렇기에 이런 말을 할 수 있는 것이다.

"——코마리 님, 일하느라 수고하셨습니다."

세상이 뒤집히는 듯한 충격이었다.

그건 그녀의 다정함에서 비롯된 말임이 분명했다. 그러나 어째서인지 맹독을 들이켠 듯한 찝찝함을 느끼고 말았다.

내가 타고난 은둔형 외톨이에 글러 먹은 흡혈귀라는 점은 의심할 여지가 없다.

하지만, 이 녀석이 이끌어 주었기에 지금의 내가 있다.

밀리센트를 쓰러뜨리고, 사쿠나와 친구가 되고, 네리아와 피를 나누고, 카루라와 꿈을 이야기하고—— 겨우 나름대로 괜찮은 '반쪽짜리 은둔형 외톨이'로 승격했다.

빌은 더없이 다정한 아이다.

이 녀석의 다정함에 보답할 방법은, 결코 순순히 방에 틀어박히는 것이 아니다.

여기서 일을 놓아버리면, 나는 빌을 만나기 전의 글러 먹은 흡혈귀로 돌아가 버리겠지. 아니, 지금도 충분히 글러 먹었지만, 손 쓸 도리가 없는 은둔형 외톨이가 되고 말 것이다. 그건 지금까지 이 녀석과 함께한 나날을 부정하는 것이나 다름없다.

나는 문득 주변을 둘러보았다.

흡혈귀들은 나를 신이라도 보는 듯한 눈으로 바라보고 있다.

참 나, 나는 그렇게 대단한 사람이 아닌데. 뭘 착각하는 거지, 이 사람들은.

"……고통 따위, 무섭지 않아."

나는 눈물을 닦으며 빌의 표정을 응시했다.

그녀는 놀란 듯이 눈을 동그랗게 뜨고 있었다.

"빌이 사라지고 나서 깨달았어. 아마 나는, 장군으로서의 일이 나름대로 즐거웠던 거야. 물론 위험한 꼴을 당하기는 싫지만, 쉬기도 하고 싶지만, 네 덕분에 다양한 사람들을 만났어. 나는 네 덕분에 성장했다고."

"코마리 님……."

"나는 너의 다정함에 보답하고 싶어. 그러니까…… 이런 데서 틀어박힐 수는 없어. 게다가, 뮬나이트 사람들을 상처 입힌 바보들도 용서할 수 없어. 이대로 두면 오므라이스를 안심하고 먹을 수도 없을 테니까……."

빌은 내 눈동자를 똑바로 응시했다.

그것만으로도 내가 무슨 생각을 하는지 이해한 것 같다. 역시 이 메이드는 폼으로 변태 메이드 노릇을 하는 게 아니다. 나에 대해서는 뭐든지 아는 것이다――. 잠시 그녀는 가만히 멈춰서 뭔가를 되새기고 있었지만, 곧 "알겠습니다"라고 중얼거리고는 고개를 깊게 조아렸다.

"코마리 님이 그렇게 말씀하신다면. 어디까지고 따르겠습니다."

"……고마워."

각오는 됐다. ……아니, 솔직히 말하자면 무섭다. 무릎이 떨려서 못 견디겠다. 앞으로 맛보게 될 고통을 생각하면 다리가 땅에 박힌 것처럼 무거워진다.

하지만 칠홍천 테라코마리 건데스블러드가 취해야 할 선택지는 이것뿐이었다.

뮬나이트 제국을 위한 것이 아니다.

나에게 다정하게 대해 주는 사람들을 위해――, 무엇보다 빌을 위해, 내일 먹을 오므라이스를 위해, 나는 죽음을 각오하고 서라도 노력할 수밖에 없다.

그렇게 생각하고 뮬나이트 궁전으로 시선을 돌렸을 때였다.

골목 안쪽에서 군대가 우르르 몰려오는 것을 발견하고 말았다.

"크, 큰일이에요! 뒤집힌 달의 군세가 오고 있어요!"

사쿠나가 말하기에 앞서 밀리센트가 【마탄】을 발사했다. 그러나 아쉽게도 수가 너무 많았다. 녀석들은 동료가 몇 명 쓰러지더라도 아랑곳하지 않고, 공기를 뒤흔드는 듯한 절규를 내지르며 우리 쪽으로 돌진해 왔다.

"칫……. 일단 후퇴하자! 역시 저만한 인원 상대로 네 명은 부족해!"

"잠시만요. 반대편에는 성기사단 기사들도 보이는데요."

"뭐?! 왜 그 녀석들이──."

돌아보니 반대쪽 골목에서 갑옷을 입은 사람들이 잇달아 【전이】하고 있었다.

우리가 모르는 사이 문이 복구된 것 같다. 그것도 당연한 걸지 모른다. 뮬나이트 궁전이 점거당한 지금, 제국의 교통 기능은 적이 자유롭게 조작할 수 있었다.

"죽어라, 테라코마리 건데스블러드──────!!"

전방에 성기사단. 후방에 뒤집힌 달의 군세.

절체절명이라고 표현할 수밖에 없었다. 인정사정없이 발사된 마법이 바로 옆에 떨어졌고 폭풍이 휘몰아친다. 나는 비명을 지르면서 날아갔다. 돌바닥에 데굴데굴 구르다가 쓰러져 엎어진다. 뒤쪽에서 빌이 "코마리 님!" 하고 비통한 목소리로 외쳤다.

아파. 눈물이 난다. 무릎이 까졌을지도 모른다.

하지만 이깟 일에 굴복할 수는 없었다. 지금까지 휘말리기만 했지만 이번만은 다르다. 나는 모두를 위해서 싸우겠다고 스스로 결정했으니까——.

갑자기 무시무시한 살기가 살을 찌른다.

나는 퍼뜩 놀라서 얼굴을 든다.

"지옥에나 떨어져라."

어느새 성기사단이 눈앞에서 검을 치켜들고 있었다.

자세가 무너져버린 나는 속수무책으로 눈앞의 광경을 바라보고 있었다.

주마등은 없었던 것 같다. 그저 테러리스트를 향한 분노만이 몸속에서 휘몰아치고 있었다.

"도망쳐, 테라코마리!!"——밀리센트가 소리친다. 사쿠나나 빌의 비명도 들린다.

무섭다. 도망치고 싶다. 하지만 다리가 움직이지 않는다. 하지만 떨 수도 없다.

이런 녀석들에게 마음으로 질 수는 없었다. 설령 여기서 목숨을 잃더라도, 몇 번이고 일어나 테러리스트들을 뮬나이트에서 몰아낼 것이다.

그런 불퇴(不退)의 결의를 품으면서 내려오는 검을 바라보고 있었을 때——.

갑자기 분홍색의 선풍이 휘몰아쳤다.

"어? ——."

누가 의아해하는 소리를 냈는지도 모르겠다.

어느새 눈앞에 있는 병사의 어깻죽지가 찢어져 새빨간 피가 터져 나왔다. 몸에서 덜컥 힘이 풀려서——. 그대로 지면에 풀썩 쓰러진다.

"【진류의 검화】."

그리고 나는 믿기지 않는 광경을 보았다.

내 눈앞에 소녀가 서 있었다. 분홍빛 투 사이드 업 헤어를 나부끼면서 내게서 등을 돌리고 있다. 두 손에 쥔 것은 스승에게 물려받은 쌍검. 아름다운 분홍빛 마력을 몸에 두른 채 달빛 아래 서 있는 모습은 그야말로 '월도희(月挑姬)'라는 이명에 걸맞았다.

그녀가 돌아보자, 빛나는 듯한 미소가 내 마음을 밝게 비추었다.

"——코마리. 무사해서 다행이야."

알카의 대통령이자 나의 맹우인 네리아 커닝엄이다.

나는 멍하니 그녀의 붉은 눈동자를 바라보고 있었다.

왜 이 녀석이 여기 있는 거지. 그도 그럴 게 여긴 뮬나이트 제국이라고. 알카의 핵 영역도 아닌데——. 당황해서 뇌가 얼어붙어 있었을 때, 이번에는 머리 위에서 열기를 느꼈다.

놀라서 위를 올려다본다. 어느새 제도의 하늘에 【전이】용 문이 열려 있었다.

그곳에서 등장한 것은 수많은 전류다. 그들은 우렁찬 함성을 지르며 뮬나이트 제국 제도에 내려섰고, 그 즉시 무기를 들고 성기사단 쪽으로 달려들었다.

나는 내가 구사일생으로 살았다는 것도 잊고 눈앞에서 펼쳐지는 전투를 바라보고 있었다.

"왜, 왜 이런……."

"——흥. 넋을 놓고 있을 때가 아니야, 테라코마리 건데스블러드."

어느새 바로 옆에 도마뱀 얼굴의 전류가 서 있었다.

파스칼 레인즈워스. 과거 네리아에게 지독한 짓을 한 남자였다.

"빨리 일어나. 이 정도의 송사리들에게 애를 먹어서야 네놈 손에 죽은 내가 창피하잖아. 난 황금 평원에서 패배를 맛본 그날부터 수련을 거듭하여——."

"오라버니! 가만히 있지 말고 싸워 주세요! 적은 바로 저기 있어요!"

"말 안 해도 알아!"

레인즈워스는 여동생——게르트루드의 부름을 받고 적병 쪽으로 달려갔다.

꿈이라도 꾸는 듯했다. 과거에는 나와 칼을 맞댔던 전류들이 싸워주고 있다——. 그것도 뮬나이트 제국을 위해서. 어느새 옆에 있던 빌이 "살았네요……"라고 영혼이 나간 것처럼 중얼거리고 있었다.

"——코마리, 슬슬 정신 차려야지? 싸움은 아직 끝나지 않았어."

갑자기 분홍빛 소녀가 미소 지었다. 그 말을 듣고 나는 현실로 돌아왔다.

"네리아! 왜 여기에 있는 거야……."

"물론 도우러 왔지." 아무것도 아니라는 듯 그녀는 말했다. "네가 위기에 처했다는 건 알고 있었어. 테러리스트와 신성교가 손을 잡고 뮬나이트를 멸망시키려고 한다──. 이런 바보 같은 짓을 어떻게 묵묵히 두고만 보겠어."

"그래도! 그래도……."

"뭐야, 왜 그렇게 울상인데. 친구를 돕는 건 당연한 일이야."

"그래도! 이곳에선, 알카의 마핵이 효과를 발휘하지 않거든……?!"

네리아는 "아아, 그런 말이구나" 하고 더욱 밝게 웃었다.

"마핵의 유무 따위 상관없어. 게다가 그들도 신경 쓰지 않는 것 같은데? 다들 코마리를 위해 싸우고 싶다고 했어. 왜냐하면 너는…… 알카를 구해 준 은인인걸."

전류들은 소리를 지르며 검을 휘두르고 있었다.

"뮬나이트를 구해라!" "건데스블러드 장군에게 가세해라!" "괘 씸한 테러리스트는 베어주마!" "알카의 힘을 맛봐라!" ──이미 말랐다고 생각했는데, 눈물이 다시 뚝뚝 흘러넘쳤다. 이렇게 기쁜 일이 또 있을까.

"저기, 네리아……."

"응? 왜 그래──. 어?"

포옥.

나는 무심코 그녀 품으로 뛰어들었다.

참을 수가 없었다. 그렇게 나잇값도 못하고 울부짖고 말았다.

"고, 고마워, 고마워, 네리아아아아아아아아아아아아아아아아아아
아아아아아아!!"

"?!?! ——잠깐, 저기, ——으음, 설마 내 메이드가 되겠다는
결심이 선 거야?!"

"코마리 님! 감격하신 건 알겠지만. 커닝엄 님에게서 떨어져
주세요! 메이드가 될 거면 제 메이드가 되는 게 백 배는 더 이득
이에요!"

"아아아아아아아아아아아아아아아아아아아아아아아아아아아
아아아아아아아아!!"

빌에게 끌려가면서도 나는 절규하고 있었다. 왠지 평생 쓸 행
운을 다 쓴 듯한 기분이다. 그러나 네리아는 "바보구나"라고 웃
으며 말했다.

"코마리를 위해서라면 불속이든 물속이든 달려올 거야. ——게
다가, 널 도우러 온 건 나 하나가 아니야. 저쪽을 봐."

네리아에게 재촉받아 뒤를 돌아본 순간——, 콰과과과과과
과과과과!! 하고 지진 같은 게 발생했다. 나는 빌에게 기대면
서 겨우 버틴다.

그리고 갑자기 땅이 쩍 갈라졌다. 갈라진 땅에 빨려든 것은 뒤
집힌 달의 군세다. 그들은 크게 당황하며 후퇴했고——, 미처
도망치지 못한 사람들은 단말마의 비명을 지르며 모습을 감췄
다. 영문을 모르겠다. 하지만 갑자기 옆에서 목소리가 들렸다.

"귀도중의 명물 【토둔의 술】이오."

어느새 닌자 복장을 한 소녀가 서 있었다.

천조낙토 제1부대의 닌자 집단 '귀도중'의 수장——. 미네나가 코하루다.

그다음 순간. 주변에 있는 갖은 그늘에서 코하루와 같은 차림을 한 닌자들이 튀어나왔다. 그들은 소리 하나 없이 뒤집힌 달에게 다가가더니 눈에 보이지조차 않는 속도로 작은 칼을 휘두른다.

나는 믿기지 않는 심정으로 우두커니 서 있었다.

천조낙토의 군대도 와 줬구나——. 그렇게 감격하는데, 코하루가 "기다려줘"라며 미안하다는 듯이 중얼거렸다.

"오오미카미 님은 이런 때에도 패기가 없다니까."

"뭐……?"

코하루가 근처에 있는 잔해더미로 다가갔다.

쪼그리고 앉아 부스럭거리며 뭔가를 하고 있다. 그러자 곧 익숙한 목소리가 들렸다.

"잠깐……, 잡아당기지 말아요. 코하루! 유탄에 맞으면 어떻게 하려고요!"

"테라코마리가 있어. 잔해 아래 숨어 있으면 멋이 안 나잖아."

"그래요! 그렇지만! 그래도 이만한 격전이라면 역시 죽을 거예요!"

"그럼 잔해를 무너뜨려서 압사시킬래."

"알겠어요. 나올게요."

그렇게 낯익은 소녀가 기어 나왔다.

천조낙토의 전통 의상 '기모노'를 입은 소녀——아마츠 카루라다. 당대 오오미카미이자 나와 꿈을 이야기한 친구. 그녀는 옷의 먼지를 손으로 털어내면서 내 쪽으로 다가왔다.

전장에 어울리지 않는 온화한 미소가 보인다.

짤랑, 방울 소리가 울렸다.

"——오랜만이네요, 코마리 씨. 이런 아수라장이지만 화과자라도 드실래요?"

"아……."

카루라가 내민 양갱을 보고, 눈물을 참을 수가 없었다.

대체 몇 번을 울어야 속이 풀릴 건데. 내년 2월이면 벌써 16살이 되는데. 나는 양갱을 받아들면서 쓱쓱 눈가를 닦았다.

"오라버니의 편지를 보고 사정을 알았습니다. 설마 테러리스트가 이런 계획을 꾸미고 있을 줄은 꿈에도 몰랐어요. 좀 더 일찍 도울 수 있다면 좋았을 텐데……."

"아니야. 고마워, 카루라. 카루라가 와 줘서 기뻐."

카루라는 살짝 뺨을 붉히며 "아니요" 하고 웃었다.

"감사를 받을 만한 일이 아니에요. 코마리 씨는 제 꿈을 응원해 준, 소중한 사람이니까요."

뭐라고 답해야 할지 모르겠다.

카루라는 나의 마음을 간파한 것처럼 손을 잡았다.

"당신의 꿈도 이루어져요. 코마리 씨는 소설가가 될 거죠? 그렇다면 이런 데서 질 수는 없잖아요. 미력하나마 저희도 도울게요."

"카, 카루라……!!"

"괜찮아요. 천조낙토의 군에 걸리면 테러리스트 따위는 적수

Illustrations copyright ©riichu

가 못되니까요. ——자, 코하루! 카린 씨! 해치워 버리세요!"

"이봐 카루라! 너도 명령만 하지 말고 싸워!"

그렇게 소리치면서 칼을 휘두르는 건 오검제 레이게츠 카린이다. 닌자 집단 이외에 그녀가 이끄는 사무라이 집단 역시 싸우고 있었다. 천무제 토론회 같은 데서는 한 치의 양보도 없이 싸우던 사이인데, 저 소녀도 먼 나라에서 일부러 가세하러 와 준 것이다.

"……하는 수 없죠. 제가 할 수 있는 건 서포트뿐이지만요."

갑자기 카루라의 눈이 붉게 빛났다.

천무제 때에도 본 열핵해방이겠지.

"【역류의 찰나】. 제가 있는 한 몇 번이든 다시 쓸 수 있어요. ——뭐, 인생은 수정할 수 있는 정도가 딱 좋을 테니까요."

그렇게 말한 그녀는 다시 잔해 아래로 머리를 밀어 넣었다. 그런 데 있는 게 더 위험할 거 같은데. 그리고 엉덩이가 튀어나왔다.

뭐 그건 그렇다 치고——.

격전은 아직 끝나지 않았다. 그러나 나는 가슴이 벅차올랐다.

달려와 준 전류나 화혼들의 모습을 보고 있으면 눈시울이 못내 뜨거워졌다.

네리아나 카루라가 도우러 와 준 것 자체도 그렇지만——, 이 광경이 바로 칠홍천 테라코마리 건데스블러드가 살아온 증거이기도 했다.

내가 지금까지 걸어온 길은 틀리지 않았던 거다.

계속 은둔형 외톨이로 살았더라면, 이런 기분도 맛보지 못했겠지.

"——코마리! 당신은 궁전으로 가!"

네리아가 외쳤다. 그녀는 곡예하듯 쌍검을 회전시키며 적을 베고 있었다.

"이런 군단은 톱이 사라지면 와르르 무너져. 당신이 해야 할 일은 적의 지휘관을 쓰러뜨리는 것! 그것뿐이야!"

"아, 알았어!"

이 자리는 모두에게 맡기자. 나는 내가 해야 할 일을 할 뿐이다.

하지만 도저히 이 혼전을 빠져나갈 수 있을 것 같지 않았다. 무턱대고 돌격했다간 적의 표적이 될 게 뻔하다——. 그렇게 생각하는데, 갑자기 전류군에서 당황스러워하는 목소리가 터져 나왔다.

"뭐야, 저건?!" "이쪽으로 온다!" "이봐, 길을 터!" ——절규하면서 허겁지겁 길 양 끝으로 흩어져 간다.

그리고 나는 보았다. 골목 안쪽에서부터 폭주하는 짐승을.

녀석은 성기사단 사람들을 치어죽이며 맹렬한 스피드로 달려온다.

놀란 나머지 소리도 낼 수 없었다.

짐승은 내 모습을 보자마자 포장된 땅을 있는 대로 도려내면서 급정지했다.

돌풍이 휘몰아친다. 뒤로 넘어질 뻔했지만 아슬아슬하게 빌이 받쳐준다. 눈앞에 나타난 그 녀석을 보고 나는 아연실색하고 말았다.

"——부케팔로스?! 왜 네가 여기에……?!"

새하얀 체구. 다정한 푸른 눈동자. 과거 칠홍천 투쟁에서 함께 싸웠던 동료다.

그는 어슬렁어슬렁 내 곁으로 다가오더니, 코끝을 이쪽에 들이밀며 "그릉" 하고 울었다.

빌이 감탄한 것처럼 부케팔로스를 올려다보며 중얼거렸다.

"명마는 주인의 위기를 감지하고 달려온다고 하죠. 최근 권에서는 공기화했던 이 홍룡(紅龍)도 자기 역할을 떠올린 것 같네요."

"공기라고 하지 마?! 실은 매주 함께했었다고!"

"그러게요. 사육 담당이 마구간을 열어뒀겠죠. ——자, 코마리 님. 가시죠. 적은 뮬나이트 궁전에 있다, 입니다."

빌이 부케팔로스에 올라타면서 말했다. 왠지 석연치 않은 것도 있지만 불평할 처지가 아니겠지.

나는 그녀에게 끌려 올라가면서 주변을 둘러보았다.

화혼이나 전류들도 부상을 입었다. 한시라도 빨리 싸움을 멈춰야 했다.

"코마리 씨! 저희도 나중에 따라갈 테니까——, 히, 힘내세요!"

사쿠나가 지팡이를 들고 응시했다. 부케팔로스에는 두 명 정도밖에 못 탄다. 나는 두려움을 억누르며 미소를 지었다.

"응. 적은 내가 어떻게든 할게."

"그 전에 할 일이 있잖아. 얼빠진 제도 놈들을 어떻게 좀 해 봐."

밀리센트가 마법석을 던졌다. 당황하며 받아든다.

"그건 목소리를 전하는 마법이야. 사기를 높이는 건 장군의 의무이기도 해."

"뭐……? 사기?"

"비록 뛰어난 힘이 있고 월등한 지혜가 있더라도, 그것만으로는 사람의 마음을 움직일 수 없어. 그러니까 나는 너 같은 인간을──. 아니. 아무것도 아냐."

밀리센트는 그렇게 말하고 전장 쪽으로 떠나갔다.

언뜻 본 그녀의 표정에는 약간의 선망이 포함되어 있는 듯했다. 그러나 착각이 분명하다. 나 같은 인간에게 부러워할 점이 있을 리 없으니까.

"코마리 님. 그 마법석은 그거에 쓰죠."

"그거?"

"평소의 그거요. 평소 잘하시는 허세. 단 이번 상대는 제7부대가 아니라 제도에 있는 많은 흡혈귀지만요."

그래. 요약하자면 장군으로서 모두에게 기운을 북돋아 주면 되나.

나는 마석을 움켜쥐고 희미하게 마력을 담았다.

말은 새삼 준비할 것도 없다. 나는 항상 장군답게 행동하기 위한 허세를 생각하며 살고 있으니까. 하지만── 이번에는 조금 사정이 달랐다.

거짓말이 아니다. 허세도 아니다.

이제부터 내가 할 말은, 반드시 진실로 만들어야 한다.

부케팔로스가 달리기 시작한다. 황급히 빌의 배에 매달리자, 그녀는 평소처럼 침착한 목소리로 "괜찮아요, 코마리 님" 하고 속삭였다.

"제가 곁에 있으니까. 마음껏 싸우세요."

"그래."

메이드도 이렇게 말하고 있다. 그럼 아무 걱정할 필요 없다.

나는 심호흡을 통해 마음을 진정시키고, 평소처럼 장군님 모드를 발휘해 소리 높여 선언했다.

"——들리나! 뮬나이트 제국의 흡혈귀들이여!"

☆

제도 밤하늘에 둥그스름한 달이 떠 있다.

뮬나이트 제국이 종종 '밤의 나라'라고 불리는 이유는 흡혈귀가 야행성이기 때문이다. 최근에는 다른 나라에 맞춰 낮에 활동하는 사람이 늘고 있지만, 옛날에는 밤이 되면 흡혈귀들이 밖으로 뛰쳐나가 소란스레 활보했다.

그러나 현재의 제도는 그런 모습을 찾아볼 수 없었다.

파괴된 거리. 겹겹이 쌓인 시체. 타오르는 불길——. 사람들은 절망에 물든 표정으로 멸망해가는 뮬나이트 제국을 바라보고 있었다.

황제는 없다. 칠홍천도 괴멸 상태. 남은 길은 신에게 기도하는 것 정도일까.

테러리스트는 인정이 없어서, 상대가 저항하는 기색을 보이지 않더라도 주저 없이 공격해왔다. 그런 녀석들에게 나라를 빼앗기면 지옥 같은 나날이 막을 올릴 게 뻔했다.

그렇다고 저항할 만한 기개를 가진 사람이 있는 것도 아니다.

있다고 해도, 그런 사람들은 적에게 잡혀 살해당해 버렸다.

남은 흡혈귀들은 묵묵히 멸망하기를 기다리는 수밖에 없다.

왜냐하면 힘이 없으니까. 마음이 죽어 있으니까──.

그때였다. 달을 깨부수는 듯한 우렁찬 소리가 주변에 울려 퍼졌다.

[──들리나! 뮬나이트 제국의 흡혈귀들이여!]

사람들은 깜짝 놀라 고개를 들었다.

음성중계 마법으로 제국 전역에 전해지는 높은 목소리.

흡혈종이라면 잘못 들을 리 없다. 이 목소리의 주인은──.

[나는 칠홍천 테라코마리 건데스블러드다!! 늦어서 미안하다!! 다들 다친 곳은 없나?! 당연히 있겠지──. 그렇더라도 내가 온 이상 이제 안심해라!!']

사람들이 함성을 지른다.

"설마 그럴 수가." "건데스블러드 님이." ──성도로 원정을 떠난 후 종적을 감춘 살육의 패자가, 마침내 돌아온 것이다.

[제군도 알겠지만, 현재 제국은 사악한 테러리스트에게 침략당하고 있다! 아니, 이미 뮬나이트 궁전은 점거되었다더군! 게다가 녀석들은 아름다운 제도 거리를 엉망으로 망쳐놓았다! 제군은 내가 없는 동안 견딜 수 없는 고통을 맛보았겠지──. 절망의 소용돌이 속에서, 어둠 속에서 필사적으로 희망을 찾고 있었겠지──. 제군을 이리도 괴롭게 만든 한심한 나를 용서해다

오. 미안하다.]

길가에 쓰러져 있던 사람. 집의 찬장에 숨어 있던 사람. 제도에서 도망치려고 짐을 싸던 사람 모두 악몽에서 깨어난 듯한 얼굴로 목소리의 주인을 생각했다.

칠홍천 테라코마리 건데스블러드의 용맹한 목소리가 어둠마저 몰아낸다.

[하지만 그런 절망은 이제 끝이다. 황제 폐하가 없다고? 다른 칠홍천이 패배했다고? 거리가 엉망진창으로 파괴되었다고? 그게 뭐 어쨌다는 거냐!! 이 내가 전부 되찾아 주마!!]

누군가가 입을 열었다. 구세주의 이름을 외칠 때 올리는 기도와도 같은 소리였다.

코마링. 코마링. 코마링——. 제국에서는 단골 패턴이 된 코마링 콜이다. 그리고 그건 어둠에 잠겨버린 제도 사람들의 마음과 마음을 잇는 징검다리이기도 했다.

[잘 들어라! 제군들은 거기 가만히 있기만 해라! 전부 나에게 맡기도록! 이 내가 책임지고 끝내줄 테니까! 너희를 괴롭힌 어리석은 자들을 절대 용서하지 않겠다! 이 최강의 칠홍천 테라코마리 건데스블러드가 반드시 적을 묻어주마! 그리고 뮬나이트 제국에 빛을 되찾아 주마! ——듣고 있나, 테러리스트들이여! 신을 죽이는 사악인지 뭔지 모르겠지만, 이 내가 나서면 뒤집힌 달조차 새끼손가락 하나로 끝장낼 수 있다! 떨면서 기다리고 있어라! 이 나를 화나게 한 것을 후회하는 게 좋을 거다!!]

그녀의 목소리에 호응하듯 제도의 여기저기에서 고함이 터져

나왔다.

그것은 영웅의 등장을 환영하는 외침이었다. 사람들은 흥분한 사람처럼 "코마링! 코마링! 코마링!" 하고 소리를 지른다. 어떤 이는 눈물을 흘리고, 어떤 이는 미친 듯이 날뛰고, 어떤 이는 감격한 것처럼 고개를 돌렸다──. 그리고 마지막 한마디가 나온 순간, 제도 흡혈귀들의 열기는 최고조를 맞이했다.

[계속 내가 틀어박혀 있을 거라고 생각하지 마라! 자──, 반격의 시간이다!!]

다음 순간──.

우오오오오오오오오오오오오오오오오오오오오오오오오오오오오오오──, 하고 흡혈귀들이 일제히 소란을 피우기 시작했다. 죽었을 사람까지도 되살아나 "코마링! 코마링!" 하고 외치기 시작한다. 이렇게 되면 더는 멈출 수 없다.

뮬나이트 제국에 불을 붙일 수 있는 건 저 흡혈귀뿐이다. 모두가 그녀를 신뢰하며── 제국을 구해 줄 영웅으로 확신하고 있었다. 그렇기에 후환을 잊고 크게 소리칠 수 있는 것이다.

제도를 뒤덮고 있던 어둠이 걷혀 간다.

동시에 사람들의 마음을 감싸고 있던 어둠도 걷혀 간다.

그야말로 희대의 영웅. 이건 유린 건데스블러드를 넘는 인물일지도 모르겠네──. 그렇게 감탄하면서 '나'는 뮬나이트 궁전으로 향했다.

눈앞에서는 전류와 성기사단, 화혼과 뒤집힌 달이 치열한 경쟁을 벌이고 있다.

종족을 따지지 않는 융화의 마음.

이 광경도 테라코마리의 다정함이 가져온 눈부신 성과이리라.

하지만── 그렇다고 해서 그들이 사악을 몰아낼 것이라고 장담할 순 없다.

아무도 나의 존재를 모르고 있다.

그들은 눈앞의 적을 죽이는 것에 열중하고 있으니까. 흡혈귀 소녀 하나가 당당하게 활보해 봤자 시야에도 들어오지 않을 것이다.

나는 밤하늘을 향해 미소 짓는다. 동그란 달은 눈에 해로울 만큼 아름다웠다.

저 달을 뒤집어서 땅에 떨어뜨리면, 얼마나 기분이 좋을까.

피 냄새가 감도는 골목을 빠르게 걷는다.

이제 연기는 그만두자. 오랫동안 나 자신을 속이기도 지친다.

어렸을 때부터 '너는 표리가 없는 사람이구나'라는 말을 들어 왔으니까 말이다.

"──후후. 재밌어졌네!"

테라코마리가 진정한 의미로 강한 것은 확실하다.

그러나 우리도 지지 않는다.

아마츠도 후야오도 코르네리우스도──, 그리고 트리폰도. 각자 양보할 수 없는 신념이 있기에 '사악(邪惡)'인 것이다.

가슴이 뛴다. 이 사람 저 사람 가리지 않고 피를 빨고 싶어진다.

그러나 지금은 고양감을 억누르고 어서 궁전으로 가자. 뭔지 잘 모르겠지만, 아무 관심도 없지만, 트리폰이 나를 황제로 삼아 준다는 것 같으니까.

☆

"계속 내가 틀어박혀 있을 거라고 생각하지 마라! 자——, 반격의 시간이다!!"

열변이 끝날 무렵에는 뮬나이트 궁전에 도착해 있었다.

코마리는 어깨를 들썩이면서 마법석을 주머니에 넣는다. 용케 그만한 말을 술술 하셨네——, 그런 식으로 감탄하면서 빌헤이즈는 부케팔로스에서 뛰어내렸다.

자기 주인을 향해 손을 뻗자, 그녀는 "고마워" 하고 웃으며 이쪽에 몸을 맡겼다.

그렇게 땅을 밟은 소녀—— 테라코마리 건데스블러드는 망가진 뮬나이트 궁전을 올려다보며 말했다.

"모두가 나를 응원해 주고 있어. 노력해야겠지."

제도에선 코마리의 연설에 감화된 흡혈귀들이 소란을 피우고 있었다.

설령 황제 폐하가 연설한다고 해도 이렇게는 하지 못할 것이다. 역시 이 소녀는 사람의 마음을 이어나가기 위해 태어난 것이라고 빌헤이즈는 생각한다.

"뭐야? 내 얼굴은 왜 봐."

"아무것도 아니에요. 코마리 님은 역시 대단한 분이구나, 싶어서요."

"뭔 소리래. 나는 하나도 안 굉장해. 왜냐하면 내가 여기 있는 건 다른 모두의 덕이니까. 지지해주는 사람이 있어서 나도 힘을 낼 수 있는 거야."

"그 모두에 저도 들어가 있나요?"

"…………."

코마리가 뺨을 붉히며 고개를 돌렸다.

그리고 무뚝뚝하게 "그래"라고 중얼거린다.

"그중 최고는 빌일지도 몰라. 네가 있어서 나는 일어날 수 있었어. 가끔 변태 행위를 저지르는 건 좀 그렇지만, 뭐, 너는 나한테 아까울 정도의 메이드야."

"윽……."

"고마워, 빌."

솔직하게 표현하면 당혹감이 앞선다.

그러나 이윽고 어마어마한 기쁨이 솟구쳤다.

주인이 필요로 하는 것이야말로 메이드에게는 가장 큰 행복. 그렇다고 해도 자신을 어둠 밑바닥에서 끌어올려 준 그녀를 향한 은혜는, 이 정도로 다 갚을 수 없었다. 그렇기에 빌헤이즈는 평소처럼 쿨한 표정을 지으며 이렇게 말했다.

"——저야말로 감사합니다. 하지만 아직 싸움은 끝나지 않았어요."

"그건 그렇네. 하지만 빌과 함께라면 뭐든 할 수 있겠다는 생각이 들어."

"코마리 님. 끌어안아도 될까요."

코마리는 "뭐?" 하고 어이가 없다는 듯 이쪽을 바라보았다.

안 돼, 안 되지. 성희롱 비슷한 발언을 뱉는 건 나쁜 버릇이었다. 너무 도가 지나치면 싫어할 테니까 앞으로 조심하자——, 그렇게 생각했는데.

갑자기 코마리가 다가왔다.

"어?"

당황하는 사이 그녀가 꼭 끌어안는다.

따스함이 가슴속에 퍼져 간다. 심장이 터지는 줄 알았다.

"뭐, 뭐뭐뭐뭐, 뭐 하시는 거죠. 코마리 님, 성희롱이에요."

"너한테만은 그런 말 듣고 싶지 않아. 하지만—— 이럴 수밖에 없었어. 괜찮지?"

"으음. 저기. 그…… 아."

그리고 빌헤이즈는 이해했다.

이해한 순간엔 이미 사태가 진행되고 있었다.

목덜미에 그녀의 숨이 닿는다. 따끔한 통증이 퍼졌다. 그러나 통증은 곧 쾌감으로 변해간다. 철철 흐르는 피를 그녀의 혀가 핥는다.

빌헤이즈는 아무것도 하지 못하고 굳어 있었다.

주인이 이렇게 대담하게 피를 빨 줄은 생각지도 못했다.

놀라기는 했다——, 하지만 기쁨이 앞섰다. 분명 그녀는 남의 피를 빤 적이 많이 없을 테니까(아마츠 카루라나 네리아 커닝엄은 잊도록 하자), 꼭 소설에 나온 것처럼 필사적으로 이를 세우며 필사적으로 피를 빨고 있을 게 분명하다. 까치발을 하고 열심히 혀를 놀리는 모습이 죽도록 사랑스럽지만, 왠지 흡혈이 엄청 능숙해 보이는데 이게 어떻게 된 거죠? 타고난 건가요? 코마리 님.

그렇게 밑도 끝도 없는 생각을 하면서 그녀에게 몸을 맡기고 있을 때였다.

"……달콤해."

코마리가 불쑥 중얼거렸다.

다음 순간——.

후욱!! 엄청난 마력의 분류가 퍼져나갔다.

가까이에 있던 빌헤이즈는 무심코 주저앉을 뻔했다.

사나운 돌풍이 휘몰아친다.

어두운 하늘을 가르듯 밤이 새빨갛게 물들어간다.

제도 쪽에서 함성이 터져 나왔다.

코마링! 코마링! 코마링! ——그런 외침이 곳곳에서 들린다.

새빨갛게 물든 흡혈 공주—— 테라코마리 건데스블러드.

그녀는 눈을 붉게 빛내면서 빌헤이즈에게서 한 발짝 멀어졌다.

빌헤이즈는 무심코 울 뻔했다.

역시 이 사람이야말로 세계를 이끌어갈 영웅이라고——, 그렇게 생각했다.

그리고 자기 몸이 뜨거워지는 것을 자각했다.

열핵해방【판도라 포이즌】.

주인의 체내에 자기 혈액을 보냄으로써 이능이 발동했다.

빌헤이즈의 눈도 붉게 빛났다.

그렇게 미래의 정보가 맹렬한 기세로 흘러들어 온다.

"빌. 함께 가자."

코마리가 손을 뻗어 왔다.

지금까지의 자신은 싸움 종반이 되면 늘 전투 불능 상태가 됐다. 그렇기에 끝까지 주인과 함께할 수 있다는 걸 진심으로 기쁘게 생각한다.

──어디까지고 함께할게요, 코마리 님.

빌헤이즈는 미소를 띠면서 그녀의 손을 잡았다.

두 사람의 살의가 향하는 곳은── 반파된 뮬나이트 궁전.

이 나라를 마음대로 먹어 치운 마물이 기다리고 있는 곳이다.

〈뮬나이트를 잘 부탁할게. 세계는 네 가슴속에.〉

익숙한 말이었다.

엄마는 가끔 '네가 세상을 이끌 거야'라면서 웃어줬던 것 같다. 나는 어린 마음에도 '이 사람이 무슨 소리를 하는 거지'라고 생각했다.

그 사람은 나에게 그다지 신경을 써주지 못했다.

칠홍천이니까. 다음 황제가 될 사람이니까——. 그런 이유로 집을 버려두고 전장을 이리저리 누비던 기억밖에 없다.

하지만 나는 엄마를 좋아했다.

가끔 집에 오면 내가 피곤해서 잠들 때까지 놀아주었다.

엄마는 짧은 시간 내에 많은 것을 주었다. 남을 배려하는 마음의 소중함. 역경에도 단념하지 않는 마음의 강인함. 아마 나는 세간에 '영웅'이라고 불리며 존경받는 그녀 같은 사람이 되고 싶었던 걸지도 모른다.

엄마의 마지막 말은 지금도 곱씹을 수 있다.

내일부터 중요한 전투가 있다며 나를 부른 것이다.

"엄마한테 무슨 일이 생기면, 뮬나이트는 코마리에게 부탁할게."

나는 당황하고 말았다. 왠지 그게 이번 생에서의 이별 같았기 때문이다.

그러나 엄마는 용감하게 웃으며 내 머리를 부드럽게 쓰다듬었다.

"괜찮아. 금방 돌아올 테니까."

"하지만……."

"걱정이 많구나, 코마리는. 그럼 이걸 너한테 줄게."

엄마는 품에서 꺼낸 무언가를 내 손에 쥐여주었다.

피처럼 새빨갛게 빛나는 펜던트였다. 나는 "이건 뭐야?"라고 물었다. 그녀는 의미심장하게 웃을 뿐, 자세한 건 알려주지 않았다.

"중요한 거야. 그걸 목에 걸고 있으면, 세계는 코마리 가슴속에 있는 거나 다름없어."

"……?"

엄마는 다녀오겠다고 하고는 나에게서 등을 돌렸다.

그게 마지막 기억이었다.

나의 가슴속에서는 엄마의 펜던트가 계속 빛나고 있다.

※

로네 코르네리우스는 제도의 외곽 지구에 있었다.

실험은 이미 끝났다. 개발에 1년이 걸린 최강의 파괴 병기 '절망 파멸 마포'는 계산한 대로 위력을 발휘했다. 뮬나이트 궁전의 결계는 아주 쉽게 파괴되었고, 그 후 여섯 번에 걸친 시험 발사로 제도 외관을 엉망으로 망쳐놓는 데 성공했다.

13번 더 발사하면 제도 자체를 멸망시킬 수 있겠지만, 역시 그걸 실행하는 건 현실적이지 않기에 관두기로 했다. 너무 과하면 정말 죽는 사람이 발생하기 때문이다. 게다가 지금은 화혼이나 전류들이 비집고 들어온 것 같고 말이다.

"그럼 아지트로 돌아가기로 할까."

코르네리우스는 백의를 휘날리며 밤하늘의 보름달을 바라보았다.

테라코마리 건데스블러드가 도착했다면 오래 있는 건 금물이다. 트리폰이 무슨 수를 쓴 것 같지만, 【고홍의 애도】를 그렇게 쉽게 꺾을 수 있을 것 같지는 않다. 일단 자기 신변의 안전만은 확보하자──. 그렇게 느긋하게 생존 전략을 세우면서 부하들을 둘러보았다.

"자, 철수한다! '절망 파멸 마포'는 옮겨줘!"

뒤집힌 달의 정예들이 "알겠습니다!" 하고 소리친다.

이번 실험에서는 좋은 결과를 얻었다. 개선할 점을 몇 가지 발견했기에 연구실로 돌아가면 바로 유지, 보수할 것이다.

"……응?"

문득 달빛이 흐려진 듯했다.

코르네리우스는 무심코 돌아본다.

시야가 오렌지빛으로 물들었다.

조금 늦게 세상이 종말하는 듯한 폭발이 일어났다. 돌풍이 휘몰아친다. 길의 돌바닥이 뒤집어진다. 화상을 입을 만큼 기온이 상승한다.

코르네리우스는 비명을 지르며 그 자리에서 뒤집어졌다. 눈앞에서 '절망 파멸 마포'가 요란한 소리를 내며 불타고 있었다.

"뭐——뭐야, 이거어어어어어언?!"

아니, 폭발해서 산산조각이 나 있었다.

부하들은 폭발의 영향으로 어디로 날아가 버렸다.

말이 안 된다. 마력이고 뭐고 느끼지 못했다. 자기에게 축적된 데이터를 감안해도 이런 현상은 도저히 믿을 수 없다. 도대체 뭐가——.

"드디어 찾았다. 네가 제도를 부수고 다녔구나."

불타오르는 마포를 배경으로 흡혈귀가 서 있었다.

빛나는 붉은 눈동자. 꼭 살인마 같은 눈으로 이쪽을 응시하고 있다.

그리고 코르네리우스는 이해했다. 이 녀석이다. 이 녀석이 한 짓임이 분명하다.

"어, 어떻게 책임질 거야?! 이건 내 최고 걸작 중 하나——, 끄억."

상대가 갑자기 정면에서 목을 움켜잡았다.

터무니없는 힘이 더해진다. 다리가 공중에 떠오른다. 바둥거리며 날뛰어보지만 아무 의미 없었다. 이런 거친 사태는 기술부장의 전문 분야 밖이다.

"너. 자기가 무슨 짓을 저지른 건지 알아?"

흡혈귀가 분노를 억누른 듯한 목소리로 중얼거렸다.

코르네리우스는 눈앞에 있는 존재의 정체를 깨달았다.

의욕 없어 보이는 눈. 마구 뻗쳐 있는 금발. 군복에 새겨진 '망월의 문장'——.

"페, 페트로즈 카라마리아……?!"

"그래, 페트로즈다. ——한 건 했더군, 테러리스트. 성기사단의 【전이】로 포대와 함께 곳곳으로 옮겨다녀서, 잡느라 아주 고생했다. 어떻게 책임질래? 너 때문에 피곤해 죽겠어. 게다가 제도를 이렇게 엉망으로 만들다니."

페트로즈의 눈동자가 붉게 빛났다. 코르네리우스는 전신의 털이 쭈뼛 서는 듯한 공포를 느꼈다. 뒤집힌 달이 가진 '열핵 풀이'에는 그녀의 능력이 실려 있다.

한번 방문한 적이 있는 장소라면 언제 어느 때라도 폭파할 수 있는 상식을 초월한 능력.

그녀에게 코르네리우스를 이 자리에서 흔적 하나 남기지 않고 폭파하는 일은 너무나도 쉬운 일이다.

"각오는 했겠지? 이제부터 네 뼈를 하나씩 폭파해 나갈 텐데."

"자——, 잠깐! 주, 주, 죽여도 되겠어?! 나는 뒤집힌 달의 간부 '삭월'이라고!"

"알 게 뭐야. 귀찮은 건 질색이야. 전부 죽여버리면 만사 해결이지."

"너무 야만적이야……. 그런 건 아름답지 않아……."

"아름다움이란 삼라만상이 무너지는 순간 그 자체를 나타내는 개념. 폭발이야말로 세상을 심오하게 만드는 최고의 수단이야. 자, 피를 쏟아내며 터져라."

"……………."

이 녀석――, 뒤집힌 달보다 더한 거 아니야?

그렇게 무서워하면서도 코르네리우스는 공포를 억누른다. 삭월로서 여기서 물러날 수는 없다. 목숨을 부지하기 위한 책략이 빛의 속도로 짜여 간다.

페트로즈가 잔인한 미소를 지으며 말했다.

"――우선 하나. 꼬리뼈를 폭파할까."

"나, 나를 죽이면 후회할걸!"

"아직도 그 소리야? 그만 포기해――."

"황제! 황제가 어디에 있는지 가르쳐줄게! 나를 죽이면 녀석의 행방은 영원히 알 수 없을걸!"

"――――."

차가운 바람이 분다.

페트로즈의 마음에 망설임이 싹트는 기운을 느꼈다.

※

후야오 메테오라이트는 환희하고 있었다.

테라코마리 건데스블러드가 제도로 돌아온 것이다. 녀석의 목소리가 뮬나이트 제국 밤하늘에 울려 퍼지는 순간, 금색 여우 귀가 쫑긋! 하고 꼿꼿이 섰다.

산책 따위나 하고 있을 때가 아니었다. 노점에서 훔친 유부초밥을 내던지고 무너진 가옥들 위로 점프해 쏜살같이 원수 곁으로 향한다.

지금이 바로 복수의 때였다.

천조낙토에서 품은 원한을 풀어야 한다.

세계의 정점에 서기 위해서는 반드시 【고홍의 애도】를 타파해야 한다——.

갑자기 살기를 느꼈다.

후야오는 순식간에 땅을 박차고 무너진 건물 지붕 위로 올라갔다.

타앙!! ——총성이 귀에 들어왔다.

그때 이미 마법의 탄환은 후야오의 뺨을 스쳐 뒤쪽으로 끝없이 날아가고 있었다. 배어드는 피를 닦으며 뒤돌아본다.

"——너는 천무제에서 설치던 여우구나! 아주 잘 만났다! 전주는 네 비명으로 삼으면 딱 좋겠군."

하얀 소녀가 공중에 둥실둥실 떠 있었다.

방한복과 총을 장비한 창옥종—— 백극 연방의 육동량 프로헤리야 즈타즈타스키다.

그녀 너머에는 군복을 입은 창옥들이 나란히 늘어서 이쪽을 노려보고 있었다. 정말 불쾌한 전개였다. 이런 송사리를 상대하고 있을 여유가 없는데.

후야오는 조용히 칼자루에 손을 대며 입을 연다.

"……무슨 일이지? 이곳은 흡혈귀의 나라인데."

"와하하하하하! 재미있는 말을 다 하는군——. 네놈도 수인 아니냐? 대체 제도에 무슨 일이야? 설마 침략 같은 멍청한 계획을 꾸미고 있는 건 아니겠지? 천조낙토에서 그렇게 쓴맛을 봐놓고 아직도 덜 데였냐? 유부라도 먹고 그만 가보시지?"

뾰옹!

마음의 '핵'에서 의식이 밀려났다.

그렇게 다른 자신이 육체의 주도권을 획득했다.

"——여우에게 '유부라도 먹어라'라는 말은 인종 차별입니다! 아니, 싸움을 거는 거라면 받아들이죠. 아무래도 제도에 뼈를 묻을 각오가 된 것 같군요."

"바라는 바다!"

프로헤리야가 가차 없이 총탄을 발사했다.

이렇게 창옥과 수인의 싸움이 시작되었다.

☆

트리폰 크로스는 톱니바퀴가 어긋나기 시작했음을 자각했다.

본래라면 테라코마리 건데스블러드는 성도에서 행동 불능 상태로 만들어야 했다. 그러나 밀리센트 블루나이트 때문에 계획에 차질이 생겼다.

제도로 【전이】하는 것을 잡는 작전도 실패로 끝났다. 물론 제도의 뒤집힌 달 전군이 맞서 싸우면 어떻게든 될 터였다. 【고홍의 애도】는 발동하면 큰 파괴가 발생하고, 그 물러터진 계집이라면 아무 죄 없는 일반인이 많은 곳에서는 생각처럼 힘을 발휘할 수 없을 테니까. 그러나 그것도 타국의 네리아 커닝엄이나 아마츠 카루라에 의해 저지당했다.

　게다가 뒤집힌 달의 다른 간부와도 연락이 안 되고 있다.

　로네 코르네리우스는 보고에 따르면 페트로즈 카라마리아에게 잡혔다고 한다.

　후야오 메테오라이트는 정보가 확정된 건 아니지만, 아무래도 제도에 무단으로 침입한 백극 연방의 프로헤리야 스타즈타스키와 싸우고 있는 것 같다.

　"우연――, 아니, 필연인가. 모든 게 정해진 듯 물처럼 흘러가는군."

　테라코마리 건데스블러드가 짠 책략이 아니다.

　그녀를 돕고 싶다고 생각한 인간이 여럿 있었다. 단지 그뿐이다.

　그때였다――. 궁전 천장이 삐걱거리며 비명을 질렀다.

　트리폰은 무심코 시선을 위로 던진다.

　그리고 깨달았다. 하늘에서 농밀한 마력이 흘러넘치기 시작했다.

　"――왔군요. 설마 궁전을 파괴할 줄이야."

　트리폰은 품에서 수많은 바늘을 꺼내며 중얼거렸다.

　거슬리는 소리와 함께 천장이 무너져 내린다.

　잔해더미와 함께 나타난 것은―― 금빛 머리카락. 붉은 눈동자. 그리고 새빨갛게 물든 어마어마한 마력. 칠홍천 대장군 테라코마리 건데스블러드다.

　"죽어라. 테러리스트."

바로 위에서 날아든 빠른 발차기를 트리폰은 직전에 피했다.

그녀의 다리가 바닥에 닿은 순간,

무시무시한 마력의 폭발이 일어났다. 바닥이 뒤집히면서 붉은 돌풍이 휘몰아친다. 트리폰은 얼굴을 팔로 감싸면서 필사적으로 그 자리에서 버텼다. 보통 사람에게서는 생각조차 할 수 없을 만한 마력. ──역시 이게 【고홍의 애도】의 진면모다.

"꽤 하는군요. 하지만 제 열핵해방 앞에서는───, 윽?!"

주먹.

어느새 눈앞에 작은 주먹이 있었다.

회피는 불가능. 트리폰은 순간적으로 방어 자세를 취하며 충격에 대비한다──. 그러나 의미는 없었다. 테라코마리의 주먹은 그대로 트리폰의 팔뼈를 부수더니 몸을 통째로 뒤로 날려 보냈다.

"으──, 억."

벽에 등을 부딪쳐서 폐의 공기가 새어 나온다.

죽는 줄 알았다. 이런 고통을 느낀 게 몇 년 만일까.

트리폰은 입가에서 흐르는 피를 닦아내면서 눈앞의 광경을 응시했다.

궁전은 붉은 마력에 의해 이 세상 같지 않은 풍경을 띠고 있었다. 그 한가운데에 거만하게 서 있는 건 주변보다 한층 더 붉은 소녀. 하늘에서 쏟아지는 달빛을 받으며 살의를 불태우는 모습은 그야말로 흡혈귀들이 기대해 마지않는 '살육의 패자'다.

이런 괴물을 정면에서 상대하는 건 어리석은 짓이다.

"훌륭하군요. 그만한 힘이 있으면 세상을 손에 넣기도 쉬울 텐데요. 왜 당신은 뮬나이트 제국 장군으로 만족하고 있는 거죠? 당신이 진지하게 나서면——."

"잔말은 됐습니다. 아무도 당신 이야기에 관심 없으니까요."

테라코마리 옆에는 붉은 눈동자의 메이드가 서 있었다.

빌헤이즈다. 그녀 역시 열핵해방을 발동하고 있는 듯했다.

"——과연. 미래를 보는【판도라 포이즌】인가요. 당신은 미래의 전개를 아는 거죠?"

"네, 물론이죠——."

빌헤이즈는 살짝 웃으며 말했다.

"당신의 패배로 끝납니다."

"그래."

강렬한 마력의 기운. 테라코마리 뒤에 수없이 많은 마법진이 떠오른다.

그리고 그녀는 아무런 예비 동작도 없이 마법을 무수히 쏘아 냈다.

그 모든 게 확실하게 사람을 죽이기 위해 짜인 마력 덩어리였다.

살기에 압도당해 마음이 살짝 마비되었다. 트리폰은 본능적인 위기감에 자극받아 달리기 시작한다.

명중하지 못한 마력은 그대로 벽을 뚫고 나가 밤의 어둠으로 빨려들었다.

화려한 장식이 들어간 궁전 벽이나 천장, 기둥이 벌집처럼 변해 가는 것을 곁눈질하면서 트리폰은 열핵해방을 발동했다.

만진 것을 순간 이동시킬 수 있는 【대역신문】이다.

트리폰의 '인간은 서로를 이해할 수 없다'라는 확신, 그 마음에서 태어난 배척의 이능.

손바닥에는 평소부터 무기로 쓰고 있는 바늘이 있었다.

이걸 적의 머릿속으로 옮기면 끝이겠지. 비록 상대가 【고흥의 애도】라도 몸을 안쪽에서부터 파괴하면 잠시도 버틸 수 없을 것이다──.

"──코마리 님. 오른쪽으로."

그러나 그렇게 쉽지 않았다.

테라코마리가 고속으로 오른쪽으로 이동한다. 약간 늦게 전송된 바늘이 허공을 찌르고 바닥에 떨어진다.

【판도라 포이즌】 때문에 좌표가 예측되고 있는 것 같다.

트리폰은 다가오는 무수한 마력 덩어리를 간신히 피하면서 여러 번 【대역신문】을 발동했다.

"다시 오른쪽으로." "앞에서 옵니다." "위에서." "오른쪽." "아래로." "이번엔 왼쪽." ──그러나 맞지 않는다.

몇 번을 해도 예지되어 통하지 않는다. 빌헤이즈가 무슨 말을 할 때마다 테라코마리가 붉은 마력을 뿌리면서 공중을 종횡무진 움직이고 있었다. 꼭 춤을 추는 것처럼 아름다운 광경──. 아니, 감탄하고 있을 때가 아니다.

애초에 【판도라 포이즌】이 발동하고 있는 탓에 전송할 곳의 좌표가 이상해졌다. 기둥 앞으로 보냈을 텐데 어째서인지 2m 정도 어긋나 버리는 것이다.

역시 빌헤이즈는 보통 인간이 아니다.

그렇다면 먼저 저 메이드를 죽이면 그만이다──. 트리폰은 이를 갈며 품으로 손을 집어넣었다. 그러나 전송하는 데 쓸 바늘이 더 없었다.

"……조금 성가시군요, 당신은."

얼음 같은 마음에 분노와 초조함이 생긴다.

그 틈이 치명적이었던 것일까.

"──죽어라."

"?!"

눈앞에서 맹렬한 기세로 덮쳐드는 마력의 분류.

트리폰은 순간적으로 몸을 비틀어 회피하려 했다──. 하지만 실패했다.

어느새 누가 발목을 단단히 쥐고 있었다.

"뭐……뭐야, 이 마법은?!"

혈액이 응고해 생긴 수많은 손이 바닥에서 솟아나 있었다.

공포심이 퍼지는 것을 자각했다. 그러나 겁에 질릴 때가 아니었다. 트리폰은 온몸의 마력을 집중해 순식간에 【장벽】 마법을 썼고──.

붉은 마력은 장지문을 찢듯이 【장벽】을 파괴했다.

"큭, 아앗?!"

창옥의 단단한 육체로도 완벽하게 막기는 불가능했다. 테라코마리의 마력이 그대로 돌진해 트리폰의 몸을 덮쳤다.

의식이 사라질 뻔했다. 그대로 뒤로 날아갔다.

바닥을 데굴데굴 구르면서 피를 토했다. 그렇게 간신히 자세를 고쳐잡고——, 절망적인 사실을 깨달았다.

왼팔이 어디론가 사라지고 없었다.

아래쪽 팔뚝이 없다. 살이 타는 듯 불쾌한 냄새가 난다. 조금 전의 마력 때문에 불타 버린 게 분명했다——. 그런 상황 판단은 1초도 채 가지 않았다.

지금까지 맛본 적 없는 듯한 통증이 등을 타고 올라갔다.

"끄……, 으."

무심코 입 밖으로 새어나갈 뻔한 절규를 간신히 참는다.

아프다. 아프다. 너무 아프다. 뒤집힌 달은 마핵에 의지할 수 없기에 낫지도 않는다. 지금까지 죽어간 사람들은 이런 고통을 맛보고 있었나. 이건—— 이건.

이건, 스스로를 성장시키기 위한 양식이 되겠지.

후야오도 '고통은 사람을 성장시킨다'라고 했다.

"윽……. 후후. 후후후후후. 아프군. 이게 고통인가……. 그래……."

"트리폰. 포기해라."

어느새 눈앞에 붉은 괴물이 서 있었다.

보기만 해도 현기증이 느껴질 만큼 막대한 마력이다. 후야오가 왜 속수무책이었는지 납득이 간다. 이런 것과 순수하게 힘을 겨뤄서 어떻게 이기겠는가.

"승부는 났습니다. 트리폰 크로스."

그 옆에는 푸른 머리의 메이드—— 빌헤이즈도 있었다. 그녀는 품에서 쿠나이를 꺼내며 깔보는 듯한 냉소를 띠웠다.

"핵 영역으로 보내 드릴까요? 그렇게 하면 그 팔도 나을걸요."

"……이거 참. 그럼 호의를 받아들이도록 할까요."

"안 돼."

테라코마리가 한 걸음 앞으로 나왔다.

그녀는 동정하는 듯한 눈동자로 이쪽을 응시했다.

"넌 사람들에게 심한 짓을 했어."

웃음을 참기가 힘들었다. 역시 한없이 물러 터졌군.

이 테라코마리 건데스블러드라는 소녀는 철두철미하게 남을 위해 움직이고 있다. 그 탓에 대성당에서 골탕을 먹은 것도 잊은 것 같다. 참 낙관적인 흡혈귀다.

"그러니까, 내가 여기서——."

"그렇네요. 그럼 마지막으로 하나만 말해도 될까요?"

트리폰은 고통을 억누르면서 비틀비틀 일어난다.

테라코마리의 움직임이 멈추었다. 역시—— 이 소녀는 적에게도 정을 잊지 않는 듯했다. 말 그대로 비통한 표정을 띠며 애원하면 곧바로 방심하는 거다.

빌헤이즈가 수상하다는 듯 눈살을 찌푸렸다.

"뭐죠. 목숨 구걸이라면 죽고 나서 해주세요."

"아뇨. 잠깐 제 목적을 알려줄까 해서요. 적의 주의 주장도 모른 채 죽여버리면 기분 나쁘잖습니까?"

"…………."

반론은 없었다.

트리폰은 오른손을 주머니에 넣은 채 말하기 시작한다.

"애초에 뒤집힌 달의 목적은 '마핵의 파괴'입니다. 하지만 저만은 조금 다른 관점에서 행동하고 있습니다. 마핵은 파괴하는 게 아니라 이용하는 편이 바람직해요. 마핵은 전대미문의 특급 신구입니다. 잘 이용하면 소지한 자에게 무한한 힘을 제공하겠죠. 저는 그 힘을 이용해 세계에 안정을 가져다주고 싶습니다."

사람을 죽여놓고 세계평화를 주장한다.

모순은 사람에게서 생각의 리소스를 빼앗는다. 빌헤이즈와 테라코마리가 의아하다는 표정을 짓고 있다.

"마핵 아래서 모든 게 평등한 사회. 제가 추구하는 건 이것입니다. ──당신도 느끼지 않았나요? 이 세상은 모든 의미에서 불합리합니다. 평화롭게 살고 있었을 텐데 갑자기 목숨을 잃기도 하죠. 이건 '강자와 약자', '부자와 가난한 자', '재능이 있는 자와 재능이 없는 자', '아름다운 자와 추악한 자'──. 그런 불평등한 구별이 존재하기 때문에 생기는 악몽입니다. 저는 마핵의 힘으로 세계를 균질화하고 싶습니다. 인간은 마땅히 모두 평등하게 관리되어야 합니다. 그렇게 하면 사람들은 무익한 분쟁에 골치를 썩일 필요가 없어요."

거짓 없는 본심이었다. 백극 연방이 목표로 하는 '한 국가만의 혁명'이 아닌 '세계 전체의 혁명'. 그게 트리폰의 최종 목적.

"그런 이유로 저는 뮬나이트 제국을 지배할 생각입니다. 이 나라 다음으로는 알카 정도를 노려볼까요. 머지않아 여섯 나라와 핵 영역을 지배할 무렵에는 이상적인 낙원이 구현되어 있겠죠. 당신도 그런 세계를 원했던 거 아닙니까? 장군 일은 안 해도 됩니다. 당신은 작은 고민으로부터 해방될 거예요——."

"시끄럽군요. 그런 이상을 받아들일 리가 없잖아요."

빌헤이즈가 험악한 얼굴로 노려봤다.

슬슬 때가 됐나——. 트리폰은 쓴웃음을 지으면서 주머니에 든 손가락을 움직였다. 장황하게 이야기하는 사이에 마력은 충분히 긁어모았다.

"어째서죠. 매우 훌륭한 사상이라고 생각하지 않습니까?"

"말이 안 통하네요. 코마리 님이 하지 않겠다면 제가 독살해 드리죠."

"그래요. ——단, 독에 괴로워하는 것은 당신 쪽이겠지만요."

"뭐? ——어."

☆

덜컥.

온몸에서 힘이 풀린 것처럼 빌이 그 자리에 무릎을 꿇었다. 나는 이상한 기분이 들어 시선을 비스듬히 아래로 돌렸다.

그녀는 입가를 누르면서 파랗게 질려 있었다.

다음 순간——, 촤아아아아악, 하고 입에서 새빨간 피가 흘러나왔다.

"어? 어, 어째서……. 코마리 님."

피 웅덩이 속으로 가라앉는 메이드. 붉은 마력. 움찔거리며 경련하는 피투성이 메이드. 내 몸에서 흘러넘치고 있는 바보 같은 살기.

도움을 청하듯이 나를 올려다보는 메이드.

모든 걸 이해할 수 없다. 내가 조금 전부터 뭘 하는 거지.

"성도에서 그녀 몸속에 파묻어둔 겁니다. 독이라기보다는 소형 폭탄이죠. 비장의 패라서 마지막 순간까지 아껴두었지만요."

트리폰이 미소를 띠고 있다.

그래——. 나는 이 녀석을 쓰러뜨리기 위해 온 거지.

하지만 어째서일까. 이미 그는 팔을 잃고 괴로움에 표정을 일그러뜨리고 있다. 내가 모르는 사이 싸우기라도 한 걸까.

"열핵해방을 멈추세요. 따르지 않는다면 다른 폭탄을 작동하겠습니다."

"…………."

"안 들리는 건가요? 당신의 소중한 메이드가 산산조각이 나서 날아가 버릴 거라고요? 정말 그래도 괜찮나요? 이번에는 정말 메이드를 잃을 텐데요?"

트리폰의 다그치는 듯한 말이 내 마음을 도려내었다.

빌이 사라진다고? 그건 당연히 싫다.

그녀는 바닥에 엎어져 괴로워하고 있다. 배 부근에 생긴 것은 새빨간 얼룩. 폭탄이 폭발했다는 말이 사실일지도 모르겠다. 이 녀석이 사라지면. 이 녀석이 사라져 버리면,

나는. 나는——.

──또 그 어두운 방에 틀어박히게 될까?

마음이 술렁인다.

마력이 점점 가라앉는다.

내 몸과 마음을 감싸고 있던 힘이 서서히 희미해져 간다.

흐릿하던 의식이 말끔해진다.

"어──?"

꿈에서 깬 듯한 기분이었다.

그러나 나의 시선은 발밑에서 나뒹굴고 있는 메이드에게 고정됐다.

무심코 비명 같은 목소리가 새어나갔다.

"──빌?! 왜 그래, 너……!"

"코, 코마리, 님……."

나는 울면서 빌의 몸을 만졌다.

그녀가 콜록거리며 기침을 내뱉었다. 입에서 나온 피가 알현실 바닥에 흩뿌려졌다. 그 괴로워하는 숨소리를 들을 때마다 실신할 듯한 절망감이 앞질러 간다.

왜. 어째서 일이 이렇게──.

"【고흥의 애도】가 사라졌군. 역시 이게 가장 효과적이었나."

뒤를 돌아본다.

트리폰이 웃고 있었다. 악마처럼 웃고 있었다.

그래. 이 녀석 때문이다. 이 녀석은 남을 상처 입히면서 죄책감이라는 걸 일절 못 느끼는 괴물이다. 뮬나이트 제국이 엉망이 된 것도 다 이 녀석 때문이다.

"당신의 약점은 빌헤이즈. 저 메이드를 잃음으로써 열핵해방이 약해지는 건 검증을 마쳤으니까요."

"우, 웃기지 마! 왜 이렇게 심한 짓을——, 으윽."

갑자기 머리를 걷어차여 시야가 새하얘졌다. 정신을 차리고 보니 나는 빌과 마찬가지로 바닥을 나뒹굴고 있었다. 머리가 징징 울린다. 입에서 피가 주르륵 흘러내린다.

하지만 움츠러들 때가 아니다. 나는 통증을 참으며 일어나려 했다.

바로 그때 트리폰이 앞을 가로막았다.

"저는 아마츠 카쿠메이와 달리 거친 것을 좋아하지 않아요. 당신이 깨끗이 패배를 인정하고 투항한다면 이 이상의 폭력은 지양할 생각입니다. 어떻게 하시겠습니까?"

"어떻게고 뭐고! 그런 말을…… 그런 말을……!!"

"그럼 다른 부위에 장치한 폭탄을 폭발시키죠."

"그, 그만해!!"

나는 순간적으로 외쳤다. 더 이상 빌이 괴로워하는 모습을 보고 싶지 않다.

게다가—— 저 기폭 장치가 신구가 아니라는 보증은 어디에도 없었으니까.

아니. 애초에 빌은 열핵해방을 발동하고 있다. 이대로 두면 돌이킬 수 없는 사태가 벌어질 것이다.

"자, 어떻게 할까요. 테라코마리 건데스블러드."

"그만해……. 빌이 죽어 버리잖아……."

"후." 트리폰이 미소를 짓는다. "당신은 소중한 사람에게 기대어 일어난 것 같은데, 그 '소중한 사람'과 '뮬나이트 제국'이 있다면, 어느 쪽을 선택할 겁니까? 자, 확실히 해주세요."

머리가 납처럼 무거워진다. 이 자리에서 그런 선택지를 들이민다니.

분명 나는 소중한 사람을 위해서—— 빌과 모두를 위해서 싸우겠다고 결의했다.

제도 사람들에게 '뮬나이트 제국을 구하겠다'라고 약속해 버린 것이다.

상황을 타파할 방법을 생각해야 한다.

바로 코앞에서 빌이 얼굴을 찡그린 채 웅크리고 있었다. 온몸이 아프겠지——. 피를 저만큼 흘렸으니 당연한 일이었다.

그래. 피다. 아까 빌의 피를 마시고 나서 나는 꿈을 꾸는 듯한 기분을 느꼈다. 그리고 트리폰과 뮬나이트 궁전을 엉망으로 만든 것이다. 다시 빌의 피를 마시면.

"컥?!"

그녀를 향해 뻗은 손을 트리폰이 힘껏 짓밟는다.

엄청난 통증이 퍼진다. 트리폰이 "난감하군요" 하고 한숨을 내쉬며 말했다.

"아무래도 아직 상황을 이해하지 못한 것 같네요. 당신은 이미 졌어요."

"빌……! 빌……!!"

"안 되겠군요. 마음이 무너졌나요."

눈앞에서는 내 소중한 메이드가 죽어가고 있다.

그러나 나는 아무것도 할 수가 없다. 흘러나오는 눈물을 어찌할 수 없었다.

결국 열핵해방을 발동해도 테러리스트를 이기지 못했다. 제도 사람들과의 약속을 지키지 못했다. 나는 여전히 아무 능력 없는 글러 먹은 흡혈귀였다──.

"──이런. 겨우 도착하셨군요."

트리폰이 중얼거렸다.

그런 건 신경 쓰이지 않았다. 어떻게 빌을 돕지. 어떻게 여기에서 도망치지. 제도를 구하지 못한 책임은 어떻게 져야 하지.

갑자기 익숙한 목소리가 들렸다.

"트리폰! 이런 낡아 빠진 궁전에서 대관식이라니 너무하잖아!"

뒤다. 누군가가 경쾌한 발걸음으로 다가온다.

나는 퍼뜩 고개를 들었다. 왜인지 몸이 떨리는 걸 어찌할 수 없었다. 날카롭고 사악한 기운이 내 마음을 좀먹어 간다. 뮬나이트 제국이 다시 어둠에 휩싸인다.

트리폰이 공손하게 고개를 숙였다.

"죄송합니다. 예상 이상으로 싸움이 격렬했거든요."

"뭐, 나한테는 예상 이하지만──. 근데 너 다쳤잖아! 어떡하게?! 팔 말이야, 팔! 그런 건 마핵의 힘을 빌려야만 나아!"

"마핵의 힘을 빌려서 치료할 생각입니다."

"좋아!!"

이 자리에 어울리지 않을 만큼 밝은 목소리였다.

두려움에 마음이 꺾일 듯했다. 나는 조심조심 뒤를 돌아본다.

그곳에는 한 소녀가 서 있었다.

빛나는 태양 같은 금발을 양쪽으로 묶은 흡혈귀다. 나이는 나와 비슷한 정도일까──. 발랄한 분위기에서 한없는 밝음이 느껴진다. 머리에 쓴 것은 챙이 없는 기묘한 모자다. 달을 뒤집어 놓은 듯한 문장이 그려져 있었다.

"어……, 스피카……?"

믿을 수 없다. 대체 왜 그녀가 여기 있는 거지.

그보다── 말투나 분위기가 영 다른 사람 아닌가.

"며칠 만에 보네! 테라코마리."

그녀는 그녀답지 않게 반짝이는 미소를 띠고 있었다.

그리고 손에 든 새빨간 사탕을 살랑살랑 흔들면서 절망적인 자기소개를 했다.

"그리고 처음 뵙겠습니다. 나는 스피카 라 제미니. ──뒤집힌 달의 보스야! 남들은 '신을 죽이는 사악'이라고 부르고 있지!"

현실을 현실로 받아들일 수 없다.

환상이라도 보는 게 아닐까 싶었다.

"어, 어째서……? 너는 신성교의 교황."

"그거야 당연히 가짜지. 율리우스 6세는 나지만 내가 아니야. 전대 교황이 그만두었을 때, 아마츠나 트리폰이 여러모로 수를 써서 취임하게 해 줬어! 하지만 종교는 너무 딱딱해서 못 참겠

Illustrations copyright © riichu

네. 신 같은 게 이 세상에 존재할 리 없는데, 다들 '신이시여, 구원해 주소서!'라고 외치잖아? 기도할 틈이 있으면 과자나 먹는 게 훨씬 평화롭고 온화한 시간을 보낼 수 있을 거 같지 않아?"

아마 나는 조금도 상황 파악이 안 되고 있다.

하지만 눈앞의 소녀가 결코 아군이 아니라는 것만은 이해할 수 있었다.

이 녀석은── 스피카 라 제미니는.

세상에 불행의 씨앗을 뿌리고 있는 장본인이었다.

"──저기, 트리폰. 교황 신분은 버려도 되는 거야? 이제 뮬나이트 제국 황제인가? 그보다 내가 정말 즉위할 수 있는 거지?"

"물론이죠. 잠시 후에 부하들을 모아 대관식을 개최할까요?"

"흐음. 그럼 이걸 써 버릴까."

"뭐? 그건……."

스피카는 손가락으로 관 같은 것을 빙글빙글 돌리고 있었다.

나는 문득 깨달았다. 저건 분명 황제가 늘 머리에 쓰고 있는 왕관이다.

그녀는 반짝반짝 빛나는 그것을 트리폰에게 과시하면서 순진하게 웃는다.

"이거 맞지? 뮬나이트 제국의 마핵이."

심장을 관통당한 듯한 기분이었다.

마핵. 뮬나이트 제국의 근간이라고도 할 수 있는 신구.

"황제의 머리에서 훔쳐 왔어. 역시 마핵은 자기 곁에 두고 싶은 법인가 봐. 다른 나라의 군주도 늘 몸에 지니고 있을까? 그렇게 생각해보면 의외로 예상이 될 것 같기도 해. 예를 들어 아마츠 카루라가 팔에 달고 있는 방울이라거나."

"저기, 아가씨. 정말인가요? 그게 뮬나이트의――."

"의심하는 거야?"

"아니요. 아가씨가 그렇게 말씀하신다면야."

그렇게 말한 트리폰은 공손하게 고개를 숙였다.

'신을 죽이는 사악'――, 스피카는 콧노래를 부르며 알현실 안쪽으로 걸어간다. 그리고 "영차"라고 중얼거리며 옥좌에 앉아 다리를 꼬았다.

그녀의 머리 위――, 모자 위에는 황제의 왕관이 얹혀 있었다.

"――경치가 좋은걸! 다 부서져 있어서 최악이지만."

"그렇군요. 나중에 정리해 둘까요."

"아마츠에게 시키자. 그 녀석, 뒤에서 널 방해한 것 같던데?"

"용서할 수 없겠군요. 그 남자는 뒤집힌 달의 일원이라는 자각이 부족한 것 같습니다. 정리 이외에도 무거운 벌을 줘야 하지 않을까요."

"그러게! '죽을 때까지 앙금을 먹어야 하는 벌'은 어때?! 재미있을 것 같지 않아?!"

"아니, 그건 좀……."

트리폰이 옥좌 쪽으로 걸어간다.

두 사람은 즐거운 듯 활기차게 대화를 나누고 있었다. 그러나 그런 것은 귀에 들어오지 않았다. 나는 오열하면서 빌 쪽으로 기어갔다. 트리폰이 설치한 폭탄의 위력이 어느 정도인지 모르겠다. 하지만 그녀는 이미 죽어가고 있었다.

"빌……."

이름을 불러도 답이 없었다.

어깨를 흔들려다가 손을 멈췄다. 빌의 얼굴이 새하얗게 질려 있었다.

이대로 두면 그녀는 죽을 것이다. 그것만은 죽어도 싫었다. 설령 세상이 뒤집히더라도 이 메이드를 잃는 것만은――.

그때였다.

주머니에서 꾸깃꾸깃해진 편지가 떨어졌다.

거기에는 엄마의 글씨가 쓰여 있다.

⟨뮬나이트를 잘 부탁할게. 세계는 네 가슴속에.⟩

"………………."

가슴이 괴로웠다. 그렇게 말해도 곤란하다.

나는 엄마처럼 될 수 없다. 세계를 혼자 종횡무진하며 대활약하던 그 금색 흡혈귀 같은 위대한 인물은 될 수 없다.

뮬나이트 제국은 나에게 있어서는 무거운 짐이었다.

이런 글러먹은 흡혈귀가 짊어질 만한 것이 아니었다.

"――저기, 테라코마리. 그 아이가 소중해?"

조용한 속삭임이 귓전을 때린다.

스피카가 이쪽을 바라보고 있었다.

나는 이를 악물고 그녀를 노려보았다.

"다, 당연하지. 왜냐하면, 빌은, 내 소중한――."

"그럼 제국을 포기하게? 트리폰은 딱히 남을 죽이는 게 취미는 아니야. 네가 우리를 방해하지 않는다면 우리도 잘해줄 거야. 이 사탕처럼 부드럽게 대해 줄게!"

"무슨 말을 하는 거야……?"

"음――, 하지만 그러면 끝이 안 나잖아! 이미 넌 내 동료를 다치게 했어! 부하가 팔을 뺏겼는데 묵묵히 있어서야 본보기가 되지 않아――. 그래, 무릎을 꿇으면 용서해줄게! 그 자리에서 바닥에 머리를 대고 '잘못했습니다'라고 해봐!"

"윽――."

스피카는 싱글벙글 웃으며 거만하게 옥좌에 앉았다. 저 녀석은 왜 저렇게 거만한 거지. 거긴 네 자리가 아니야. 그 변태 황제가 앉아야 할 자리인데.

나는 분한 나머지 주르륵 눈물을 흘리고야 말았다.

뭐 이렇게 지독한 놈들이 다 있지. 요 1년 사이 몇몇 악당을 봐왔지만――, 이렇게까지 악랄한 놈이 또 있었을까.

하지만 자존심 따위는 1멜 정도의 가치도 없다.

소중한 동료가 이 이상 다치게 둘 수 없었다.

나에게는 힘이 없다. 결국 모두를 구하지 못했다. 하지만――

잠깐 고개를 숙인다고 용서가 된다면.

"뭐 해? 얼른 안 꿇으면, 너도 메이드도 트리폰이 죽일 거야."

"…………."

큰 것을 위해 작은 것을 희생하는 것이다.

나는 아픈 몸을 채찍질하며 일어났다.

그래. 나에게 장군직은 어울리지 않는다. 비참하게 무릎 꿇고 용서를 구하며 지금까지 해온 것처럼 방에 틀어박혀 있는 게 더 어울린다. 상대가 밀리센트가 아니라 스피카로 바뀌었을 뿐이다. 괴롭힘에 의욕을 잃고 나는 이제 어두운 방 안에서 몸을 움츠리고 있겠지——.

그렇게 절망하면서 고개를 숙이려 했을 때였다.

문득 소리가 들렸다.

"——코마리 님."

어깨에 손이 닿았다.

놀라서 고개를 든다.

어느새 빌이 일어나서 나에게 다가와 있었다.

그녀는 입에서 피를 흘리면서 말한다.

"그 물음에는…… 답이 나왔을 텐데요. 당신은 은둔형 외톨이가 아니라 장군의 길을 택했잖아요. 이제 와서 마음을 바꾸는 건…… 모두에게 실례 아닐까요?"

"비, 빌……! 괜찮은 거야……?"

"솔직히 죽도록 아프지만…… 죽어 있을 때가 아니죠."

그녀는 사지에 힘을 주고 비틀비틀 일어나 품에서 쿠나이를 꺼내더니, 그 칼끝으로 옥좌를 겨눈다. 그리고 이윽고 내 쪽을 보더니 희미하게 미소 지었다.

"코마리 님, 포기하기에는 일러요."

"……안 돼. 저 녀석들에게 맞서면 분명 살해당할걸……. 너도 괴롭잖아……. 이제 쉬어도 돼……."

"그래요? 그럼 저라도 싸우기로 하죠."

"윽……?!"

나는 온몸에 충격이 퍼지는 듯한 충격을 받았다.

그녀의 눈은 진심이었다. 진심으로 눈앞의 적과 싸우려고 하는 것이다.

"자백할게요. 저는 코마리 님과 함께하는 나날들이 정말 좋았어요. 이런 데서 끝내고 싶지 않아요. 그러니까 무슨 일이 있어도 저 테러리스트들을 내쫓아야 해요."

"하지만……."

"코마리 님은 지금까지의 소란스러운 나날이 싫으셨나요?"

싫을 리가 있나. 이 녀석과 제7부대, 사쿠나와 네리아, 카루라 및 기타 사람들 덕분에 나는 성장할 수 있었다. 요 반년 조금 넘는 기간 동안 정말 충실한 시간을 보냈다.

빌이 "마음은 정해진 것 같네요" 하고 미소를 지었다.

그리고 나의 손을 부드럽게 잡더니 말했다.

"미래가 보여요. 우리의 승리는 확정되어 있습니다."

"윽……."

나아가야 할 길이 밝게 비추어졌다.

빌의 말이 마음에 스며든다. 둔해져 있던 감각이 서서히 돌아온다.

──이 녀석 말이라면. 이 녀석 말이라면 괜찮겠지.

그런 확신이 내 안에서 싹텄다.

언제나 이 메이드는 나를 지탱해 준다. 이런 절체절명에서도 그녀 없이는 힘을 못 쓰는 나는 정말이지 답이 없는 열등 흡혈귀었다.

역시 이 녀석이 없으면 나는 장군으로서 살아나갈 수 없다.

"——알았어. 나도 힘낼게."

"네. 힘내 보자고요."

더는 아무것도 두려워할 필요 없었다. 이 녀석과 함께라면 어떤 적이라도 쓰러뜨릴 수 있을 듯했다.

그때였다. 옥좌 근처에 있던 트리폰이 이쪽을 돌아본다.

"——아직도 포기하지 않았습니까. 열핵해방을 발동하면 빌 헤이즈의 폭탄을 발동시키겠습니다만. 그래도 괜찮나요?"

빌이 조금은 장난스럽게 웃었다.

"그런 미래는 보이지 않네요. 저에게 설치된 폭탄은 하나뿐이에요."

"으——. 그렇다면 마핵을 파괴하죠. 거기서 한 발짝도 움직이지 마세요."

"괜찮아요, 코마리 님. 저건 마핵이 아니에요."

"아가씨?! 어떻게 된 거죠?!"

"아무래도 들켰나 보네. 저 아이들을 절망시키기 위한 허세였는데."

트리폰이 폭발적인 살기를 내뿜었다.

그는 그대로 바닥을 박차더니 맹렬한 스피드로 달려왔다. 나는 무심코 굳어버리고야 말았다. 이대로는 죽는다——. 그렇게 생각한 순간이었다.

타앙!! ——하고 귀를 찢는 듯한 총성이 울렸다.

"윽──.?"

갑자기 발사된 마법 탄환이 트리폰의 어깨를 관통했다. 그의 몸은 회전하면서 바닥 위를 날았다. 스피카가 "응?"하고 소리를 높인다. 나도 놀라움에 찬 표정으로 뒤를 돌아보았다. 거기에 있던 것은──.

"──와하하하하하! 간발의 차로 늦지 않았군! 다친 곳은 없어, 테라코마리? 아니, 상처투성이네! 늦어서 미안!"

은백색 머리카락을 밤바람에 나부끼는 창옥종, 프로헤리야 즈타즈타스키다.

어째서 그녀가 여기 있는 거지? ──그런 의문은 순식간에 날아가 버렸다. 그녀는 오른손으로 질질 끌고 있던 것을 힘껏 던졌다.

뒹굴. 상처투성이가 된 누군가의 몸이 바닥을 굴렀다.

그리고 스피카가 동요하는 기색을 느꼈다.

"후야오?! 어째서……?!"

"아니. 호전적인 여우가 습격해 오길래 무심코 사냥해 버렸지 뭐야. 뭐, 이 녀석 때문에 내 친애하는 부하들은 거의 전투 불능 상태가 됐지만."

"무, 무슨……!"

후야오 메테오라이트.

과거 천조낙토를 공포의 수렁으로 빠뜨린 여우 귀 소녀가 엉망이 되어 기절해 있었다. 영문을 모르겠다. 프로헤리야가 저 녀석을 처리한 건가? ──그렇게 망연자실해 있는데, 백은의 소녀는 "이봐, 테라코마리!" 하고 폭풍우처럼 쩌렁쩌렁한 소리를 내며 말했다.

"위를 봐. 꾸물거리고 있을 틈이 없어."

"뭐――?"

그때 밤하늘을 울리는 날카로운 소리가 들렸다.

[듣고 계신가요, 테라코마리 건데스블러드 각하!!]

상공에 있는 스크린에 신문 기자의 모습이 비치고 있다.

그녀는 흥분한 듯 마이크를 꼭 쥐고 나에게 말을 걸어 왔다.

[현재 제도는 건데스블러드 각하를 응원하는 목소리로 가득합니다! 그뿐이 아닙니다――. 테러리스트와 성기사단을 쓰러뜨린 알카, 천조낙토의 군이 현재 뮬나이트 궁전으로 향하고 있습니다! 또 합류한 제국군 제7부대와, 밀리센트 블루나이트 각하, 사쿠나 메모아 각하, 페트로즈 카라마리아 각하의 군도 돌진 중입니다! 엄청난 머릿수예요! 이대로라면 압사당할 것 같네요!]

[히이이익! 이거 말려들면 죽겠어요!]

[이봐, 티오. 도망치지 마! 기자의 소원은 전장에서 죽는 것이 잖아!! ――자, 건데스블러드 각하! 희대의 영웅의 힘을 마음껏 과시해 주세요! 테러리스트를 뮬나이트 제국에서 내쫓아 주세요! 새로운 시대를 만들 사람은 테라코마리 건데스블러드 말고는 또 없으니까요!!]

나는 멍하니 제도의 양상을 바라보고 있었다.

메르카가 보여주는 영상에는 많은 사람이 나왔다.

흡혈귀도 화혼도 전류도 창옥도―― 종족과 무관하게 다들 궁전을 향해 달리고 있었다. 뒤집힌 달이나 기사단 단원들은 모두 처리된 듯했다.

그렇게 제도는 내 이름을 부르는 목소리로 가득 찼다.

코마링! 코마링! 코마링! ──부끄럽기 짝이 없었다. 그러나 나를 생각해 주는 사람이 이렇게 많다는 사실이 터무니없이 기뻤다.

더는 망설일 틈이 없었다.

빌이 피식 웃더니 이쪽을 돌아봤다.

"코마리 님. 승리가 보이고 있어요."

"그래, 그렇네──."

나는 천천히 빌에게 몸을 들이밀었다.

그녀는 딱히 저항하지 않았다. 해야 할 일은 정해져 있다. 솔직히 말해 나는 아직도 내 힘을 믿을 수가 없었다. 피를 마시면 의식이 몽롱해져서 내가 뭘 하는지 알 수 없게 된다. 하지만 다들 나의 열핵해방이라는 것에 기대를 걸고 있다.

그렇다면 믿을 수밖에 없다.

자기 평가가 아니라. 가끔은 남의 평가를 믿어 봐야지.

나는 그대로 흰 목덜미에 입을 가져갔고── 이빨을 세웠다.

빌이 짧은 비명을 내지른다. 흘러나온 피가 내 메마른 입을 적셔갔다. 피는 정말 싫지만, 어째서인지 빌의 피는 어떤 주스보다 더 달콤하게 느껴진다.

"질리지도 않고 계속 맞서는군요. 역시 더 이상 봐줄 필요 없겠네요──."

"기다려, 트리폰! 움직이면 후야오가 살해당해."

"윽?!"

"와하하하하! 그 말이 옳아! 이 여우의 머리가 터지는 꼴을 보기 싫다면 동굴에서 봄을 기다리는 곰처럼 가만히 있으라고. 일단 테라코마리가 열핵해방을 발동할 때까지 기다려 줘야겠어."

"이런 건방진⋯⋯!"

"난감하네. 트리폰이 한 짓이랑 똑같잖아? 이거."

"⋯⋯⋯⋯⋯⋯⋯⋯⋯⋯⋯⋯⋯⋯."

뒤에서 펼쳐지는 언쟁 따위는 관심조차 없었다.

나는 정신없이 그녀의 피를 빨고 있었다. 달콤하다. 맛있다. 계속 빨고 싶다──. 그 순간이었다. 어째서인지 나의 목덜미에도 따끔한 통증이 퍼졌다.

"어──, 빌⋯⋯?"

놀라서 눈을 크게 뜬다. 어느새 빌의 팔이 내 등을 감고 있었다.

그리고 그녀의 이빨이 내 피부를 파고들었다는 걸 알아차렸다. 피가 흘러나온다. 그대로 피를 빨린다. 나는 몹시 당황하면서 굳어 있었다.

이윽고 빌은 만족스레 웃으며 나에게서 떨어진다.

"──잘 먹었습니다. 정말 맛있었어요."

"아──."

몸속 깊은 곳에서 타는 듯한 뜨거운 마력이 솟구쳤다.

세상은 붉고 푸르게 물들어갔다.

☆

열핵해방은 마음의 변화에 따라 강해진다.

2년 후의 아마츠 카루라가 시간 이동 능력을 가지고 있던 것처럼, 모든 인간은 동등하게 진화의 여지를 가지고 있다.

빌헤이즈에게 일어난 것도 같은 현상이다.

주인을 생각하는 마음에 한 단계 변화가 찾아왔다. 테라코마리 건데스블러드의 결의에 감화해 '어디까지고 주인의 힘이 되겠다'라는 각오를 다진 것이다.

뮬나이트 궁전은 어마어마한 마력의 분류에 휩싸였다.

붉은 소용돌이의 중심에 서 있는 것은 테라코마리 건데스블러드다. 충실한 종자의 피로 불러들인 이능은 온갖 것을 파괴하는 궁극의 마법과 신체 능력. 과거 제도의 하늘을 붉게 물들인 【고홍의 애도】의 원점이자 정점.

그리고 푸른 격류를 띤 것은 빌헤이즈다. 평소부터 사용하는 쿠나이에 빛나는 듯한 마력이 깃들었다. 경애하는 주인의 피로 불러들인 이능은 미래를 관장하는 【판도라 포이즌】──. 그것이 한 단계 진화한 형태.

"코마리 님. 놈들을 쫓아버리죠."

"응. 빌과 함께야."

그 자리에 있던 모든 사람이 숨을 집어삼켰다.

공기가 삐거덕거린다. 마력이 격렬하게 부대끼는 소리가 알현실에 울려 퍼진다.

트리폰도. 프로헤리야도. 그리고 스피카 라 제미니조차도——
두 사람에게서 뿜어져 나오는 엄청난 마력과 살기에 압도당하
고 있었다.

가장 빠르게 움직임을 보인 것은 트리폰이었다.

이 남자는 백극 연방에서 수많은 아수라장을 거쳐온 위인이
다. 설령 머릿수로도 이길 수 없을 만한 열핵해방을 눈앞에 둔
상황일지라도 움츠르드는 기색이 없었다. 제아무리 강한 적 앞
이라도 투명한 눈으로 상황을 분석할 수 있다는 점에서 '뒤집힌
달의 참모'라 불릴 만했다.

그리고 몇 가지 일들이 동시에 일어났다.

트리폰이 바닥을 박차고 달리기 시작했다. 적이 움직이기 전
에 숨통을 끊어 버리려는 속셈이다. 빌헤이즈의 열핵해방이 발
동한 탓에【대역신문】은 쓸 수 없었다. 왠지 세상의 좌표가 이상
하다.

그리고 이어서 반응한 것은 프로헤리야였다. 트리폰이 바늘을
들고 질주하는 것을 목격한 순간——, 그녀는 백색의 마력을 가
다듬어 가차 없이 방아쇠를 당겼다.

총성이 울려 퍼진다. 마법 탄환이 빛의 속도로 날아간다.

그대로 트리폰에게 명중하기 직전—— 갑자기【대역신문】이
발동되었다. 비록 전이되는 위치의 좌표를 알 수 없더라도 공격
을 멀리할 수는 있기 때문이다.

탄환이 트리폰의 눈앞에서 사라졌다.

그리고, 어느새 테라코마리 건데스블러드의 눈앞에 전송되어

Illustrations copyright © riichu

있었다.

그것은 신의 장난 같은 기적이었다.

"어——."

붉은 눈동자에 동요가 퍼졌다.

트리폰이 환희에 입가를 일그러뜨린다.

프로헤리야가 "우와아아아아아, 미안!!"이라고 외치고 있었다.

"윽——. 코마리 님?!"

탄환은 그대로 코마리의 가슴에 직격했다.

뭔가가 깨지는 듯한 소리가 났다. 그 자리에 있는 모든 사람이 눈을 크게 떴다. 그건 테라코마리 건데스블러드가 늘 목에 걸고 있던 펜던트에 금이 가는 소리였다.

그리고 금 안쪽에서 흰빛이 흘러 넘친다.

아무런 수가 없었다.

그대로 세상은 눈 깜짝할 새 희게 변했고——, 세 사람의 모습이 홀연히 사라졌다.

——정치 싸움에서 진 거야? 갈 곳이 없다고?

——당신은 뭘 할 수 있어?

——그래. 마핵을 모아줘. 그럼 답례로 돌봐줄게!

머릿속에 들러붙어 떨어지지 않는 '신을 죽이는 사악'의 목소리.

그 소녀는 백극 연방 정부에 추방된 자신을 거둬주었다. 아마 그녀는 그런 식으로 '낙오자'를 여럿 구해 왔겠지. 딱히 빚을 지우려는 건 아니다——. 스피카 라 제미니는 누구보다 심성이 곱다.

그렇기에 뒤집힌 달의 구성원은 그녀를 위해 몸이 부서져라 싸우는 것이다.

그리고 그건 트리폰 크로스도 예외가 아니다.

뒤집힌 달은 조직 앞에 '유사'라는 단어를 붙여도 과언이 아닐 만큼 결속력 없는 조직이다. 예를 들어 후야오 메테오라이트는 조직의 이념에 관심이 없다. 자기가 강해질 수 있으면 그만이라고 생각하고 있다. 로네 코르네리우스도 비슷하다. 그녀는 세상의 진리를 찾기 위한 연구에 매진할 뿐이다.

하지만—— 개개인은 그렇게 다양한 사상을 가진 고독한 존재인데도, 어째서인지 아가씨 곁으로 모여들면 느슨한 연대를 이룬다. 그건 때때로 이해할 수 없는 행동——, 걸핏하면 배신이

나 다름없는 행위를 아무렇지 않게 저지르는 아마츠 카쿠메이
에게도 해당되는 사항이었다.

그것은 그녀의 카리스마가 이루어내는 일이겠지.

저런 인물이야말로 세계를 다스릴 인물이라고, 트리폰은 생각
한다.

분명 마핵을 어떻게 할 것인가에 대해서는 의견이 조금 다르
다. 그러나 여섯 나라에서 혁명을 일으킨 후, 스피카를 정점에
앉히는 것이 세상이 행복해지는 길임이 분명했다.

그렇기에 트리폰은 싸우는 것이다.

세상을 위해. 뒤집힌 달을 위해. 그리고── 아가씨를 위해.

방해꾼은 배제해야 한다.

테라코마리 건데스블러드.

스피카가 유일하게 인정한, 희대의 흡혈귀.

※

프로헤리야 즈타즈타스키는 당황 중이었다.

꼭 폭풍이 지나간 것처럼 엉망이 된 뮬나이트 궁전. 그 한가운
데에 서 있었을 터인 두 사람이 홀연히 자취를 감추어 버렸다.
아니──, 두 사람뿐만이 아니었다. 그녀들에게 덤벼들던 창옥
의 테러리스트도 사라져 버렸다. 아마 그 녀석이 서기장이 말했
던 트리폰 크로스겠지. 그러나 프로헤리야로서는 이미 아무래
도 상관없었다.

"뭐야, 이건——. 그 세 명은 어디로 갔지?!"

"사라졌어. '저세상'으로. 즉—— 그게 진짜 마핵이었다는 거지."

옥좌에 앉아 있던 흡혈귀가 재미없다는 듯 그렇게 말했다. 이어서 자기 머리에 쓰고 있던 왕관을 맨손으로 으깨버린다. 반짝반짝한 파편이 바닥으로 흩어졌다. 프로헤리야는 주의 깊게 그소녀의 모습을 관찰한다.

얼굴은 본 적 있다. 신성교의 교황 율리우스 6세, 스피카 라제미니.

그녀는 테러리스트 집단 '뒤집힌 달'의 보스였던 것이다.

그나저나 이 사악한 기운은 뭘까. 백극 연방 최강의 육동량에게 섬뜩함을 품게 만드는 불길한 마력. 생긴 건 가냘픈 소녀인데—— 왠지 마주 보고만 있어도 떨림이 멈추지 않는다. 강자를 앞에 둔 환희가 속에서 솟구친다.

그러나 스피카는 한없이 천진했다.

마치 놀다가 질린 아이처럼 "흐아암" 하고 하품을 하며 일어선다.

"슬슬 갈 때가 됐나. 가져온 사탕도 다 떨어졌고."

"무슨 말을 하는 거야? 내가 놓아줄 것 같아?"

"그런 상태에서 트리폰이 테라코마리를 이길 수는 없겠지. 의외로 괜찮은 수라고 생각했었는데——. 역시 어렵네, 나라를 공략한다는 것은."

"이봐. 듣고 있어——?"

"그럼. 가볼까."

흡혈 공주는 눈앞에 있는 창옥 소녀 따위는 신경조차 쓰지 않는 눈치였다.

꼭 '너 같은 건 안중에 없다'라는 듯한 태도이다. 아무리 관대한 프로헤리야라도 무시당하면 상처 입고 분노도 한다. 천하의 육동량 대장군을 앞에 두고 이런 불손한 행동을——. 조금은 따끔한 맛을 보여줘야겠지.

"이봐, 스피카 라 제미니. 남의 이야기 좀 들어. 아니면 내 총탄이 네놈의 심장을——."

그 순간이었다.

"어?"——소리가 새어나갔다. 프로헤리야는 어느새 무기를 떨어뜨린 채 바닥 위에 웅크리고 있었다. 도대체 무슨 일이 벌어진 건지 전혀 이해할 수 없었다.

배가 아프다. 꼭 칼로 도려낸 것처럼——. 아니, 실제로 도려져 있었다.

몸 안쪽에서 작은 나이프 같은 게 튀어나와 있다.

"으윽, 아아……. 뭐, 뭐야……. 이건……?!"

"트리폰 흉내를 내봤어! 뭐, 내 건 단순한 공간 마법이지만."

어느새 스피카가 바로 코앞에 있었다.

냉철한 푸른 눈동자가 자신을 내려다본다.

그녀는 꼭 태양 같은 미소를 띠며 말했다.

"——생각해봤는데 이대로 아무런 성과 없이 돌아가면 역시 슬프잖아. 그러니까 선물로 당신 목을 가지고 돌아갈래. 게다가 당신은 후야오를 다치게 했으니까. 그 애는 내 소중한 동료거

든? 어떻게 책임질래? 후야오를 위해 마작 대회를 열 예정이었
는데, 이래서는 상처가 나을 때까지 강제로 연기잖아!"

"................."

프로헤리야는 바닥에 나뒹굴고 있는 자기 총 쪽으로 손을 뻗
었다.

그러나 닿지 않는다. 통증 때문에 몸에 힘이 잘 들어가지 않
는다.

"──자, 프로헤리야 스타즈타스키. 단념해. 굳이 뮬나이트
제국에 온 것을 후회하는 게 좋을걸! 당신 정의감은 쓸모없는
것이었어!"

영문을 모르겠다. 테라코마리나 빌헤이즈는 어디로 간 거지.
눈앞에 있는 소녀의 목적은 대체 뭐지. 왜 내가 이런 괴로움을
맛보고 있는 거지.

마음에 안 든다. 모든 것이 마음에 들지 않는다.

이런 데서 꼴사납게 패배를 맛보는 건 결코 자존심이 허락하
지 않는다.

하물며 비열한 테러리스트에 굴복하는 건 후대까지 남을 수
치다──.

그때였다.

갑자기 천지를 꿰뚫는 듯한 천둥이 쳤다.

천둥소리? ──이상하다. 제도의 밤하늘은 보름달이 보일 만
큼 맑았을 텐데.

"뭐지……?"

스피카가 신기한 듯 하늘을 올려다봤다.

프로헤리야도 똑같이 상공으로 시선을 돌린다. 구멍 뚫린 천장을 통해 아름다운 보름달이 엿보였다. 모든 것을 부드럽게 감싸는 듯한 달빛이 알현실로 쏟아지고 있다.

내가 환청이라도 들었나――, 그렇게 생각했을 때.

"테러리스트. 잘도 짐의 정원을 망쳐 놓았겠다."

천둥처럼 날카로운 소리가 울려 퍼졌다.

그리고 세계를 파괴하는 보랏빛 번개가 사방으로 퍼졌다.

★

소리 없이 눈이 내리고 있다.

불어오는 바람은 차다. 세상은 죽은 듯이 조용했다.

"뭐야……, 이게……."

멍하니 주변을 살폈다. 아무래도 뮬나이트 궁전 안뜰인 것 같다.

자신은 궁전 내부의 알현실에 있었을 텐데.

【전이】마법인지 뭔지를 써서 강제로 내보낸 건가?

그런 것치고는 이상한 점이 몇 가지 있었다.

어느새 눈이 내리고 있다. 그것도 밟으면 발자국이 남을 만큼 쌓여 있다. 그리고 궁전 건물이 전혀 무너지지 않았다. 꼭 아무 일도 없었다는 듯이 유유히 서 있는 데다, 제도의 거리가 무서우리만큼 조용했다. 싸움의 기운을 전혀 느낄 수 없다. 피 냄새가 나지 않는다.

그리고 트리폰은 결정적인 사실을 깨달았다.

밤하늘에 떠 있던 달이 사라지고 없었다. 눈구름에 가려진 게 아니다. 자세히 보면 똑똑히 알 수 있다——. 보름달이 어느새 초승달로 바뀌어 버린 모양이다.

꼭 이세계로 온 듯한 기분이지만 원인은 이미 알고 있었다.

"그래……, 그렇군. 열핵해방의 새로운 능력인가."

마음이 성장함에 따라 열핵해방도 강화되어 간다.

그렇다면 이 현상은 테라코마리 건데스블러드 혹은 빌헤이즈가 초래한 짓임이 분명했다.

상세는 불명. 하지만 이 얼마나 막강한 능력인가.

배제해야 했다. 저 두 사람의 마음이 앞으로도 계속 성장해 나간다면, 여기서 죽이지 않으면 장래적으로 큰 손해를 보게 되겠지.

아군은 없다. 아마 【대역신문】도 기능이 온전치 않다.

압도적으로 불리한 상황이지만, 이것을 극복하는 것이 삭월이다.

"——찾았다."

갑자기 또렷하지 않은 발음이 들렸다.

막대한 마력이 쏟아진다. 무시무시한 살기가 와닿는다.

신월(新月)의 어둠을 배경으로 천천히 하강한 것은 붉고 푸른 흡혈귀였다.

칠홍천 테라코마리 건데스블러드.

그리고 그녀의 팔을 잡고 있는 건 메이드 빌헤이즈다.

정말이지 불쾌한 광경이었다. 마지막으로 이렇게까지 쓴맛을 본 게 언제였더라.

마력을 짜낸다. 상급 조형 마법으로 얼음 검이 세상에 모습을 드러낸다. 인간 둘을 매장하기에는 나무랄 데 없는 무기다. 트리폰은 미소를 띠며 얼음 검을 치켜들어, 그 날을 밤하늘에 떠 있는 두 흡혈귀에게 향했다.

"잘도 저를 방해했군요. 곧 있으면 계획을 달성할 수 있었는데——."

"죽어."

마법진이 형성되고, 가차 없이 마력이 발사되었다.

수많은 탄환이 눈을 튕겨내며 날아든다. 트리폰은 필사적으로 그 자리를 벗어나 적의 움직임을 살폈다. 아무런 움직임도 없었다. 녀석은 지면으로 내려와 마치 고정된 포대처럼 마구잡이로 마법을 날린 것이다.

뒤에 있는 분수가 소리를 내며 날아갔다.

트리폰은 우연히 오른손을 맞춘 돌 파편을 【대역신문】을 이용해 테라코마리의 머릿속으로 전송하려 했다——. 그러나 파편은 그보다 훨씬 뒤쪽으로 전이해 버렸다. 역시 무언가의 이유로 전이 관련 이능을 못 쓰게 된 것이다.

그보다는 공간 좌표를 모르겠다. 역시 이곳은 이세계일지도 모른다.

"깜찍하군요——!"

눈앞으로 다가오는 탄환을 굴러가며 피한다.

그러나 적의 공격은 끊이지 않았다. 마력 덩어리는 괴물 같은 속도와 물량으로 트리폰을 죽이려 들었다. 무아지경으로 움직여 피할 때마다 주변 건축물이 갈라지고 무너지고, 장렬하게 폭발해 산산조각이 나서 날아간다.

방심한 순간, 마력이 어깻죽지를 스치고 지나갔다.

살이 찢어지고 피가 터져 나온다.

그러나 고통스러워 할 때가 아니었다. 이 정도 상처야 내버려 두면 낫겠지.

"깜찍하군. 정말 깜찍하네요······!"

트리폰은 이를 갈면서 생각했다.

이대로 계속 도망만 쳐봐야 끝이 나질 않는다.

그렇다면 내 쪽이 나서주지. 녀석은 자신이 '사냥하는 쪽'이라고 믿어 의심치 않는다. 그 자만이 목을 죌 것이다──. 그렇게 생각하면서 트리폰은 얼음 검을 겨누었다.

초급 가속 마법 【질풍】.

아무 특색도 없는 기초 중의 기초인 마법이지만, 적과의 거리를 좁히기에는 딱 알맞은 수단이었다. 고속으로 빗발치게 날아드는 마력을 그 이상의 속도로 피하면서 트리폰은 붉은 소용돌이에 육박한다.

일반인이라면 진즉 두려움에 기절했을 법한 살기다.

그러나 트리폰은 타고난 정신력으로 두려움을 억누르면서 필사적으로 땅을 박찼다.

조금만 더. 조금만 더 가면 됐다.

눈앞에 마력 덩어리가 있다.

칼을 비스듬히 기울여 막대한 힘의 방향성을 약간 틀어놓는다. 붉은 마력은 얼음 검을 타고 미끄러지듯 뒤쪽의 밤하늘로 올라갔다.

"————."

테라코마리의 얼굴에 순간 동요한 듯한 기색이 떠올랐다.

칼날을 휘두른다. 적의 목덜미를 향해 검을 휘두르려는데——.

"윽——?!"

푸욱.

갑자기 발목에 충격이 퍼졌다. 세상이 뒤집혔다. 트리폰의 몸은 회전하며 눈 위를 미끄러졌다. 영문을 모르겠다. 얼음 검이 손에서 날아간다.

간신히 자세를 바로잡으면서 조심스레 자기 발밑을 바라보았다.

마술처럼 등장한 쿠나이가 트리폰의 발에 깊숙이 꽂혀 있었다.

"뭐——뭐야, 이건——?!"

테라코마리 짓이 아니다. 더 나아가 평범한 마법도 아니다.

그야말로 트리폰 자신이 쓰는 【대역신문】 같은 이능이 아니라면 이런 재주는 부릴 수 없었다.

"——어떤가요. 비슷한 일을 당하는 기분이."

키득키득 웃는 소리가 들렸다.

믿기지 않는 심정으로 돌아본다.

테라코마리 옆에는 메이드복을 입은 소녀가 서 있다.

주인 못지않게 어마어마한 마력을 발산하는 흡혈귀—— 빌헤이즈다.

그녀는 푸른 분류 안에서 미소 지으며 이쪽을 바라보고 있었다.

"비슷한 일——이라고 해도 순간 이동은 아니지만요. 당신이 지나게 될 미래에 폭탄을 설치해 두었을 뿐이에요."

"무슨 말을 하는 거야……?"

"저도 잘 모르겠네요. 하지만 당신 행동은 손바닥 보듯 뻔히 알 수 있어요."

그녀는 그렇게 말하더니 주머니에서 여러 개의 쿠나이를 꺼냈다.

쿠나이가 차례차례 공중에 녹아들며 사라져 갔다.

어디로 갔는지는 쉽게 상상이 갔다.

【판도라 포이즌】은 미래를 보는 이능이라고 한다. 실제로 그녀는 자기 몸에 설치된 폭탄의 개수를 정확하게 맞혔다.

그리고 조금 전 빌헤이즈가 한 말이 맞는다면——, 그리고 트리폰의 예상이 맞는다면——, 저건 아마 '미래'로 날아갔겠지.

마음에 안 든다. 대체 뭘 먹으면 저렇게 강한 능력을 얻을 수 있단 말인가.

트리폰은 짜증을 느끼면서 발에 박힌 쿠나이를 뽑았다.

피가 흐른다. 통증이 뇌를 스친다. 그래서 뭐——, 여기서 포기하면 이상의 세계를 실현할 수 없다. 뒤집힌 달에는 트리폰 크로스가 필요하니까.

"이런 곳에서── 죽을까 보냐!!"

다시 【질풍】을 발동한다. 트리폰은 피를 흩뿌리며 빠르게 달렸다.

테라코마리가 무식하게 붉은 마력을 발사한다. 확실히 위력은 강력하다──. 하지만 궤도가 너무 직선적이다. 적의 움직임을 읽고 발사하는 건 아닌 듯하다. 익숙해지면 피하기는 쉬웠다.

트리폰은 잃어버린 왼팔 끝에 마력을 집중시켜── 연속해서 【마탄】을 날렸다.

그러나 견제조차 되지 않았다. 날아간 탄환은 테라코마리를 에워싼 장벽에 막혀 밤하늘로 튕겨 나갔고 그대로 사라졌다.

역시 보통 흡혈귀가 아니다. 이 지경까지 방치한 자신의 어리석음을 저주하고 싶어졌다.

"죽여야 해──."

뒤에서 대폭발이 일어나는 걸 느끼며 눈 위를 질주한다.

몸이 아프다. 고통은 이윽고 분노로 바뀌어 갔다.

눈앞의 적을 어떻게서든 매장해야 한다. 뒤집힌 달에── '신을 죽이는 사악'에 해가 될 어리석은 자는 제거해야 한다.

"소용없어요."

푸른 소녀가 의기양양하게 중얼거렸다.

"당신은 5초 후에 패배하게 되어 있어요."

"그럼 그 미래를 뒤집어 보이죠!!"

트리폰은 우렁차게 외치면서 달려들었다.

법칙은 해명되고 있었다. 확실히 이 세계에는 일반적인 좌표

계산이 통하지 않지만, 그렇다면 거기에 맞추면 그만이다. 어디로 전송하면 정확히 적의 머리를 꿰뚫을 수 있는지──. 여러 번 계산과 시뮬레이션을 반복하여 확인하면 된다.

"날아가라."

마력 덩어리가 날아온다.

트리폰은 아슬아슬한 곳까지 끌어온 다음 회피한다.

"날아갈 것 같으냐──!!"

"4."

눈앞에는 환상적인 풍경이 펼쳐져 있었다.

선명한 혈액처럼 붉은 마력. 그리고 거친 대해처럼 푸른 마력. 그 중앙에서 두 흡혈귀가 춤추듯이 마법을 발사하고 있다.

트리폰은 잠시 넋을 잃고 말았다. 뭐 이렇게 아름다운 마음의 힘이 다 있을까──. 그러나 고개를 저어 의식을 각성시킨다. 이런 말도 안 되는 전개가 있어서야 되겠는가.

마력을 조절해 다시 얼음 검을 생성한다.

이대로 던져주마──. 그렇게 생각한 순간 오른손에 엄청난 통증이 퍼졌다.

빌헤이즈가 준비해 둔 쿠나이가 손에 꽂혀 있었다.

무심코 표정을 일그러뜨린다. 푸른 메이드가 조용히 중얼거렸다.

"3. ──슬슬 단념하지 그러세요."

"으──────!!"

단념할 수 없었다.

얼음 검을 잃은 트리폰은 본능적으로 마력을 모아 【마탄】을 발사했다. 그러나 한 발도 적을 맞추지 못했다.

테라코마리 주변에 얇게 전개된 붉은 장벽이 모든 것을 막아 버린다.

그건 빌헤이즈를 노려도 같았다. 테라코마리는 꼭 자기 종자를 지키듯 장벽을 그녀 쪽에도 늘어놓고 있었다.

절망을 느꼈다.

이래서는 비록 접근하더라도 공격이 통할 거라는 보증이 어디에도 없었다.

"2."

세계가 느려진다.

그리고 머릿속을 스치는 것은 주마등과도 비슷한 과거의 영상이었다.

아가씨에게 거둬진 순간. 뒤집힌 달의 일원으로서 테러 활동에 힘쓴 순간. 공적을 인정받아 삭월로 승진한 순간. 처음 만났을 때 로네 코르네리우스가 '무섭다'라며 울었던 순간. 서로 상극인 아마츠 카쿠메이와 '누가 더 팔씨름을 잘하나'를 두고 싸움이 벌어져 술자리에서 싸움을 벌인 순간. 후야오가 '트리폰 님은 음침하군요! 함께 있으면 저까지 우울해져요!'라며 웃어서 조금 상처 입은 순간. 아가씨가 '잘했다!'라고 칭찬해 준 건 좋지만, 상으로 피 사탕을 받아서 솔직히 처리하기 곤란했던 순간──.

"바보 같으니……, 아니야…….."

이래서는 꼭 죽는 사람 같지 않은가.

웬 감상에 잠겨 있는 거야. 아직 패배가 확정된 건 아니다. 해야 할 일이 남아 있다──.

"1."

트리폰은 전신의 마력을 끌어모아 얼음의 검을 세 개 만들어냈다.

세상은 인간의 마음으로 형성되어 있다.

그렇다면 트리폰 크로스의 신념이 테라코마리 건데스블러드의 다정함을 초월했을 때, 이론상 이 칼날은 그녀의 목에 닿을 것이다.

"죽어라. 테라코마리 건데스블러드──────────!!"

포효하며 힘차게 돌격했다.

적은 눈앞에 있다.

뜻하지 못한 기백에 압도당했는지, 아주 잠깐 마법을 발동하는 움직임이 멈추었다.

마음이 급해진다. 사고가 가속한다. 이대로 그 자그마한 몸을 피로 물들여주마.

이미 계산은 끝나 있었다.

트리폰은【대역신문】을 발동한다.

눈동자가 타는 듯이 뜨거웠다. 아직 이 세계의 좌표 계통을 완전히 파악한 것은 아니다. 전송할 수 있는 범위는 자신을 중심으로 반경 5m 정도.

간격은 좁혀져 있었다.

트리폰의 손에서 얼음 검이 사라진다. 이대로 테라코마리 건데스블러드의 머릿속으로 들어가면 모든 게 끝난다——. 그렇게 생각한 순간.

"——예상한 대로네요, 코마리 님."

"응."

테라코마리가 살짝 몸을 틀었다.

전송된 얼음 검이 허공을 가르며 땅으로 떨어진다.

"바보 같은——."

트리폰은 아연실색하여 그 광경을 바라보고 있었다.

무엇을 해도 통하지 않는다. 어떤 공격이든 예측되고 만다. 정신을 차렸을 때는 치명적으로 뒤처져 있었다.

테라코마리 건데스블러드의 압도적인 파괴력.

그리고 빌헤이즈의 완벽한 예지능력.

너무나도 악마 같은 조합이었다. 이런 걸 어떻게 공략하면 좋단 말인가——. 그렇게 끝없는 절망에 사로잡혀 있을 때였다.

또다시 온몸에 격렬한 통증이 퍼졌다.

"윽——?!"

신경이 불타버리는 줄 알았다. 빌헤이즈의 【판도라 포이즌】이 덮쳐들었다.

트리폰의 오른손과 두 발에 예리한 쿠나이가 꽂혀 있었다.

참기 힘든 통증에 압도당해 몸의 균형을 잃는다. 그대로 눈 위로 쓰러질 뻔했다. 이런 데서 쓰러질 것 같으냐——, 어떻게든 버텨보려고 한 순간 작은 중얼거림이 들렸다.

"——0."

Illustrations copyright ©riichu

그것은 싸움의 끝을 알리는 소리이기도 했다.

"코마리 님, 시간입니다."

"트리폰. 반성해라."

눈앞에 살의를 불태우는 흡혈 공주의 모습이 있었다.

그녀의 손끝에서 무시무시한 기세로 붉은 광선이 쏘아졌다.

피할 수는 없었다.

"아가씨……."

그 중얼거림은 아무에게도 들리지 않았겠지.

트리폰은 허겁지겁【장벽】을 여러 겹 전개했다. 쓸데없는 저항이라는 것은 불 보듯 뻔했다. 생존 본능을 자극당한 몸이 무의식중에 마력을 조작하고 있었다.

그러나 결국은 헛수고로 끝나고 말았다.

시야가 새빨갛게 물들었다.

테라코마리가 쏜 마법은 볼품없는【장벽】을 너무나도 쉽게 파괴했고──, 그대로 트리폰의 이상마저 부수며 돌진해 나갔다.

트리폰 크로스를 집어삼킨 붉은 분류는 그대로 정면으로 돌진. 뮬나이트 궁전 벽을 파괴하고는 하늘 저편으로 사라져 갔다. 적이 어디로 사라졌는지도 알 수 없었다. 그러나 무사하진 못하겠지──, 빌헤이즈는 그렇게 생각했다.

그리고 초승달이 뜬 세계는 단숨에 조용해졌다.

미래를 보는 힘이 사라져 간다. 푸른 마력이 점점 녹아내리듯이 흐릿해진다.

그건 옆에 있는 주인도 마찬가지였다. 목적을 완수한 【고흥의 애도】는 열기가 식은 듯이 사라져 갔다. 붉은 마력이나 강렬한 살기도 서서히 옅어져 간다.

그렇게 그녀는 평소의 테라코마리 건데스블러드로 돌아갔다.

"——어라."

작은 몸이 휘청하고 흔들렸다.

빌헤이즈는 황급히 주인의 몸을 지탱했다.

"괜찮으세요, 코마리 님? 어디 다치신 곳은 없나요."

"응…… 왠지 온몸 구석구석이 아프지만…… 아마 괜찮은 거 같아."

"무슨 일이 벌어졌는지 기억하세요?"

"내가 뭔가 엄청난 일을 했다는 건 기억해."

시점이 오락가락한다. 아직 꿈과 현실이 구분되지 않는 것이 겠지. 열핵해방을 발동했을 때의 의식이 조금씩 남게끔 변화했지만, 아직 완전하지는 않은 듯했다. 빌헤이즈는 무심코 안도의 한숨을 내쉬고야 말았다.

"코마리 님은 뒤집힌 달의 트리폰 크로스를 꺾었어요. 저와 함께."

"……그래."

코마리는 살짝 웃었다.

자신의 힘을 의심하지도 않는 듯했다.

"실감은 안 나지만…… 이제 뮬나이트 제국은 괜찮은 거지?"

"아마요."

"하지만 스피카가 있었지. 그 녀석은……."

"폭도를 진압한 커닝엄 님이나 아마츠 님이 궁전으로 오고 있었잖아요. 제아무리 스피카 라 제미니라고 해도, 그 두 명을 쓰러뜨릴 순 없겠죠."

이건 테라코마리 건데스블러드가 이룬 위업이나 다름없다.

황제가 없는 와중에 그녀는 마음의 힘과 다정함을 발휘해 테러리스트를 해치웠다. 그녀는 모두를 위해 일어났고——, 그리고 주변 사람들은 그녀를 지지하고 싶다는 마음 하나로 검을 들었다. 알카 공화국과 천조낙토, 게다가 백극 연방의 장군들이 도움을 주러 달려온 건 전적으로 코마리의 인덕이 낳은 결과겠지.

역시 이 사람은 언젠가 뮬나이트 제국을 이끌어야 할 흡혈귀다, 그런 생각이 빌헤이즈의 가슴속을 가득 메웠다.

"뭐……, 끝났다면 다행이고. 이제 반년 정도는 틀어박혀 있어도 되는 거지?"

"무슨 말씀이세요. 앞으로도 할 일이 잡초처럼 무성히 자라 있는데요."

"자라게 하지 마! 이제 나는 지쳤어!"

"하지만 코마리 님이 '이제 틀어박히지 않겠다!'라고 하셨잖아요."

"끄으으……. 그거랑 이건 별개의 얘기지……."

코마리는 잠시 신음하고 있었다. 그러나 뭔가 결심이 선 모양이다. 큰 한숨을 내쉬더니 이쪽을 올려다봤다.

"……그래도 뭐. 네가 있다면 나는 괜찮겠지. 이번에도 이러니저러니 해도 죽지 않았고——. 빌. 앞으로도 잘 부탁해."

"그건 구혼의 일종으로 봐도 될까요?"

"안 돼!"

코마리는 고개를 돌렸다. 이런 대화를 하는 것도 오랜만인 듯했다.

어쨌든 위기는 지나갔을 것이다. 빨리 사람들 곁으로 돌아가야만——.

아니. 잠깐.

여기가 어디지——?

"……이봐. 달이 사라졌어."

"정말이네요. 뭔가 이상해요."

누가 봐도 지금까지 자신이 있었던 뮬나이트 제국이 아니었다.

눈이 내리고 있다. 보름달이 초승달로 바뀌었다. 그토록 시끄러웠을 제도가 묘지처럼 조용해졌다. 진짜 제도와는 비슷하면서도 다른 세계다.

그러나 빌헤이즈는 기묘한 감정을 품었다. 향수를 자극하는 듯한 신비한 냄새. 고향을 찾았을 때 들 법한 그리움이 흘러넘친다——. 아니. 그런 일은 결코 있을 수 없다. 자신에게 고향 따위는 없으니까.

이게 무슨 현상이지.

틀림없이 트리폰 크로스의 능력 때문일 거라고 생각했는데 아닌 듯했다.

그래──, 분명 흰빛이 흘러넘쳤다. 프로헤리야 즈타즈타스키가 쏜 탄환이 트리폰 크로스에 의해 전이해 코마리의 펜던트에 명중했다.

그 순간의 기억이 애매하다.

"코마리 님. 이쪽으로 왔을 때의 일을 기억하세요?"

"아아아아아아아아아아아아아아아아아아아아아아아아아아아아아아아?!"

갑자기 절규가 들려 움찔하며 어깨를 떨었다.

코마리가 가슴의 펜던트를 감싸면서, 세상이 끝난 듯한 표정을 짓고 있었다.

"깨, 깨졌어……."

"네?"

"깨졌다고! 금이 가 있어! 엄마 유품이……!"

확실히 펜던트에는 금이 가 있었다.

프로헤리야의 탄환을 맞은 영향이겠지만──, 그때 문득 깨닫는다. 코마리와 빌헤이즈를 이곳으로 이끈 하얀 빛은 분명 저 펜던트에서 나오고 있었을 것이다.

"어쩌지……, 엄마한테 혼나겠어……."

"울지 마세요, 코마리 님. 아마츠 님에게 부탁하면 고칠 수 있어요."

"그, 그런가. 하지만 너무 폐를 끼칠 수도……."

"그 펜던트는 매우 중요한 듯한 느낌이 들어요. 설명하면 아마츠 님도 이해해 주시겠죠. 그보다 제도로 돌아가는 방법을 생각하는 것이 우선이에요. 일단 주변을 탐색해 볼까요——."

그렇게 말한 빌헤이즈는 주변을 둘러보았다.

눈에 물든 뮬나이트 궁전은 놀라울 정도로 잠잠하다. 여기가 정말 뮬나이트 제국일까. 내가 꿈이라도 꾸는 건 아닌가——. 그렇게 의문을 품으며 한 걸음을 내디뎠을 때, 갑자기 복부에 격렬한 통증을 느꼈다.

당연했다. 체내에 내장된 폭탄에 입은 상처는 낫지 않았다.

열핵해방으로 정신이 고양되어 얼버무릴 수 있었을 뿐이다.

"……코마리 님, 죄송합니다. 잠깐 쉬어도 될까요."

"응? ——마, 맞다! 너 다친 상태였지?! 괜찮아……?!"

"가만히 두면 나을 거예요. 이건 아마 신구로 입은 게 아니니까요."

빌헤이즈는 그 자리에 웅크려 앉았다.

하지만 냉정히 생각해보면 이상하다는 느낌도 든다. 슬슬 마핵의 효과로 고통이 줄어들어야 하는데——, 왠지 통증은 더욱더 강해져 있었다.

코마리가 울 듯한 얼굴로 걱정하고 있다.

"정말 괜찮은 거야!? 젠장, 내가 회복 마법을 쓸 수 있으면 좋았을 텐데."

"괜찮아요. 걱정하지 마세요."

"무리는 하지 마. 지금 누군가 사람을 불러올게——."

코마리의 말이 끊겼다.

빌헤이즈는 아무 생각 없이 그녀 쪽을 돌아보았다.

그리고 놀랄 만한 것을 목격하고 말았다.

코마리가 피를 토하며 바닥에 주저앉아 있었다. 콜록거리며 기침할 때마다 선명한 붉은 피가 눈 위로 뚝뚝 떨어진다. 그녀는 가슴을 누르고 쌕쌕거리며 호흡하고 있었다.

"어……, 어라……. 이상하네……, 몸에 힘이……."

머리가 새하얘졌다.

빌헤이즈는 황급히 주인 쪽으로 달려간다. 하지만 복부의 고통이 한계를 초월하는 바람에 그 자리에 쓰러져 버렸다.

눈과 코앞에서는 주인이 괴로운 듯 헐떡이면서 웅크리고 있었다.

"코마리 님……!!"

어디 난 상처가 벌어졌을지도 모른다. 그녀의 가슴 주변에서도 피가 철철 흘러넘치고 있었다. 내리 쌓인 눈이 새빨갛게 물들며 녹는다.

눈앞의 현실을 잘 인식할 수 없었다.

【고홍의 애도】가 코마리의 몸에 부담을 준다는 건 알고 있었다. 그녀는 열핵해방을 쓰고 나면 항상 온몸의 마력이 몽땅 빠져나가는 현상 때문에 입원한다.

오늘은 세 번이나 발동했으니 몸의 기능이 망가져도 이상할 게 없다.

"코마리 님, 코마리 님……."

빌헤이즈는 잠꼬대처럼 주인의 이름을 불렀다.

이상하다. 말도 안 된다. 테러리스트를 쓰러뜨리고 대단원. 틀림없이 그런 전개였을 텐데. 지금부터 뮬나이트 제국으로 함께 돌아갈 예정이었는데.

그래──. 자신이 이렇게도 절망하는 건 불길한 예감을 지울 수 없었기 때문이다.

자신의 배. 회복하는 조짐이 없는 고통.

이곳은 마핵의 효과가 미치지 않는 곳일 가능성이 있다.

"비, 일······."

코마리가 괴로운 듯 표정을 찡그리면서 이쪽을 바라봤다.

그 눈은 공허하다. 간신히 의식을 유지하고 있는 게 분명했다.

그러나 빌헤이즈 쪽도 한계였다.

메이드복이 붉게 물들고 피가 흘러나온다. 시야가 흐려진다.

천천히 팔을 주인 쪽으로 뻗는다.

이 사람이 나아가는 걸 돕고자 하며 살아왔다. 처음에는 단순한 보답이었을지도 모른다. 하지만 그녀와 함께하는 나날이 길어질수록 마음은 조금씩 변해 갔다.

테라코마리 건데스블러드가 만들어낼 다정한 세계를 보고 싶다.

쭉 곁에서 그녀의 힘이 되어주고 싶다.

그렇게 생각하며 노력해 왔을 텐데. 그리고 이번 일을 통해 그녀와 서로 마음을 이해했을 텐데──. 이런 결말은 너무하지 않냐고 빌헤이즈는 생각한다.

그녀의 몸은 넝마 같았다.

코마리는 이미 짧게 호흡할 뿐, 말이 없었다.

눈이 조용히 내리고 있다.

통각이 마비된 탓에 전혀 춥지 않았다.

그러나 마음이 무서운 속도로 얼어붙어 간다.

깊은 절망에 뒤덮여, 속수무책으로 얼어붙어 간다.

"코마리 님⋯⋯."

빌헤이즈는 갈라진 목소리로 그 이름을 불렀다.

이런 결말은 죽어도 싫다. 이대로 두 사람 모두 죽는 결말을 어떻게 용납하겠는가.

앞으로도 쭉 코마리 님과 함께 있고 싶은데――, 그렇게 하늘에 대고 기도하고 있을 때였다.

눈을 밟는 발소리가 들렸다.

시야가 흐려진 탓에 정체는 알 수 없었다.

하지만 분명 거기 누가 있었다.

"――많이 컸구나, 둘 다."

환각이었을지도 모른다.

죽을 때가 되어 감각이 이상해진 걸지도 모른다.

그러나 그 인물은 환상이라고 볼 수 없을 다정한 목소리로 속삭였다.

"하지만 너희는 아직 여기로 오면 안 돼. 내가 돌아가는 길을 알려줄게."

죽음이 다가오고 있는 걸지도 모른다.

통증이 거짓말처럼 사라져 갔다.

그리고 눈부신 빛이 세상을 비추어 간다.

어둠이 걷히고 정적에 휩싸여 있던 세계에 소란스러움이 돌아온다.

"당신은……."

겨우 목소리를 쥐어짠다.

대답은 없었다. 그녀가 희미하게 웃은 듯했다.

머릿속을 빙빙 돌던 의문은 곧 눈보라에 휩쓸려 사라졌다. 그렇게 빌헤이즈는 온기에 감싸여 의식을 놓았다.

※

육국 신문 12월 21일 조간.

[뮬나이트 제국 소란 건데스블러드 장군 대활약.

【제도——메르카 티아노, 티오 플랫】뮬나이트 제국 제도를 습격한 신성교, 뒤집힌 달의 폭동이 20일 테라코마리 건데스블러드 칠홍천 대장군을 비롯한 제도 세력에 의해 진압되었다. 이 사건(※이후 '흡혈 소란'으로 통칭한다)의 주모자는 신성교 제99대 교황 율리우스 6세 스피카 라 제미니 씨(연령 불명). 해당 인물은 뒤집힌 달의 리더, 속칭 '신을 죽이는 사악'과 동일 인물이며 3년 전부터 성도에 잠입해 계획을 짠 것으로 보인다. ……(중략) ……제도에서 벌어진 전투는 몹시 치열했다. 그러나 아마츠

카루라 오오미카미가 이끄는 천조낙토군, 네리아 커닝엄 대통령 겸 팔영장이 이끄는 알카 공화국군의 응원에 힘입어 공세가 일전한다. 최종적으로는 건데스블러드 장군의 열핵해방【고흥의 애도】로 인해 테러리스트는 일망타진되었다. 건데스블러드 장군이 추진하던 '세계 융화' 정책이 훌륭히 꽃을 피운 결과라고 할 수 있겠지. 또한 성도 레하이시아 대성당은 이번 사건을 엄중히 받아들이며, 올해 중으로 교황 선출 회의 '성스러운 끈기 대결'을 실시하겠다는 뜻을 밝혔다. ……(중략) ……]

뮬나이트 제국은 뒤집힌 달에 의해 큰 피해를 받았다.

흡혈귀의 오랜 역사를 훑어봐도 제도가 이렇게까지 파괴된 건 처음이었다. 그만큼 적의 공격이 치열하고 고식적이었다고 할 수 있다.

많은 사람이 고통과 슬픔을 맛보았다.

그러나 그들은 동시에 큰 희망도 품었다.

제도를 구한 칠홍천 대장군 테라코마리 건데스블러드. 그리고 그녀를 지지해준 네리아 커닝엄이나 아마츠 카루라라는 타국의 영웅들. 사람들이 힘을 합치면 강력한 테러리스트도 몰아낼 수 있다는 사실이 증명된 것이다.

제도의 흡혈귀는 새로운 시대의 도래를 예감했다.

사람과 사람이 서로 상처 입히는 게 아니라, 최종적으로는 손을 맞잡고 악에 맞서는 바람직한 세계. 테라코마리 건데스블러드 장군이 추구하는(것으로 보이는) 평화로운 세계——. 그게 조금씩 형성되어 가는 것을 피부로 느끼고 있었다.

"——이번엔 코마리 덕에 살았군. 정말이지, 그 아이는 놀라울 따름이야."

밤새 벌어진 소란 이후 어느 정도의 시간이 흘렀다.

뮬나이트 제국의 황제 카렌 엘베시아스는, 뮬나이트 궁전의

방에서 큰 한숨을 내쉬었다. 통 그녀답지 않은 행동이다——,
제국 재상 아르만 건데스블러드는 그렇게 생각한다.

창밖은 쾌청하다. 바람은 차지만, 제도에 쌓인 눈은 서서히
녹아내릴 듯했다.

"제도의 피해는 극심합니다. 하지만 복구하는 데 그렇게 많은
시간이 들진 않을 것 같습니다. 건설 대신이 말하길 '건데스블러
드 장군의 위광을 빌리면 일손은 얼마든지 모인다'라더군요."

"요약하자면 열정 착취인가. 코마리가 '이 나라는 악덕이다!'
라고 한탄하는 것도 무리는 아니야."

"하지만 악덕이든 뭐든 서둘러 태세를 정돈해야 합니다. 다시
테러리스트가 덮쳐들면 잠시도 못 버틸 테니까요."

"당분간은 잠잠할 것 같지만 말이야. 어쨌든 뒤집힌 달의 구
성원은——."

"——카렌. 그런 것보다 본론으로 들어가지? 졸린데."

창가의 의자에 앉아 있던 소녀가 하품 섞인 목소리를 냈다.

이 자리에는 세 사람이 있다.

황제. 재상. 그리고 칠홍천 페트로즈 카라마리아.

뮬나이트 제국 정점에 선 세 사람이 한자리에 모인 것이다.

소집한 것은 황제. 그 목적은 향후의 방침을 정비하는 것——,
이번에 무슨 일이 벌어졌는지를 황제의 시점으로 설명하는 것이
라고 한다.

황제가 "그래, 그래"라고 질렸다는 듯이 말한다.

"졸면 안 되니까 간략하게 이야기하지. 애초에 짐이 이번 소

동에 모습을 드러내지 못한 이유는 실수로 함정에 빠졌기 때문이다. 나라를 지켜야 할 황제로서 부끄럽기 짝이 없을 따름이야. 나중에 국민에게는 정식으로 사과해야겠지."

"어떤 함정이었어? 카렌이 걸려들 정도라면 보통 속임수가 아니겠네."

"뭐, 속임수 자체는 평범했어. 갑작스레 뒤에서 습격했지. 하지만 짐을 꾀어내기 위해 쓴 아이템이 이상했다."

그렇게 말한 황제는 품에서 한 장의 종이를 꺼냈다.

편지인가. 아무런 특색도 없는 편지지 같아 보였다.

아르만은 아무렇지도 않게 테이블 위에 던져진 그것을 바라보았다. 그리고 천지가 뒤집힐 만한 충격을 받고 말았다.

"이건…… 유린의 글자……?!"

"그래. 그녀의 마력도 담겨 있지. 내용은── '나는 저세상에 있으니까 괜찮아'."

"영문을 모르겠군요. 무슨 뜻이죠?"

"말 그대로야. 그녀는 '저세상'에 있는 거지."

아르만은 혼란스러운 나머지 말을 잃었다.

코마리의 모친── 유린 건데스블러드. 그녀는 칠홍천으로서 세상을 누비고, 테러리스트와 치열한 경쟁을 벌이다가 결국 전화에 휩쓸려 홀연히 자취를 감추었다. 뮬나이트 제국 정부의 공식 견해로는 그녀는 사망한 사람일 터였다. 아이들에게도 '엄마는 먼 곳으로 떠났단다'라고 설명했다.

하지만, 눈앞에 있는 이 편지는 대체 뭘까.

의미심장한 문장. 그녀가 생전에 썼다고 볼 수도 없었다.

"짐이 생각하기에 유린은 아마 이 '저세상'이라는 곳에 갇혀 있는 거다."

"카렌. 머리라도 맞았어?"

"머리를 맞긴 했다만. ──유린 편지에는 다른 인물의 메시지도 남아 있었어. '핵 영역의 ○○○에서 기다리고 있을게'──, 그런 식으로 말이지. 이건 뒤집힌 달이 짐을 꾀어내기 위해서 덧붙인 문장임이 분명하다. 평소의 짐이라면 이 정도 속임수를 모를 리 없지만, 이번에는 역시 유린의 기운 앞에서 냉정할 수가 없었어. 그리고 지정된 곳으로 홀로 가보니 갑자기 누가 뒤에서 덮쳤고, 다음에 눈을 떴을 때는── 뮬나이트 제국과 완전히 같은 모습을 한, 전혀 다른 세계에 서 있었지."

"??"

"그건 사후 세계 같은 게 아니다. 아마 동시에 존재하는 별개의 세계겠지. 나는 거기서 유린 같은 인물을 봤어."

이제 무슨 이야기를 하는 건지 통 이해가 안 된다.

아르만은 마음을 가라앉히면서 "폐하" 하고 미간을 찡그렸다.

"백 보 양보해서 당신이 그 이세계로 갔다고 치죠. 하지만 당신이 만난 그 사람이 정말 유린이었습니까? 착각일 가능성은?"

"없다. 짐이 그녀의 기운을 몰라볼 리 없어. 거기다 잠깐 대화도 했다."

"이거 참. 이제 나이가 나이라서……."

"죽고 싶으냐?"

"죄송합니다."

정말 죽는 줄 알았다.

"──애초에. 카렌은 어떻게 그 세계로 간 거야? 그리고 어떻게 돌아왔어? 너 자신에게 그런 능력은 없잖아."

"그러니까 뒤집힌 달에게 당했다고. 놈들은 저세상과 이 세상을 왕래하는 힘을 갖고 있어. 놈들──이라기보다는 '신을 죽이는 사악' 개인이 그렇겠지. 짐을 저쪽 세계에 보낸 건 스피카 라 제미니일 거다. 분명 초승달이 뜬 날이었어."

"돌아오는 건?"

"유린이 그러더군──. '이대로 두면 뮬나이트 제국이 위험하다'라고 말이지. 참고로 짐이 그녀와 나눈 대화는 이게 다다. 자세히 물어보려고 했더니 세상이 새하얀 빛에 휩싸였어. 그리고 엉망으로 파괴된 뮬나이트 궁전과 거만하게 옥좌에 앉아 있는 스피카 라 제미니, 또 살해당할 위기에 처한 프로헤리야 즈타스타스키를 발견한 거고."

그때 아르만은 죽어 있었으므로 자세한 사정을 모른다.

그러나 테러리스트 집단의 수괴는 갑자기 나타난 황제를 보더니, '오늘은 이만하고 가볼까?' 같은 말을 뱉고는 도망친 모양이다. 거기까지 몰아붙였다면 잡았어야죠, 폐하──라고 할 뻔했지만, 그러면 죽을 테니까 그만두었다.

페트로즈가 양갱을 우물우물 먹으면서 말했다.

"그럼, 그 편지는 정말 유린이 썼다는 거야?"

"뭔가 특수한 기술을 써서 위조한 게 아니라면 말이지. 그리고 아마—— 그녀는 뮬나이트 제국 사람들에게 자기가 무사하다는 걸 전하기 위해 이것을 쓴 거야. 하지만 어떤 사정으로 뒤집힌 달의 손에 들어갔고, 짐을 유인하기 위한 도구로 이용당한 거지."

의문점은 많았다. 그러나 황제가 이렇게까지 단언한다면 내버릴 수도 없다. '저세상', '유린', '뒤집힌 달'——, 대체 무슨 연관이 있는 걸까.

"……그래. 카렌 말이 맞을지도 몰라."

페트로즈가 양갱 포장지를 버렸다. 쓰레기통에 버리라는 생각이 안 드는 것도 아니다.

"제도에서 테러리스트 간부를 만났어. 백의를 입은 전류……분명 이름은 '로네 코르네리우스'일 거야. 그 녀석도 비슷한 말을 했어. 죽여두면 좋았을 텐데. 잠깐 눈을 뗀 사이 【전이】되어 버렸어."

"죽이지 말고 잡아둬. 뭐, 지난 일을 들먹여도 어쩔 수 없지만."

"그리고 코르네리우스는 하나 더 알려줬어. 저승으로 가는 문을 여는 열쇠는 마핵인 모양이야."

황제가 침묵했다.

아르만도 이해가 되지 않아 입을 다물었다. 저세상이니 마핵 같은 소리를 해도, 실제로 직접 본 건 아니기 때문에 크게 실감이 나지 않았다.

황제는 "흠" 하고 묘한 얼굴로 고개를 끄덕이더니 창밖의 설경으로 시선을 돌린다. 그리고 아무렇지도 않은 어조로 이렇게 말했다.

"뮬나이트 제국의 마핵은 유린의 펜던트다."

"뭐."

머리를 얻어맞은 듯한 충격이었다.

무심코 황제의 옆모습을 응시했다.

"⋯⋯네? 그게 마핵이었습니까? 어째서 코마리가 가지고 있는 거죠?"

"그래야만 하기 때문이다. 본인에게는 아직 알리지 말도록. ──그나저나, 넌 재상 주제에 모르고 있었나? 변함없이 둔하군, 아르만."

"⋯⋯⋯⋯⋯."

알아낼 수단이 어디 있단 말인가. 이 흡혈귀는 여러모로 너무 독재적이다. 당신도 그렇게 생각하죠, 카라마리아 각하? 그렇게 동의를 요구하며 '무궤도 폭탄마'에게 시선을 돌리자, 그녀는 그다지 놀라는 기색 없이 양갱을 하나 더 먹고 있었다.

이 자리에서 마핵의 정체를 몰랐던 건 자기 하나인 듯했다.

황제는 아르만의 절망을 무시하고 말을 이었다.

"이건 조사할 필요가 있겠군. 마핵이 대체 무엇인지."

"조사라고 해도 어떻게 하실 겁니까. 실물로 실험은 못 하잖습니까."

"방법은 얼마든지 있지. 가장 쉬운 건 아는 사람을 추궁하는 거잖나──. 예를 들어 '신을 죽이는 사악'이라거나."

그렇게 말한 황제 폐하는 히죽 웃는다.

이렇게 해서 뮬나이트 제국은 뒤집힌 달 및 마핵의 수수께끼에 조금씩 다가간다.

이거 또 일이 늘 것 같군——, 그렇게 아르만은 탄식하는 것이었다.

☆

"코마리 님. 겨우 인정하신 것 같네요."

"⋯⋯⋯⋯⋯⋯."

"평소와 달리 기억은 남아 있는 거죠? 코마리 님의 마음은 성장했을 테니까요."

"⋯⋯⋯⋯⋯⋯."

"듣고 계세요? 코마리 님. 설마 잊었다고 하실 순 없을걸요."

"⋯⋯⋯⋯⋯그래, 조금은 인정해 주지. 이번에는 기억이——."

"감사합니다. 코마리 님이 '빌, 결혼하자'라고 귓가에 속삭여 주신 건 저도 똑똑히 기억하고 있어요."

"무슨 소리야?!"

나는 온 힘을 다해 태클을 날렸다.

12월 24일. 침대 위. 여느 때처럼 눈을 떠보니 나는 병원에 있었다.

늘 있는 일이라 놀라지도 않았다——. 하지만 '정신을 차려보니 병원'이라는 살벌한 사태에 적응해 버린 자신이 무섭다. 나는 좀 더 평화롭고 안온한 생활을 보내고 싶은데.

하지만 칠홍천으로 사는 한, 평화로운 생활을 보낼 수는 없겠지. 그런 체념 비슷한 감정이 내 안에 있었다.

그래. 왜냐하면 나는 제도 사람들의 기대를 받는 칠홍천이니까.

그날 밤 일은 기억하고 있다.

아니, 물론 '빌, 결혼하자'라고 한 기억은 없다. 분명 변태 메이드의 날조다. 그게 아니라──, 내가 열핵해방【고흥의 애도】를 발동한 걸 기억한다는 거다.

그 보름달이 뜬 밤, 나는 뒤집힌 달의 트리폰과 난투극을 벌였다.

붉은 마력. 그리고 빌이 뿜어내는 푸른 마력.

솔직히 지금도 꿈이 아닐까 한다. 기억이 부분적으로 아직 흐릿하다. 하지만 나는 평소 같아서는 상상도 할 수 없을 만한 살기를 드러내며 적과 대립하고 있었을 거다. 왜냐하면 그 감정만은 똑똑히 떠올릴 수 있으니까. 모두를 위해서 싸우고 싶다──. 그런 생각이 일심불란하게 솟구쳤다.

"……그 후로 어떻게 된 거야?"

"스피카 라 제미니라면 황제 폐하가 쫓아냈다고 합니다. 트리폰 크로스는 행방불명이고요. 그 이외의 뒤집힌 달 구성원은 제도의 세력에 의해 몰려났다나요."

"뒤집힌 달과 신성교는 같은 조직이었어?"

"같지는 않은 것 같아요. 율리우스 6세는 3년 전부터 교황으로 취임해 교회 권력을 남용했는데, 그 난폭한 행동이 교회 내외에서 꽤 비판받고 있었는지, 성도에도 그녀에게 반항하는 세력은 많았다나요. 지금은 다음 교황을 선출하기 위한 의식이 치러지고 있다고 합니다."

"그래……."

"어쨌든 한 건 해결이에요. 발칙한 테러리스트는 제도에서 쫓겨났고, 원래대로 평화로운 시간이 돌아왔다고요."

요컨대 완전한 뮬나이트 제국의 승리라는 건가.

빌 말에 따르면 엉망으로 파괴된 제도는 이제부터 재건될 것이라고 한다. 날뛰던 녀석들도 대부분 포박당했다. 지금부터 심문이나 고문처럼 여러모로 뒤숭숭한 과정을 거칠 듯한데. 뭐, 나하고는 상관없는 일이니 굳이 생각할 거 없겠지.

그때 나는 문득 의문을 느꼈다.

스피카는——, 그 흡혈 공주는 대체 뭘 꾸미고 있는 걸까.

제도를 가로채 뭘 이루려 한 걸까.

뒤집힌 달의 이념은 '죽는 것이 우리의 야망' 같은 식이었던 것 같다. 하지만 그녀의 행동에서는 그런 위험한 이상이 아니라, 좀 더 긍정적이고 에너지틱한 뭔가가 흘러넘쳤던 것 같다. 이것만은 본인에게 물어보기 전에는 모를 일이지만.

"……다시 한번, 스피카와 얘기해 보고 싶어."

"여전하시군요, 코마리 님. 그런 녀석은 가차 없이 쥐어짜 버려야 하는데요. 그보다 저는 스피카 라 제미니보다 더 신경 쓰이는 게 있어서요."

"뭔데. 오늘 저녁 식사 메뉴?"

"오늘 저녁에는 제가 오므라이스를 만들어 드릴게요."

"정말?! 신난다!!"

"네. ──아니, 그것도 물론 중요하지만 제가 신경 쓰이는 건 그 초승달이 뜬 세계예요."

"초승달? 아아……."

나는 기록을 곱씹는다.

초승달이 뜬 세계. 뮬나이트 제국과 비슷한 이면의 세계.

나와 빌과 트리폰, 이 셋은 갑자기 발생한 흰빛에 말려들어 그곳으로 전송되고 말았다. 그 계기는 왠지 모르게 알 것 같다. 프로헤리야가 쏜 탄환이 튕겨 나가 내 가슴에 명중했을 때──, 뭔가 문이 열리는 소리가 난 것이다.

나는 내 가슴을 내려다봤다.

그곳에는 새빨갛게 빛나는 펜던트가 있었다. 카루라가 복구해 준 덕에 금은 깔끔하게 사라졌다. 솔직히 【역류의 찰나】를 발동하는 데 저항감을 느꼈지만, 그녀는 왠지 깜짝 놀란 눈치로 '이건 고쳐야 해요'라며 매우 진지한 얼굴로 단언하더니, 거리낌 없이 시간을 되감아 줬다.

"그 세계는 아마 마핵이 효과를 발휘하지 못하는 이차원이었어요. 어떻게 돌아가야 할지 알 수 없어서 당황했는데──, 그때 누군가의 목소리를 들은 듯한 느낌이 들어요."

"목소리?"

"네. 따스함이 느껴지는 목소리였어요. 아마 그 사람이 저희를 원래 세계로 돌려보내 줬겠죠. 그리고 마핵의 효과로 저희는 겨우 목숨을 건진 거예요."

거짓말일 것 같지는 않았다.

왜냐하면 나도 비슷한 느낌을 맛보았기 때문이다. 희미해지는 의식 속에서 어둠을 비추는 달과 같은 빛이 나를 감싸 안는 걸 느꼈다.

한없이 다정한 목소리. 그리고 왠지 모르게 그리운 분위기.

눈의 냉기마저 날려버릴 만한 온기.

"——엄마."

빌의 눈썹이 꿈틀했다.

"아니. 엄마 같은 냄새가 났어."

"…………."

내가 바보 같은 말을 하고 있다는 건 알고 있었다.

나의 엄마—— 유린 건데스블러드는 6년쯤 전에 전장에서 목숨을 잃었을 것이다. 그때 나나 빌 곁에 나타난 인물이 엄마라면, 나는 일시적으로 사후 세계에 간 셈이 된다.

그것과는 별개로 걸리는 부분도 있었다.

아마츠 카쿠메이가 나에게 준 편지다.

그건 엄마가 생전에 쓴 걸까. 아니, 일반적으로 생각하면 그럴 수밖에 없지만. 하지만 아무래도 뭔가 비밀이 숨겨져 있는 듯한 느낌을 받을 수밖에 없었다.

——'세계는 네 가슴속에'.

결국 그 편지에는 어떤 의미가 담겨 있었던 걸까.

어쩌면 엄마는 살아 있지 않을까——? 그렇게 희미한 희망마저 샘솟았다.

너무 기대는 하지 않는 게 좋을 수도 있지만.

"……뭐, 생각해봐도 지금의 저희로서는 모를 일이죠. 일단 무사히 생환했다는 사실을 기뻐하도록 하자고요."

"그러게."

나는 멍하니 창밖을 바라보았다.

병원(시체안치소) 부근은 비교적 무사했던 것 같지만, 조금만 제도를 걸으면 파괴의 흔적이 곳곳에서 발견되었다. 용케 이런 사건에서 살아남았구나. 감탄마저 든다.

"네리아나 카루라에게 잊지 말고 고맙다고 해야지. 뭔가 선물 하고 싶은데, 그 녀석들은 뭘 좋아할까?"

"커닝엄 님에게는 메이드복을 보내면 되겠죠."

"네리아에게 딱 맞는 걸로 할까. 그 녀석에게 자기가 메이드 취급을 당하면 어떤 느낌인지 느끼게 해주고 싶었거든. 나중에 신체 사이즈를 물어볼게."

"참고로 제 신체 사이즈는요——."

"말 안 해도 돼! ——카루라는 뭐가 좋을까?"

"아마츠 님에게는 수제 양과자 어떨까요. 물론 코마리 님이 만드는 거죠."

"오오! 그거 좋겠는데. 그럼 쿠키라도 보내볼까?"

"그리고 백극 연방의 즈타즈타 님도 달려와 주셨죠."

"맞다. 그 녀석은 아이 같은 면이 있으니까. 바다표범 인형을 보내자."

"본인이 들으면 격노할 법한 대사네요."

그렇게 답례품을 정하면서 생각한다——. 나는 정말 축복받은 사람이라고.

나 혼자였다면 도저히 살아남을 수 없었다. 이건 네리아나 카루라, 프로헤리야나 기타 여러 사람이 힘을 빌려준 덕에 이룬 일이다.

"——다행이네요, 코마리 님. 친구와의 인연을 깊게 다지게 됐잖아요."

"응. 그 녀석들이 힘들 때는 나도 빛의 속도로 달려가 줘야지."

"알카나 천조낙토를 뒤집힌 달이 공격하면 한 번 더 코마리 님의 무쌍을 볼 수 있겠네요. 벌써부터 심장이 두근거려요."

"그만해. 솔직히 이번 같은 싸움이 일어나면 죽을 거 같거든."

"안 죽어요. 코마리 님에게는 열핵해방이 있으니까."

살짝 할 말을 잃는다.

나는 빌에게서 시선을 떼고 중얼거렸다.

"……뭐, 분명 내가 굉장한 일을 했다는 건 알겠지만, 아직 절반 정도는 운석이 한 짓이라고 생각해. 혹은 신이 내 몸에 빙의해서 날뛴 건 아닐까. 나중에 교회인지 뭔지에 푸딩을 기부하러 가지 않을래?"

"아직도 그런 말씀을 하세요? 앞으로 산더미처럼 많은 전쟁이 기다리고 있다고요? 침팬지에게 선전포고도 와 있고요."

"동면이나 하라고 해! 나도 동면할 테니까!"

"제가 동면하게 두지 않아요. 코마리 님은 '이제 틀어박히지 않겠다!'라고 말씀하셨잖아요. 전 기억력이 좋으니까 절대 잊지 않을 거예요."

"끄으으……. 그건 말이야……, 말이 그렇다는 거지……."

나의 본질이 은둔형 외톨이 체질이라는 점은 여전하다.

분명 이번에는 살짝 의욕을 냈지만, 그 의욕이 계속해서 이어진다고 할 수는 없다. 뭐 다시 뮬나이트 제국이 위기에 처하면 방에 틀어박힐 상황이 아니겠지만.

어쨌든 나는 지금부터 3개월의 휴가를 신청할 생각이다.

누구에게나 휴가는 필요하다. 제7부대 녀석들은 '휴가는 필요 없습니다'라고 하지만, 그 녀석들은 광전사라서 인간의 범주에 포함시켜선 안 된다.

그렇게 생각했더니 빌이 "농담이에요"라고 웃으며 말했다.

"코마리 님 마음은 이해하니까요. 무리를 강요하진 않을게요."

"음. 이러니저러니 해도 너는 내 충실한 메이드니까."

"네. 그래서 내년 일을 지금부터 준비하고 있어요. 일단 1월에 예정된 전쟁은 15개 정도고요. 현재는 2월에 대비해 각국에 선전포고하는 중이며——."

"역시 넌 내 마음을 조금도 모르는구나!!"

빌이 키득거리며 웃었다. 웃을 일이 아니었다.

"괜찮습니다. 왜냐하면 코마리 님에게는 제가 있으니까요."

"…………."

자신만만한 녀석이다.

하지만…… 이 녀석 덕에 나는 성장할 수 있었다. 봄에는 밀리센트를 쓰러뜨리고 칠홍천 투쟁에서 승리했으며, 여름에는 육국 대전을 거처 네리아와 우정을 키웠고, 가을에는 천무제를 통해 나의 꿈을 자각했고, 겨울에는 테러리스트와의 싸움을 통해 내가 해야 할 일을 찾았다.

앞으로 무슨 소동이 또 벌어져도 이 녀석과 함께라면 이겨낼 수 있겠지──. 그런 생각이 든다.

"……넌 이제 내 곁을 떠나지 않을 거지?"

"당연하죠. 언제까지나 곁에 있을게요. ──왜냐하면 저희는 피를 나눈 주종이니까요."

"그러게. 그러고 보니 그랬지."

"그런데 제 피의 맛은 어떠셨나요?"

갑자기 무슨 말을 하는 거지.

"음……, 맛을 물어봐도…….."

"코마리 님의 피는 매우 달콤했어요. 저의 피는 어땠나요?"

"그, 그건 말이지……. 나쁘진 않았는데……."

"나쁘지 않아? 맛으로 따지면 어떠셨나요?"

"그, 그냥 마실 만한 정도였어! 피를 싫어하는 나로서는 놀라운 경험이었지."

"그거 다행이네요. 그런데 맛은? 맛은 어떠셨나요?"

"계속 맛, 맛! 맛이 그렇게 중요하냐!"

"중요해요. 자, 어떠셨어요? 코마리 님."

빌이 슥 다가왔다. 나는 무심코 침대 위로 후퇴하고 말았다.

나는 변태 메이드와는 달리 거짓말을 못하는 타입이다. 아니, 바로 표정으로 드러나는 타입인 듯하다. 무슨 말을 해도 놀림당할 게 뻔히 보였다. 어쩌지. 어쩌지. 왠지 너무 부끄러운데——.

거기서 나는 명안을 생각했다.

화제를 바꾸면 된다.

"——뻐, 뻔하지! 네 피에서는 '빛나는 미래의 맛'이 났어!"

"네? 무슨 뜻이죠?"

"내 몸이 또래 아이에 비해 작은 건 흡혈을 게을리했기 때문이야. 하지만 왠지 빌의 피는 마시지 못할 정도의 레벨은 아니었어. 이제부터 네 피를 계속 마시면, 내 키는 고목나무처럼 쑥쑥 자랄 거라는 뜻이지."

"코마리 님의 키는 자라지 않아요."

"어떻게 알아?!"

"【판도라 포이즌】으로 보았으니까요."

"…………."

왜 그런 지독한 짓을 하는 거야?

미래를 보면 더는 손 쓸 수가 없잖아.

울상을 짓는데 빌이 "안심하세요" 하고 묘한 얼굴로 말했다.

"코마리 님은 키 이외의 곳으로 영양분이 가는 타입인 것 같으니까……."

"어딜 봐서 안심하라는 거야!!"

최악이다. 이 녀석의 피를 마시면 난 옆으로 성장하는 모양이다.

역시 피 따위 정말 싫다. 이제부터는 가능한 한 피를 마시지 말도록 하자. 아니, 그 전에 피를 마시면 열핵해방이 발동한다. 운석이 떨어진 듯한 대참사로 발전할 것이다.

빌이 키득키득 웃으며 말했다.

"──하지만, 코마리 님이 제 피를 싫어하지 않으시는 것 같아서 안심했어요."

"네 피 따위 이제 안 마셔."

"어머, 그러지 마세요. 열핵해방의 발동을 제어하게 되면 매일 밤 피를 주고받자고요."

"싫어, 그런 거."

나는 고개를 돌리며 침대로 쓰러졌다.

정말이지 불쾌한 메이드다. 이 녀석은 주인을 뭐로 보는 거지? 그렇게 내심 분노를 느끼면서 나는 담요를 폭 뒤집어썼다.

하지만 이 녀석이 없으면 내가 장군으로서 버틸 수 없다는 것도 사실이다.

그리고 이 녀석 덕에 내가 성장한 것도 사실이다.

다소의 무례는 용서하자. 이러니저러니 해도 이 녀석은 내 문제를 우선적으로 생각해 주니까. 나에게 오므라이스를 만들어 주고 내가 저지른 실수를 엉뚱한 쪽으로 해결해 주니까. 그리고 무엇보다── 나에게는 무엇과도 바꿀 수 없는 소중한 메이드니까.

그때였다.

갑자기 병실의 문이 드르륵, 하고 난폭하게 열렸다.

"각하! 보고드립니다!"

갑자기 카오스텔이 요란한 소리와 함께 등장했다.

나는 황급히 자세를 바로잡고 침대 위에 거만하게 앉았다. 부하 앞에서 야무지지 못한 모습을 보이기 좀 그렇기 때문이다. 아니, 근데 이 녀석은 너무 거침없는 거 아니야? 어떻게 상사 병실에 이렇게 성큼성큼 들어오지. 상식이라는 게 없나? 그러고 보니 없었지.

"무슨 일이냐, 카오스텔. 나도 슬슬 사람을 죽이고 싶은 참이지만 병원 녀석들이 퇴원을 허락해 주지 않아서 말이야. 그런 이유로 전쟁은 나중에 다시——."

"아닙니다. 테라코마리 건데스블러드 상이 완성되었습니다."

"뭐?"

뭐라는 거야, 이 녀석.

빌이 "훌륭하네요"라고 냉정한 음색으로 말했다.

"역시 뮬나이트 제국에 있어야 하는 건 신상이 아니라 코마리 님의 동상이에요. 바로 보러 가시죠, 코마리 님."

"엥? 잠깐——, 잡지 마! 바로 갈아입을게!"

나는 그대로 질질 끌려나갔다.

불길한 예감만 든다.

☆

불길한 예감은 적중했다. 카오스텔에 의해 【전이】한 곳은 엉망이 된 뮬나이트 궁전. 벽이나 천장이 파괴되어 드러난 복도에 눈이 쌓여 있었다. 정말 딱한 광경——이지만 지금은 그런 건 아무래도 상관없었다.

내 눈에 들어온 것은 테라코마리 건데스블러드 상이었다.

그것 말고는 형용할 길이 없었다.

과거 스피카가 가져온 신상이 있었을 곳에——, 어째서인지 거대한 내가 양쪽으로 브이 사인을 날리며 서 있던 것이다.

게다가 주변에는 수많은 관람객이 있었다.

그들은 나의 동상을 올려다보며 "굉장한걸." "각하와 똑같아." "사진 찍자." "새로운 뮬나이트 명물이 탄생했군요." "아아, 신이시여……. 아아, 신이시여……. 세계에 평화를……." 같은 말을 중얼거리고 있다. 마지막 녀석은 나와 신을 혼동하고 있는 게 분명하다. 뭐가 뭔지 통 모르겠다.

"……뭐야, 이건."

"각하의 동상입니다."

"그건 보면 알거든!? 왜 그런 게 세워져 있는데?! 이상하잖아?!"

"잊으셨습니까? 각하의 위광을 전 세계에 알리기 위해 저희는 동상을 만들고 있었습니다. 덧붙여 빌헤이즈 중위의 요청으로 눈에서 빔이 나오게끔 개량했습니다."

그러고 보니 그런 말을 들은 것도 같다.

아니, 창피하니까 그만해. 영문을 모르겠다고.

외국의 높은 사람이 왔을 때 '저게 뭔가요?' 같은 식으로 수상해할 거 아니야. 얼굴에 불이 나는 정도가 아니라 그냥 폭발할 거 같아.

그렇게 생각하는데 사람들이 내 존재를 알아차렸다. 자세히 보니 제7부대 녀석들도 있다. 그들은 나의 모습을 보자마자 "각하!!" 하고 만면의 미소를 띠며 다가왔다.

"각하! 이번 활약은 정말 훌륭하십니다!" "각하 덕분에 제도가 구원받았어요!" "진짜 각하는 동상보다 훌륭하군요!" "보세요. 이렇게나 많은 사람이 각하를 축복하고 있습니다!" "예—! 각하의 전성기 지금 도래. 종교의 몰락기 바로 초래."

수치심이 한계를 돌파했다.

나는 지푸라기에 매달리는 심정으로 소리쳤다.

"이, 이봐. 멜라콘시! 넌 건축물을 폭파하는 게 취미지? 꼭 집어서 말하진 않겠지만, 딱 적당해 보이는 동상이 이 주변에 있는 것 같지 않아?"

"신상은 폭파할 수 없습니다."

"왜 자기 좋을 때만 착한 척인데?!"

내 바람을 들어주는 사람은 한 명도 없었다.

녀석들은 바보처럼 "코마링! 코마링! 코마링! 코마링!"이라고 소리치고 있다. 제7부대 이외의 흡혈귀들도 미소를 띤 채 나를 바라보고 있었다. 정말 시끄러운 녀석들이다──라고 생각하면서도, 나는 어째서인지 흐뭇함을 느끼고야 말았다.

겨우 일상으로 돌아온 느낌이다.

나는 이 느낌을 위해 싸운 걸지도 모르겠다. 물론 위험한 일은 죽도록 싫지만, 나를 신뢰해 주는 사람들을 위해서 조금은 노력해볼까 하는 마음이 싹을──.

"코마리 님. 내일부터 열심히 살육하자고요."

"당연히 싫거든———————————————!!"

싹을 틔울 뻔한 마음이 들어가 버렸다.

영혼의 외침은 겨울 하늘로 빨려들어 사라진다.

아아.

역시 나한테는 은둔형 외톨이가 어울릴지도 몰라…….

이리하여, 외톨이 흡혈 공주의 고뇌하는 나날은 계속되는 것
이었다.

(끝)

결국 뮬나이트 제국을 빼앗지 못했다.

하지만 이번에는 깨끗이 물러나도록 하자.

테라코마리의 노력은 감동을 주었다. 적, 아군 관계없이 주변 사람들을 감화시켜 가는 압도적인 매력과 정신력──그녀의 마음의 힘에는 박수를 보내고 싶다. 내가 즐겨 먹는 혈액 캔디를 선물해 줄까?

뭐 어쨌든.

당분간은 염원하는 은둔형 외톨이 생활을 만끽하라지.

뒤집힌 달은 구성원 대부분을 잃었다. 제도에서 날뛰던 사람들은 뮬나이트 제국 정부에 잡혀 버린 것이다. 이쪽도 재시동하려면 시간이 걸릴 테니까.

"……나도 잠깐 쉴까. 늘 쉬기만 하긴 하는데."

나는 밤하늘을 바라보면서 새로운 사탕을 꺼냈다.

밝게 빛나는 보름달. 밤의 나라에 걸맞은 황금빛 보석.

보기만 해도 정체 모를 감정이 솟구친다. 언젠가 내 꿈이 실현되는 날이 올까──. 조금 감상적인 기분이 든다.

아니. 당연히 실현되겠지.

나에게는 동료가 있다. 테라코마리와 마찬가지로 나를 믿고 따르는 동료들이 있으니까.

☆

트리폰 크로스가 눈을 떴을 때는 모든 것이 끝나 있었다.

뮬나이트 제국은 테라코마리 건데스블러드에게 의해 탈환되었다. 제도를 습격했던 뒤집힌 달의 멤버들도 제국군에게 붙잡혔다. 게다가 '신을 죽이는 사악'이나 트리폰이 은신처로 쓰던 대성당에서도 '반 율리우스 6세 파'에 의해 새로운 교황을 선출하는 움직임이 있다고 한다.

완전한 패배. 이상에서 또 멀어져 버렸군──, 트리폰은 한숨을 내쉰다.

"……목숨을 부지한 것만으로도 다행인 셈 칠까."

정신을 차리고 보니 자신은 침대 위에 누워있었다. 잃어버린 왼팔도 마핵의 힘 덕에 원상 복귀했다. 아가씨 왈 '내가 핵 영역까지 옮겼어!'라는데. 트리폰은 다시 한숨을 내쉬고 창밖을 보았다.

고성을 개축한 뒤집힌 달의 아지트인 듯하지만 이미 구성원들의 모습은 없었다. 지금쯤 뮬나이트 제국의 감옥에 수감되어 있겠지. 트리폰은 복도를 걸으면서 일말의 외로움을 느끼고야 말았다.

"밖에 눈이 쌓여 있네! 눈사람이라도 만들까?"

"……아가씨."

어느새 뒤에 '신을 죽이는 사악'── 스피카 라 제미니가 있었다. 그녀는 눈을 별처럼 빛내며 다가온다. 평소처럼 피 색을 띤 사탕을 입에 물고 있었다.

"괜찮아? 상처는 나았어?"

"덕분에요. 이제 싸울 수도 있습니다."

"그래. 하지만 당신 덕에 뒤집힌 달은 큰 타격을 입었어."

입 안이 바싹 말랐다.

뒤집힌 달이 괴멸 상태에 빠진 건 트리폰 책임이다. 애초에 스피카에게 '반드시【고홍의 애도】를 꺾어 보이겠습니다'라고 선언하고 작전에 나섰는데. 두 번 정도 꺾은 건 사실이지만——, 최종적으로는 역전당하고야 말았다.

그렇게나 비참하게 패배했으니, 죽여도 불평할 수 없는 처지였다.

"변명은 하지 않겠습니다. 어떻게든 처분하세요. 이번 소동의 책임은 모두 저에게 있으니——."

투욱!

머리에 손이 얹혔다. 뜻밖의 사태에 말을 잃고 말았다.

스피카가 까치발로 서서 트리폰의 머리를 쓰다듬고 있었다. 꼭 아이를 달래는 듯 다정한 손길이었다. 영문을 모른 채 딱딱하게 굳어버렸다.

"저기……, 아가씨."

"잘했어! 조직은 엉망이 되었지만, 뮬나이트 제국에 커다란 대미지를 줬잖아. 이건 당신 덕이야! 트리폰."

"하지만."

"'뒤집힌 달은 실패한 자를 용서하지 않는다'——그런 풍조가 생긴 게 30년쯤 전이던가? 당시의 삭월이 마음대로 정해버렸어! 그만두라고 해도 좀처럼 말도 안 듣고. 역시 인적 자원은 낭비해선 안 돼. ……그보다 좀 수그리지? 다리에 경련이 날 것 같은데?"

"죄송합니다."

시키는 대로 몸을 굽히면서 트리폰은 생각한다.

스피카의 마음속은 읽을 수 없다. 이 소녀는 정말로 그런 무른 생각을 하고 있을까.

그녀는 잠시 트리폰의 의심으로 가득 찬 머리를 쓰다듬었다. 그리고 곧 싱긋, 하고 태양 같은 미소를 짓더니 떨어진 뒤 새빨간 사탕을 흔들며 말했다.

"……뒤집힌 달은 엉망이 됐어. 넌 내 꿈을 이루기 위해 일해줘."

"알고 있습니다. 제가 할 수 있는 일이라면 뭐든 하죠."

"좋아! 충실한 트리폰에게는 상을 줄게!"

"네? ──윽."

갑자기 입에 사탕이 들어왔다. 늘 그녀가 핥고 있는 붉은 사탕이다.

피 맛이 입안에 퍼져 간다. 그리고 트리폰은 구역질을 느꼈다. 이런 걸 좋다고 마시는 흡혈귀들 미각은 이상한 게 아닐까.

"맛없……."

무심코 말로 해버리자 스피카의 눈동자가 반짝였다.

"뭐라고 했어?"

"아무 말 안 했습니다."

"아, 그래. 어쨌든 회의를 시작하자!"

"회의……요?"

"슬슬 내 목적이나 출신 같은 걸 똑똑히 얘기해 두는 편이 낫겠다 싶어서. 이번 사건을 통해 이번 대 삭월에게는 그럴 만한 가치가 있다고 확신했어——. 아, 후야오! 바로 와 줬구나!"

복도 안쪽에서 여우 귀 소녀가 걸어왔다.

그녀는 스피카의 모습을 확인하고는 뾰로통한 표정으로 "그래"라고 중얼거렸다.

"……무슨 일이지. 짧게 해줘."

"부상은 이제 괜찮아? 프로헤리야 즈타즈타스키에게 엉망으로 당했잖아."

후야오의 여우 귀가 움찔했다.

"그렇게 대단한 것도 아니야. 애초에 내가 제대로 싸웠으면 질 일도 없었어. '이면'의 녀석이 주제넘게 나서는 바람에 이렇게 됐을 뿐이지——."

"그래도 진 건 진 거잖아?"

"…………. ……알아. 우선순위가 바뀌었을 뿐이야. 테라코마리 건데스블러드 전에 그 건방진 창옥부터 죽여 주지."

"그래! 힘내."

후야오가 언짢은 듯 표정을 일그러뜨린다.

"……얼른 용건이나 말해줘. 나는 바빠."

"아마츠와 코르네리우스가 오면 자세히 말할게. 스피카 라 제미니가 무슨 생각으로 뒤집힌 달의 보스로 있는지——. 그리고 저세상이나 마핵에 대한 것도 이것저것."

"이야기가 길어진다면 난 빼도 돼."

"후야오. 너무 억지 부리지 마세요."

"별로 신경 안 써. 그런 성급한 점도 매력적이거든. ──하지만 뭐. 그렇지. 그 두 사람은 왠지 모르게 짐작한 것 같으니, 후야오와 트리폰에게는 요점만 먼저 말해둘까."

스피카는 만족스러운 미소를 띤 뒤, 꼭 아이가 장난치려는 계획을 자랑하듯 말했다.

"──내 목적은 마핵을 파괴하고 저세상으로 가는 문을 여는 것. 전 세계의 은둔형 외톨이를 밖으로 내보내는 거야!"

이번 사건으로 뒤집힌 달은 조직으로서의 기능을 거의 잃었다.

마핵을 노린 대규모 테러는 당분간 발생하지 않을 것이다.

테라코마리 건데스블러드에게도 잠깐의 평화가 찾아오겠지.

그러나── 모든 게 해결된 건 아니다.

스피카의 마음이 꺾이지 않는 한. 스피카의 마음이 변하지 않는 한.

외톨이 흡혈 공주가 안심하고 늘어지게 잘 수 있는 날은 오지 않는 것이다.

작가 후기

늘 감사합니다. 코바야시 코테이입니다. 아슬아슬하게 후기를 쓰게 돼서 소재가 안 떠오르네요(늘 있는 일). 그런 이유로 제가 5권에서 좋아하는 장면을 몇 개 정도 발표하겠습니다. 살짝 스포일러가 될 수도 있으니까 후기부터 읽는 분이 계신다면 죄송합니다.

①: '동생의 등장'――지금까지 종종 존재가 언급되었음에도 불구하고 오랫동안 정체를 알 수 없던 로로코가 만반의 준비 끝에 등장. 이런 식으로 순진하지만 계산적인 캐릭터를 좋아합니다.

②: '메이드 사쿠나'――빌을 잃은 코마리가 좋은 환영. 작중에서 미소녀로 묘사되는 경우가 많은 사쿠나의 메이드 차림은 코마리를 현혹할 만큼 엄청나게 아름다웠습니다.

③: '밀리센트 재래'――코마리와 밀리센트는 서로에게 복잡한 감정을 품고 있겠죠. 결코 친구 같은 관계가 될 수 없을 거라고 예감하고는 있습니다. 하지만 이번 사건을 계기로 편하게 이야기할 만한 사이가 되면 좋겠다……라고 생각합니다.

④: '동료들이 달려오는 신'――코마리가 지금까지 해온 노력이 보답받는 장면이기도 합니다. 이걸 쓸 때 가장 즐거웠어요…….

⑤: '라스트 배틀'――빌과 주인이 콤비네이션을 발휘하는 장면. 본 작품의 메인 히로인인데도 2~4권에서는 마지막에 가면 기절하거나 무시당했던 빌이지만, 이번에는 주인과 함께 끝까

지 싸웠습니다. 역시 주종 관계는 정말 좋네요.

⑥——이라고 하고 싶지만, 페이지 문제상 생략하겠습니다(그 밖에도 마음에 드는 신이 많지만, 너무 많이 떠들어도 그러니까 자중하도록 하죠).

덕분에 '외톨이 흡혈 공주의 고뇌'도 5권까지 왔습니다. 이 제 5권으로 서장은 끝난 셈일 듯합니다. 코마리도 은둔형 외톨이일 적과는 비교도 안 될 만큼 성장했습니다. 그렇다고 해도 '틀어박히고 싶지만 틀어박힐 수 없는' 상황은 계속 이어지겠죠. 앞으로도 함께해 주신다면 기쁘겠습니다.

그런데 외톨이 흡혈 공주는 작품 콘셉트로 '부드럽고 말랑+살벌'한 분위기를 유도하려 했는데, 요즘에는 '살벌+살벌'한 느낌이 계속 이어졌네요. 다음에는 '부드럽고 말랑+바삭바삭'한 일상편을 쓰게 되면 좋겠습니다. 가끔은 휴식도 필요하다고 생각하니까……

뒤늦게나마 감사 인사드립니다.

이번에도 귀엽고 멋진 일러스트를 그려주신 리이츄 님. 책을 멋지게 디자인해 주신 장정 담당 히이라기 료 님. 플롯 단계부터 열심히 어드바이스해 주신 담당 편집자 스기우라 요텐 님. 그 밖에 발간에 힘써 주신 많은 분들. 그리고 이 책을 구매해 주신 독자 여러분. 모든 분께 깊은 감사 인사를 드립니다——. 감사합니다!!! 다음에 또 봬요.

코바야시 코테이

HIKIKOMARI KYUKETSUKI NO MONMON 5
Copyright © 2021 Kotei Kobayashi
Illustrations copyright © 2021 riichu
Original Japanese edition published in 2021 by SB Creative Corp.
Korean translation rights arranged with SB Creative Corp.
through Japan UNI Agency, Inc., Tokyo

외톨이 흡혈 공주의 고뇌 5

2023년 10월 1일 1판 2쇄 발행

저　　　자 | 코바야시 코테이
일러스트 | 리이츄
옮 긴 이 | 고나현
발 행 인 | 유재옥
총괄이사 | 조병권
본 부 장 | 박광운
담당편집 | 박치우
편집 1팀 | 박광운
편집 2팀 | 정영길 조찬희 박치우 정지원
편집 3팀 | 오준영 곽혜민 이해빈
디 자 인 | 김보라 박민솔
라 이 츠 | 김정미 맹미영 이윤서
디 지 털 | 박상섭 김지연 윤희진
발 행 처 | (주)소미미디어
인쇄제작처 | 코리아피앤피
등　　　록 | 제2015-000008호
주　　　소 | 서울시 마포구 토정로 222, 403호(신수동, 한국출판콘텐츠센터)
판　　　매 | (주)소미미디어
영　　　업 | 박종욱
마 케 팅 | 최원석 박수진 최정연 박소연
물　　　류 | 허석용 백철기
전　　　화 | (02)567-3388, Fax (02)322-7665

ISBN 979-11-384-7960-8
ISBN 979-11-384-1037-3 (세트)